Sonya
ソーニャ文庫

悪人の恋

JN118602

イースト・プレス

contents

序章

　月は昇り、沈みゆく。毎日毎日くり返される。はっきりと姿を見せる時もあれば、雲に隠れている時もある。まんまるだった月は日を追うごとに欠けてゆき、鋭利《えいり》になり、そして、今宵《こよい》の空には月はない。新月の、いやに暗い夜だった。

　月の消えた夜を不吉と捉《とら》える人もいる。月明かりのない道は、黒く閉ざされているからだ。なにも見えず、人は馬に乗るのをあきらめる。松明《たいまつ》をつければ野盗に襲われかねないし、そもそも馬は火を怖がるため灯せない。外出を避けるのが当然なのだ。

　しかしながら新月の夜は圧巻だ。美麗な星の世界が訪れる。その日は雲ひとつなく、いつも以上にびっしりと無数の星がきらめいていた。けれど、テラスで空を眺める少女に感動している様子はない。ただ、表情なく見上げている。

「おや、星はお好きではないのですか？　それとも、別のものを見ているのでしょうか」

　星以外、広がるのは深い闇。そのなかで、声はだしぬけに聞こえたものの、少女は少しも動じなかった。

「あなたはどうしていつも新月の夜に現れるの？　馬が使えないのに不便ではないの？」

空気は痛く感じるほどに澄んでいた。発した声はか細かったが、辺りに響く。

「使えますよ。実際馬に乗ってきましたから。新月の夜は道が静かでいいものです」

「いつも思うの。あなたはどのようにしてここに来ているの？　むずかしいはずよ」

「ぼくに侵入できないところはありません。人の警備などまるでごみだ。……しかし、今宵のあなたはよくしゃべりますね。無口なあなたがどうしたのです？」

「気分、と言えば、あなたは気を悪くするかしら」

「いいえ。気を悪くする、といった感情をぼくは知りません。話したければ存分に」

少女は声の主を捉えることができないでいた。低めの声から男性だとわかっていても、相手はつねに闇色のローブを纏《まと》い、目深にフードを被っているため、顔を見たことはない。

「誰かが誰かの死を願うごとに、星はひとつずつ姿を消してゆくのですって」

「ばかげていますね。それが真実ならば、いまこれほどの星は見られない。人もその歴史も欲望まみれだ。殺して奪い、国は生まれて滅びる。飽きることなくそのくり返しです」

少女はまつげを上げて、「そうね」と言った。

「きっと、あなたを敵に回せばこの国は滅びてしまうわね」

言葉の途中で、彼はいつの間にかとなりに立っていた。側にいるのに気配がない。つかみどころのない彼は、さながら影のようだった。

「たしかに国ひとつくらい簡単に滅ぼせますがご安心を。ぼくは無意味なことはしません。それに、あなたはぼくの顧客だ。――さあ、手を出してください。薬を差し上げます」

少女が手を出すと、凝《こ》った装飾の小瓶《こびん》がのせられる。それは少女の見知った瓶だった。

「中身は少々変えていますよ。人は順応する生き物ですから、処方にも変化が必要です」

「ありがとう。……でも、ごめんなさい。この薬を使うことはもうないの」

少女は返そうとしたけれど、彼は受け取ろうとはしなかった。

「それはすでにあなたのものだ。しまっておくなり捨てるなり、ご自由に」

少女が小瓶を見下ろし、軽くにぎりしめれば、彼は言った。

「薬が必要ないのならば、あなたにぼくは不要ですね。今日が最後の夜です」

「そうね、最後の夜になるわね。いままでありがとう」

「あなたとの出会いは興味深いものでした。ですから、特別に教えてさしあげます」

少女があごを上げると、それが合図とばかりに話がはじまった。

「アレセス、ノゲイラ、ナルバエス。あなたの国に隣接している国はいずれもふぬけだ。彼らはあなたの国の顔色をうかがいながら生きている。しかし、テジェス国にはご注意を。彼らはセルラト国を滅ぼしただけでは満足していない。肥沃《ひよく》な大地、資源の豊かなあなたの国こそ本命です。テジェスが行動を起こせば隣接している国はどう出るか。弱者とは日和見《よりみ》主義者だ。小さな刃がまとまれば、あなたの国がいかに強国とて無事ではすまない。滅亡したセルラトも無視できない存在です。あなたの国は日々《ひ》、セルラトの残党に蝕《むしば》まれている。すでに買収された者もいる。野望により滅ぶのが先か、蟲《むし》に食われるのが先か」

少女は視線をすべらせて、不敵に佇《たたず》む彼を見た。

「あなたは運がいい。選択肢がありますからね。いまならぼくがここにいる。すぐにでもテジェスを滅ぼし、この国に巣くう蟲を殲滅《せんめつ》することもできます。で、どうします？」

短く息を吐いた少女は、ゆっくりと首を横に振った。

「あなたの手出しは望まないわ。これは、わたしの……わたしたちの国の問題だから」

彼は少しかがむと、少女の顔をうかがった。眼前の彼の顔は、深く被ったフードに依然として隠されているが、鼻と唇は整っているようだった。歳もずいぶん若そうだ。

「あなたならそう言うと思っていました。では、今宵をもってぼくとあなたの糸は切れます。ふたたびまみえる時があるならば、その時は」

「——その時は、あなたがわたしを殺す時ね」

彼のきれいな口もとが弧を描く。

「あなたのよく知る香りにご注意を。時は動き出していますよ、着々と」

ほんの一瞬、まばたきをした少女がまぶたを上げると、彼の姿は消えていた。代わりに聞こえてきたのは、居室の扉を開ける音だった。

「……暗いな。なんだってこんなに暗いんだ？」

居室のろうそくは、新月の客を迎えるために先ほどすべて消していた。灯りといえば、暖炉《だんろ》の火がちろちろと燃えているのみだ。

入室した青年は、「アラナ、いないのか？」と訝《いぶか》しげに辺りを見回した。

青年は燭台《しょくだい》を手に取ると、かがんで暖炉から火を移し、部屋じゅうのろうそくを灯《とも》してゆく。彼が、テラスにいるアラナに気がついたのは、窓に近づいた時だった。

「そんなところでなにをしているんだ。明日は大事な日だよ。風邪を引くじゃないか」

身を乗り出した青年は、アラナの腕をつかんで部屋のなかに引き入れた。しかし、アラナの長い髪が、吹きこむ風で揺れた拍子に、彼の飾りボタンに絡まる。

「すまない、じっとして。外すから」

「わたしの髪を切ってちょうだい、カリスト。そうすれば簡単に外れるわ」

「ばかを言っちゃいけない。僕がきみの美しい髪を傷つけられるわけがないだろう」

アラナは自分の髪などなんとも思っていないが、カリストは違うようだった。彼はむかしからアラナの髪をほめちぎる。それは、亡き祖父ゆずりのミルクを混ぜたような金色だ。

彼は小刀を取り出し、ぷつりとボタンを取ると、アラナを咎《とが》めるように見た。

「それで、こんな夜にテラスでなにをしていたの？」

「空を見ていたの」

「空？　たしかに今日の星空はすばらしいが、供《とも》をつけずに外に出るのは感心しないな。ロンゴリア侯爵が暗殺されたばかりじゃないか。どれほど物騒か、わかっているはずだ」

「わかっているわ」

「本当かな？　きみが心配だ。僕はね、きみに言いたいことがたくさんある」

アラナがなにかを言う前に、彼は言葉を続けた。

「どうしていつもそうなんだ？　目を離せば食事をしないし、入浴も湯を命じることなく水で行おうとする。真冬に暖炉の火が消えてもそのままだ。召し使いに見張らせなければきみは簡単に衰弱する。それなのに、きみはひとりになりたいと言って、すぐに召し使いを追い払ってしまう。いい加減自覚してくれないか。きみはこのアルムニア国でもっとも尊い人なんだ。最後の王族なんだよ。きみの代わりはいない」

まくし立てている途中に、カリストはアラナがにぎっているものに気づいたようだ。アラナは隠そうとしたけれど手を取られ、無理やり開かされた。

ろうそくの炎を受けてきらきら光る、その小さな瓶のなかでは、桜色の液が揺れている。

アラナの「やめて」という制止の声を聞かず、彼はふたを開けると、鼻に近づけた。

「薔薇《ばら》のにおいだ。……香水？　妖艶《ようえん》な香りだね。けれど、きみには少し早すぎる」

「返して」

アラナは彼から瓶を奪い取り、すかさずふたを閉めて、ポケットに入れた。

「星に薔薇か。薔薇をたしなむことには口出ししないが、星を見るなら話は別だよ。これからは僕もつきあう。ひとりでテラスに出てはいけない。僕に声をかけるんだ。いいね？」

「わかったわ」

「それにしても安心した。きみは趣味を持たないのだと思っていたが、星が好きとはね」

カリストは、さも僕も好きだと言わんばかりに微笑んでいた。けれどアラナは首を振る。

「特に好きというわけではないわ」

「だったらこれから好きになればいい。むかし大きな流れ星をいっしょに見たよね」

「流れ星に願いをこめると叶うのでしょう？　あなたはそう言っていたわ」

「そうだよ、叶うよ。僕は願いをこめたことなどないけれど、試してみればよかったと思う。願えば、現状を変えられていたかもしれない」

　ふたりは窓越しに夜空を仰いだ。変わらず、あまたの星がまたたいている。

「誰かが誰かの死を願うごとに、星はひとつずつ姿を消してゆくのですって」

「なんだい、それ」

「……星は、人の善良な心を表しているのかしら。それとも命？　未来？　希望？　夢？」

「どうだろう、人が死ぬと星になるという話なら聞いたことはあるが」

　窓にぴたりと手をつけば、そこにアラナが映りこむ。豊かな髪は流れて、檸檬《れもん》色のドレスに這《は》っていた。窓の自分と目が合いそうになり、アラナはふいと横を向く。

「満月だと星はあまり見えないけれど、新月だと姿を現すわ。今日も、たくさんの星が出ているでしょう？　世界は、まだ光に満ちているのね」

「国を想うきみらしい言葉だ。誰だって争いは避けたい。戦争など望まないからね」

　アラナはうつろな目で、「あなたはわたしを知らない」とつぶやいた。

「知っているさ。生まれた時からいっしょだからね。きみのすべてを知っている」

　アラナが鼻先を上げると、彼の口角が持ち上がる。

「たとえ誰かが誰かの死を願ったとしても、星が消えれば消えた分、僕はきみの側でろうそくに火を灯すよ。足りなければ、国じゅうの松明を燃やす。だからきみは、星の数など気にせず穏やかに過ごせばいい。僕は、きみの側できみにふさわしい世界を作る」

笑顔の彼は、任せてとばかりに肩をすくめた。

「あなたは変わらずまぶしい人。でも、わたしのためにあなたが骨を折ることはないの」

「なぜ？　きみのために生きるのは当然だ。僕は生まれながらにきみの臣下だからね」

「いいえ、あなたが大切にするべきなのは他の人。プリシラよ。わたしじゃないわ」

アラナの言葉に驚いたのか、彼の頬はあからさまにこわばった。

「あなたのお父さまが報告に来たの。明日、息子の婚約に祝福を与えてほしいって」

「婚約？　くそ、あの男。なにが祝福だ。僕は婚約などしない。一生結婚する気はない」

眉をひそめた彼は、くしゃくしゃと漆黒の髪をかく。

「運命を憎まずにはいられない。まさか、きみの父上と兄上が事故で亡くなるなんて」

父と兄――この国の王と王子は土砂崩れに巻きこまれて亡くなった。結果、王位を継ぐ者が王女のアラナだけになったのだ。明日、アラナはアルムニアの王に即位する。

「王の伴侶は王族のみと決められている。きみの夫となる者は、国の利になる者でなければならない。父は言うんだ。『おまえにはその資格がない』と。くやしいが、ないんだ」

まっすぐこちらを射貫《いぬ》く視線が痛かった。目を逸らせず、アラナも彼を見返した。

「明日になればきみは女王だ。二度ときみを抱きしめられない。手の届かない人になる。だからどうか、ゆるしてくれないか？　いま、きみを抱きしめさせてほしい」

求めてはいけないのに求めてしまう。そう言いたげなまなざしだ。

彼はアラナを妻とするために、たゆまぬ努力を重ねてきた人だ。それを知るアラナは、差し出された手を取った。そっと引かれて近づけば、すぐに力強く抱きしめられる。

「きみが僕をどう思っているかは知らないが、僕は一日も欠けることなく、ずっときみが好きだった。きみの夫になれると信じていた。神がこの場にいるのなら殺してやりたい」

彼を見上げれば、落ちてくるものがある。頬に熱いしずくが伝う。黒髪の隙間に見える彼の青い瞳は、ぐずぐずに濡れていた。

「カリスト、お願い。泣かないで」

「泣きたくないさ。いや、泣きたくもなる。抑えられない。格好悪いが、これが僕の本心だ。もっともあきらめたくない人をあきらめなければならない。僕の心は死ぬんだ」

「あなたには幸せになってほしい」

「では……。では僕に、幸せをくれないか。お願いだ、アラナ」

突如、唇に熱が重なった。柔らかな感触だ。振り払おうと思えば払えただろう。しかし、そのくちづけに、アラナは抵抗しなかった。


鏡に映るのは、子どもと大人の中間にある、まだあどけない女の子。

王を示す指輪は彼女には大きすぎてぶかぶかだ。耳飾りも首飾りも浮いていた。

「お似合いですよ」と言われても、似合っていないのは知っていた。十四歳の彼女に、威厳のある面々がひれ伏すさまは、現実離れして見えた。

華奢《きゃしゃ》な身体に、白銀のマントがのしかかる。ダイヤモンドとエメラルドで彩られた王冠がずしりと頭にのせられた。それらは吐き気がするほど重かった。しかし、白金色の髪には映えていて、それだけは唯一ましだと思えた。

シャンデリアから降る光が踊る。黄色のステンドグラスは、室内を黄金色に染めていた。

居並ぶ貴族のかたわらで、著名な楽士が音楽を奏で、正装姿の男性が新たな王を讃えて高らかに歌い出す。合唱隊が彼に続けば、音は絡まり、反響しあって広間を突き抜ける。

おごそかな空間で、アラナは表情を変えることなく、儀式をうかがった。

脳裏に浮かぶのは、二年前の新月の夜に見たこぼれ落ちそうな星々だ。

〝誰かが誰かの死を願うごとに、星はひとつずつ姿を消してゆくのですって〟

忘れもしない、鼻にかかったような声。よく笑う人だった。

涙がこみあげてきそうになり、アラナはゆっくり目を閉じた。

心は殺したはずなのに、殺しきれていないのだろう。まだ、殺し足りていないのだ。


どれほど世から、星を消してきたのでしょう。

この先、いくつの星を消すのでしょう。

あの日見上げたかがやく夜空を、決して忘れることはありません。

どこにいても、わたしのなかに、あなたはいます。

一章

むせるような湿気《しっけ》を感じる初秋《しょしゅう》のころだった。轟音《ごうおん》を立てながら雨が降りしきっていた。雨粒は地面で激しく弾かれて、木の幹《みき》は重苦しそうにうなだれている。

空は時折まばゆく光り、不吉にうねって地に落ちる。落雷は、引き裂くような地鳴りを伴った。普段は悠然《ゆうぜん》と流れている川も、いまは打って変わって獰猛《どうもう》なしぶきを上げている。

雄壮な自然を前にしては人などちっぽけな存在だ。「助けてくれ！」と懇願《こんがん》する声は届かない。そもそも、人里離れた街道では、こんな日でなくても誰の助けも借りられない。

「死ね」という声も悲鳴も断末魔《だんまつま》もなにもかも、濁流《だくりゅう》に呑まれて消えていった。

もう一度、かっと稲光《いなびかり》が走る。黒いローブを着た者は、返り血で真っ赤に染まっていたが、すかさず雨に洗われた。

その者が目深に被っていたフードを外すと、銀色の髪が現れた。まだ歳若い、女と見紛《みまが》うようなたおやかな男性だ。男にしては長く伸びた髪は、胸の位置まで届いていた。

――ミレイア。

彼の脳裏をよぎるのは、青い空と、ふわふわとした金色の髪をした少女。

《お兄さま、見て、花冠を作ったの。つけてみて？》

《つけるわけがないだろう。俺は男だぞ。花冠なんて似合わない》

《お兄さまはどんな女の人よりも美しいから似合うに決まっているわ。妖精みたい》

《なにが妖精だ。……こら、頭にのせようとするな。よせって、怒るぞ？》

こぶしを上げるふりをすれば、笑いながら少女は逃げる。光かがやくような日々だった。

そのかわいい妹も、優美な姿をしていた城も、いまはない。

ざあざあと雨が降る。青年の持つ剣についていた血は、すでに残らず消えていた。足もとに転がっている、黄金の衣装を纏ったまるまるとした男は動かない。先ほどまで息をしていたのが嘘のようだ。

風がひゅうと吹きつけ、青年の水を含んだローブがはためいた。

一瞬、雨足が弱まったようで、その合間に声が突き抜ける。

「父上っ！」

動かなくなった男と似た豪奢な服を着た男が叫んだのだ。その若い男は、剣を持つ青年と目が合うと、「ひいいい……」と肩を揺らした。

「アルムニア国の王子、ライムンド」

怯《おび》える男を前にして、青年は右手から左の手へ剣を持ち替えた。

「違う！　私は……た、ただの一介の貴族。アルムニアの、王子などではない！」

「愚鈍《ぐどん》な男だ。たったいま、アルムニア王のことを父と呼んだくせに笑わせる」

辺りが雨にけぶるなか、青年が足を進めれば、ライムンドは唇を震わせた。恐怖からか、歯はかちかちと鳴っている。唇も紫色だ。

「よ、寄るな！　来るなあっ！」

ローブの青年は構わず、一歩、一歩と近づいた。ついにその距離は目と鼻の先になる。

「わわわ、わ、私たちになんの恨みがあるんだ！　か、……金か？　金ならやる！　いくらでもやる！　城を建てられるほどの大金だっ！」

「だまれ。おまえたちの醜悪《しゅうあく》な面《つら》を忘れたことはない。穢《けが》らわしいぶため」

濡れそぼつ銀色の髪からひっきりなしにしずくが落ちる。青年は髪を雑にかきあげた。すると、隠れていた顔があらわになった。

「お、おまえは……ルシアノ王子………」

目がこぼれ落ちそうなほど開き、驚愕《きょうがく》するライムンドに、青年は口の端をつり上げる。

「鳩《はと》にも劣《おと》る小粒の脳みそでも俺を覚えていたか」

「ばかな……、セルラト国は滅びたはずだ！」

それが、最期の言葉になるなど思いもしなかっただろう。ローブの青年――ルシアノの剣が、ひゅっと線を描けば、ライムンドはひざをつく。どさりと転がった彼は、すでに息が絶えている。ルシアノは、それを思いきり蹴《け》飛《と》ばした。

彼の周りに転がるものは合計五つ。それらはかつて人だったものだ。ほどなくして、ルシアノの周りに黒ずくめの男たちが十人ほど走り寄り、ぐずぐずの泥の上にもかかわらず、一斉にひざまずいた。

〈ルシアノさま、お見事でした。セルラトに栄光あれ〉

彼らが話す言語は、世界でもっとも難解とされる、亡国セルラトのものだった。

ルシアノは、びゅっと剣を一振りして血と雨を払い、鞘《さや》に収めて言った。

〈このごみどもを馬車とともに崖から突き落とせ。周囲の土砂を崩すのも忘れるな。目撃者がいれば残らず始末しろ。――フリアン、指揮はおまえだ〉

フリアンと呼ばれた男が頭《こうべ》を垂れる。その後、ルシアノはひとりの男に目を留めた。

〈レアンドロ。隠れていた男が十二時の方向に逃げた。アルムニアにたどり着かせるな〉

〈はい、把握しております。すみやかに片づけます〉

命じ終えたルシアノがきびすを返せば、その先に馬車が用意されていた。アルムニアの貴族、ロンゴリア侯爵家の紋章つきのものだった。近づくと、計ったかのように扉が開く。

薔薇の香りが充満する車内では、真っ赤なドレスを纏った婦人が待っていた。口もとにあるほくろが扇情的で、女をより一層妖艶に見せている。

〈ルシアノ、乗ってちょうだい。あなたの馬はアマンシオに命じて移動させたわ〉

ねっとりと絡むような声だった。ルシアノは素気なく女を見やる。女は人を狂わせるような美しさを持っていたが、彼は冷ややかだ。にもかかわらず女はあでやかに微笑する。

〈なぜおまえがここにいる〉

〈あなたに抱かれに来たのよ。普段のあなたは女を抱かないけれど、人を殺した時だけは

別。必ず女を抱いているわ。人を殺すと猛《たけ》るのでしょう？　だから、待っていたの〉

女が胸もとのりぼんを解くと、ドレスがすとんと落ちて、豊満な裸身が現れた。

〈あなたは昨日、下賤《げせん》な女を抱いたでしょう？　わたくしを差し置いて……そんなこと、ゆるせない。ねえ、わたくしの方がいい身体でしょう？　毎日磨《みが》かせているのよ〉

〈……川で死体があがったと聞いた。フラビア、俺が抱いた女を次々と殺すのはやめろ〉

〈高貴なあなたにふさわしいのはこのわたくしよ。はきだめの女ではないわ。他の女には触れさせない。わたくしは特別な女なの。あなたに抱かれるのはわたくしだけよ〉

彼はあざけるように鼻を鳴らした。

〈わたくし、あなたを手に入れるためならなんでもすると決めているの。――ねえ、早く馬車に乗ってちょうだい。雨が入ってしまうわ〉

仕方なくルシアノが馬車に乗りこむと、扉を閉めたフラビアは早速彼の首に手を回し、〈愛しているわ〉とささやいた。ほどなくして、馬車は走り出す。

〈布を用意してあるの。濡れた服が気持ち悪いでしょう？　わたくしが脱がせてあげる〉

女が赤く塗られた唇を彼の口に寄せた時だった。ルシアノはフラビアの赤毛をわしづかみにし、容赦なく後ろに引っ張った。苦痛に顔をゆがめた女のあごが持ち上がる。

〈口を近づけるな。穢らわしい〉

〈わたくしはキスがしたいわ……。お願い〉

ルシアノは〈邪魔だ〉と女を突き飛ばし、椅子にどかりと腰掛けた。

〈いますぐ馬車から降りろ。運が良ければ野盗に会える。やつらならおまえのキスを喜ぶだろう。ついでにその有り余る性欲をなんとかしろ。落ち着くまで輪姦《まわ》してもらえ〉

彼に飛ばされ、床にべたりと座りこんでいるフラビアは、〈ゆるして〉と彼の足にまとわりついた。〈触るな〉と足蹴《あしげ》にされて離されても、めげずにぎゅっとしがみつく。

〈わたくしが抱かれたいのはあなただけ。あなたしか見ていないわ。あなたはわたくしのすべてなの。怒らないでルシアノ……わたくしはあなたの婚約者じゃない〉

女は〈好き〉と、彼のひざにぐりぐりと頬をこすりつけた。

〈五年前、お父さまにあなたとの結婚をせがんで婚約が成立した時、天にも昇る気持ちだったわ。どうしても他の女にとられたくなかったから。あなたが剣の稽古《けいこ》をしていた時、わたくし、話しかけたでしょう？　あの時の会話を覚えている？〉

フラビアはむかし話をしたいようだったが、彼はだまって剣を置いた。会話に一切乗らないばかりか、目を合わせることもなく濡れたローブを脱ぎ捨てる。ローブの下に着ていた服も雨がぐっしょり染みていた。彼が長い髪をしぼると、ぼたぼたと水が落ちてゆく。

――頭が重い。長く雨に当たったせいか。

ルシアノが、ローブの下の服も床に放れば、濡れた銀色の髪が、しなやかな筋肉を纏う肌に張りついた。

彼の容姿は凄絶だ。贅肉のない引き締まった身体は神々しい。その美貌は性別を超越しており、絶世の美女ともてはやされるフラビアもかすませてしまうほどだった。

〈ああ……この世の人とは思えない。あなたはどんな神よりも美しいわ。尊い方〉

〈じろじろ見るな、うっとうしい。早く布をよこせ〉

フラビアはルシアノの身体を拭こうとしたが、彼は女の持つ布をぶんどった。そしてがしがしと髪を拭く。その間に女は彼のブーツのひもをゆるめながら言った。

〈ねえ、下衣は脱がないの？　早く温めあいたいわ〉

〈盛《さか》ったぶため。何度も言わせるな。やりたいなら外へ行け。おまえの相手は野盗だ〉

〈いやよ。ねえルシアノ、わたくしは二年前、あなたのためにロンゴリア侯爵に嫁いだわ。四十も歳の離れた男。顔も見たくないのに、あの臭い男に毎日抱かれているのよ。あいつだけじゃない、あなたに情報を流すためにいろんなアルムニアの男の相手もしてきたわ〉

彼は大きく舌を打つ。身体は気だるく、悪寒が走っている。発熱の前触れだと思った。

〈おまえの情報は総じてごみだ。恩を売りたいのなら少しは役に立て、無能〉

〈わたくしの情報が役に立たなかったとしても、わたくしはあなたのために生き、身を粉《こ》にして働いているわ。だからわたくしの望みを少しぐらい叶えてくれてもいいじゃない〉

脱がせた彼のブーツを横に置いた女は、上目づかいで、懇願まじりに彼を見た。

〈わたくし、あなたと永久《とわ》の誓いを立てたいわ。キスがしたい〉

〈すれば殺す。おまえに囚われてたまるか〉

いまは亡きセルラト国では、くちづけは大きな意味を持っていた。それは、永久の誓い——すなわち魂が離れがたいほど結びつき、命が尽きても未来永劫《みらいえいごう》互いに囚われるとされている。ゆえに、政略結婚が一般的な王侯貴族や、愛を重視しない者にとっては、口へのキスは己を縛る忌《い》むべきものだった。いわば未来に続く枷《かせ》、呪いに等しいものだ。

彼の冷たい態度に、くしゃくしゃな顔をしたフラビアは小さく言った。

〈ずっと夢見てきたのですもの……。あこがれなのよ。わたくし、イスマエル王とカルメリタ王妃のようになりたいの〉

イスマエルとカルメリタとは、ルシアノの亡き父母の名だ。ふたりは国がテジェス国に滅ぼされた際、生きたまま城壁に吊《つる》された。妹のミレイアも。やがて死を迎え、朽《く》ち果てた彼らの姿は見るに堪えないものだった。ルシアノは、セルラト王家の最後の生き残りだった。

〈いい加減、目ざわりだ。消えろ〉

〈そんな……いやよ。あなたといたいわ。おねがい、側にいさせて……〉

ひざ立ちになったフラビアは、彼の身体にすがりつき、好き、愛してる、と熱に浮かされたようにつぶやいた。彼が動かないのをいいことに、その肌に熱い舌を這わせてゆく。続いて肌を鋭く吸い、痕《あと》をつけたが、彼は止めようとはしなかった。否、止めなかったのではない。頭がずきずきと割れるように痛くて、それどころではなかった。

――くそ、吐きそうだ。

染み出す汗が、あごから滴《したた》り落ちてゆく。故国が滅びてから慢性的になった頭痛は、長く濡れていたせいか、今日は格別にひどいものだった。

やがて女に脚の間をまさぐられても、彼はろくに抵抗しなかった。下衣をくつろげられて、赤い口にしゃぶられても、彼はまつげを伏せたままだ。

雨が、窓に激しく打ちつける。あの日も、今日のように荒れていた。

――皆、滅べ。等しく死に絶えろ。

彼の髪から水が落ち、すみれ色の目に入る。目尻からこぼれて頬を伝うしずくは、一見涙のようだった。

＊　＊　＊

《お兄さま、ひみつにしてね？　わたし、好きな人がいるの》

鼻にかかった甘ったるい声はミレイアのものだった。二年前、十二歳の若さで亡くなった、たったひとりの妹だ。普段は夢を見ないはずなのに、めずらしく見ているようだった。ルシアノは、どんな形であれ彼女がそこにいるのなら、二度と覚めないでほしいと思った。

こちらを見つめる彼女に、この先の出来事を警告しようとしたが無理だった。これは過去の記憶でしかないもので、彼は、当時の言葉しか語れない。

《好きな人？　勘違いじゃないのか？　おまえの歳のころの娘はすぐに熱に浮かされる》

《かんちがいじゃないわ。眠れないほど胸がどきどきするし、ずっとそばにいたいもの》

《おい、俺たち王族の結婚は自由にならないんだ。恋愛しても先はない。不毛なだけだ》

うつむいたミレイアは、《わかっているわ》と自身の金色の髪をいじくった。
《結婚できないのははじめから知っているの。でもね、これは一生の恋なのよ》
《一生の恋？　おまえはたったの十二歳じゃないか。人生ははじまったばかりだろ》
ルシアノは、自分と同じすみれ色の瞳を見ながら思う。こんな話をしている場合じゃない、逃げろ、と。すぐ近くに絶望をもたらす魔の手が迫《せま》っているのだ。
《歳なんて関係ないわ。わたしね、キスをしたのよ。永久の誓いを立てたの》
《なんだって？　本当か？　ろくでもない、それは一生どころか永遠に続く呪いだぞ》
《呪いなんかじゃないわ。これは愛よ。わたしね、絶対に結ばれないってわかっているから、キスをしたの。永久にわたしに囚われてほしかったから》
──やめろ、ミレイア。相手は悪魔だ。
そう訴えたくても伝わらない。ルシアノの口は、決まった言葉しか紡《つむ》げない。
《永久の誓いは互いの意識がなければ成立しない。意識は？　寝ていたんじゃないのか》
《意識はあったし、眠ってもいないわ。わたしたち、目と目をあわせてしたもの》
《最悪だ。やはり父上と母上が毎日おまえの前でキスをするのは悪影響だったんだ》
《あのね、お兄さま。とってもとってもすてきな人なの。お兄さまにも紹介したいわ。いま、いい？　いっしょに来てくれる？》
ルシアノはこの後の発言を止めたくて必死だったが、無情にも進めてしまう。
《いまは無理だ、用事がある。一時間後なら身体が空くから、図書室で待っていろ》

《わかったわ。ふたりで本を読んでいるわね》
《そいつに覚悟していろと伝えておけ。俺の妹を誘惑するなどとんでもないやつだ》
《やめて、誘惑したのはわたしよ。アルムニアの方なのだから失礼な態度はとらないで》
頭のなかが、ぐわんぐわんと揺り動かされるようだった。
妹から離れるなと自身に命じても、足は逆の方へ向く。側にいれば守れるのに。
――くそ……ミレイア、ひとりで行くな。この後おまえは、図書室でアルムニアのやつらに殺される。そしてセルラトの城壁に――生きた父上と母上の間に吊されるんだ。

ろうそくの灯がおぼろげに女の裸身を照らしていた。女が腰をくねらせれば、寝台がぎいと鳴く。シーツに広がるのは銀の髪。仰向けでいる彼の服は、女に乱されていた。

恍惚《こうこつ》としている女は寝そべる彼を見下ろした。赤い唇の横のほくろが持ち上がる。目を開けた彼に気づいて笑ったのだ。

眠る彼が起きしなに見たのは、己に跨《また》がる全裸の女。〈やめろ〉と言っても女は腰を振るのをやめない。豊かな胸と赤毛の髪をゆさゆさ揺らし続ける。

〈ねえ、わたくし、あなたの唇にキスをしたのよ。何度も、何度もキスをしたわ。わたくしたち、『永久の誓い』を立てたの〉

彼は眉すら動かさず、取り合おうとはしなかった。不可抗力のなかでの接吻《せっぷん》は、なんら意味のないものだ。

〈わたくし、起きているあなたともしたいわ。いま、キスをしても……いいかしら？〉

声を無視したルシアノは、状況を把握しようと辺りをうかがった。意匠を凝らした天井に精緻《せいち》な天蓋《てんがい》。アルムニア式のものだった。金の燭台と机に椅子。家具はいずれも逸品と言える。見覚えがあるため、寝ている隙に場所を移動させられたわけではなさそうだった。

〈愛しのあなた……わたくしの知るあなたはかたくなに貞操を守る方だった。わたくしが誘っても結婚までだめだと断ったわ。なのに、わたくしの知らない間にいったいなにがあったの？　いつから女を抱くようになったの？　これまで何人の女と性交したの？〉

ルシアノは答えなかった。心底どうでもいいことだからだ。

〈フラビア、おまえ、俺に薬を盛ったな〉

頭の奥がきりきり痛む。幼少のころより身体を毒に慣らしてきた彼は、よほどの薬でなければ効かない。それが、女に犯されていることに気づかないほど眠るとは――。

〈そうよ。わたくし、つねづね眠りの浅いあなたを心配していたの。あなたはセルラトを失ってから一日も休んでいないと聞いたわ。ろくに寝ていないって。だから休息が必要だった。たくさんお金がかかったけれど、あなたのためですもの。惜しくはないわ〉

〈以前おまえが言っていた男の薬か〉

〈ええ、彼の薬はすごいのよ。得体の知れない男だけれど腕はたしかなの。あなたは人を殺していないのに猛っているでしょう？　ふふ、だからこうしていまひとつになれたの〉

ルシアノは眼光鋭く女を見た。女の肌は汗で濡れていて、その唇からは熱い吐息がもれていた。おそらく女は長い時間腰を振っていたのだ。事実、下腹は女の液でぬるぬるだ。

――くそが。吐きそうだ……。

〈その薬師はロンゴリア侯爵のつてか〉

〈そうよ、夫のつて。夫はね、彼の薬で政敵を消していたの。でも、それだけではないわ。わたくしを抱くために精力剤ももらっていたのよ。いやになっちゃう。……ね、もうあの老いぼれの話はよしましょう？　ここにあなたがいてわたくしがいる。それでじゅうぶんだわ〉

フラビアは、隙間なく彼に被さり、ぬらぬらと身体をうごめかせた。

〈んふ……ルシアノ、愛しているわ。わたくしのことも愛してね？〉

不機嫌に顔をゆがめた彼は女を押しのけようとしたけれど、身体が重くて動かない。もともと体調がよくない上に、よほど強い薬なのだろう。

〈身体がしびれているでしょう？　でもね、毒ではないのよ。大切なあなたに毒など使うはずないわ。飲んだ者は朝まで目覚めないと薬師は言っていたけれど……さすがはわたくしのあなたね。たったの二時間で起きちゃうんですもの。あなたは本当にすごい人〉

〈おまえも薬師も覚えていろ。ただですむと思うな〉

〈やだ、怖いことを言わないで？　これはセルラトの未来のためでもあるのよ。あなたは果てたことがないでしょう。いままではよくてもこれからはだめ。わたくしたちは次代をつくる義務があるわ。毎日わたくしがあなたにこうして、射精できるようにしてあげる〉

フラビアは、ねっとりと彼の首に吸いついた。くっきりと赤い痕がつく。

〈知ってる？　あなたはわたくしが知る男のなかで、もっともきれいで美しいの。あなたはたぐいまれな容姿をしているわ。でもね、顔だけではないのよ？　んふふ〉

鼻にしわを寄せれば、フラビアはシーツに手をつき、ぬちゃ、と腰を上げ、わざと接合部を見せつけた。女から、とろみのある液が糸を引いて落ちてくる。

〈見て、あなたは性器まで美しいの。色も、形も、わたくしのためにあるみたい〉

〈だまれ、盛りきったぶため。部屋には鍵をかけたはずだ〉

〈んふ、ここはわたくしの屋敷なのだから鍵はないも同然よ。この部屋を守っていたコンラドも薬で夢のなか。雷みたいないびきをかいていたわ。うるさいから移動させたの〉

正しくは、ここはフラビアの屋敷ではなく、彼女の夫の邸宅だ。アルムニアの王と王子を抹殺したルシアノは、現在、次の計画を進めるべく、ひそかに滞在中だった。

〈これをなんと言うか知らないわけではないだろう。強姦だ〉

〈強姦などではないわ。わたくしはあなたの婚約者。ふたりが交接するのは必然よ〉

フラビアは、彼をぐちゅ、と奥までのみこみ、律動を再開する。寝台のきしむ音は間隔をせばめていった。

〈ああ……ルシアノ。愛しているわ。わたくし、早く子が欲しいの。王のあなたがいて妃のわたくしがいればセルラトはよみがえる。美しいあなたと美しいわたくしですもの、ため息が出るほどの美しい子が生まれるわ。だから、たくさんわたくしに注いでね？〉

〈寝言は寝て言え。おまえの夫はロンゴリア侯爵だ。じじいの子でも孕《はら》んでいろ〉

〈それは無理ね。あの人はもういないもの〉

ルシアノがかすかに眉を動かすと、女は腰を止めてにっこり笑う。

〈あなたがアルムニアを滅ぼすために、やっとここに来てくれたのですもの。二年間、待ち焦がれていたわ。あなたと再会できて、わたくし、居ても立ってもいられなかった。一日も早くあなたの妻になるには夫は邪魔だったの。だからアマンシオに命じたわ〉

〈毎晩まぐわいましょう？〉とささやかれるなか、彼のこめかみに血管が浮かんだ。

〈ふざけるな……侯爵を殺しただと？　無能にもほどがある！〉

ルシアノは怒りにまかせて女を振り払った。彼の上から突き飛ばされた女は、側机の花瓶にぶつかり、高価なそれが、ばりん、とけたたましい音を立てて割れる。

〈見下げ果てた女め。おまえのせいで計画は台無しだ。王と王子が死んだばかりだというのに、アルムニアをこれ以上警戒させてどうする！　くそが！〉

彼は、新王の戴冠《たいかん》式の日、ロンゴリア侯爵を足がかりにアルムニアの王城に侵入しようと決めていた。二年をかけたその手筈《てはず》は万全だったのだ。ルシアノの望みはアルムニアを自国のように絶やすこと。絶望に染めること。その目的を果たす前に思惑は崩された。

〈うう……痛いわ……。ルシアノ、あなたどうして動けるの……？〉

フラビアからぼたぼたと血が滴った。床に顔をぶつけたため、鼻血が出たのだ。

彼は己の乱れた服を正し、寝台の横に立てかけてあった剣をとる。

〈いま死ぬか、罰を受けるか二択だ。選べ〉

ぷるぷると縮みあがった女は、〈罰を受けるわ〉と小声で言った。

〈では、俺の部下全員に抱かれろ。そのふざけた性欲を残らずそぎ落としてもらえ〉

冷酷な言葉に、フラビアは赤毛を振り乱して首を振る。

〈待って、セルラトの騎士は五十人以上いるのよ!〉

〈てっきり脳みそがないと思っていたが、数を数える頭はあるようだ〉

〈わたくしは貴族……いいえ、ただの貴族ではないわ。お父さまは王族に次ぐ地位が〉

〈それがどうした。おまえに二週間やる。その間に六十七人と終わらせろ。フリアンとレアンドロあたりは承知しないだろうが、床に額をこすりつけて毎日頼みこむことだ〉

〈六十七……そんなに抱かれてしまえば、繊細なわたくしは壊れてしまうわ〉

慈悲を乞う瞳にルシアノの顔が映りこむ。彼は、鼻先同士が触れ合うほど女に近づいた。

〈軽い罰ですむと思ったか。この俺が、俺を犯したおまえをゆるすはずがないだろう〉

女の、ゆるしてという声は廊下から聞こえる足音に重なった。すぐに扉が叩かれる。

〈ルシアノさま、フ、フラビアさま……大きな物音がしましたが、ご、ご無事ですか〉

その声に、ルシアノのすみれ色の瞳がすうと細まった。

〈おまえはアマンシオだな。ロンゴリア侯爵を殺したそうじゃないか〉

〈え? あ、はい、おれが殺しました。ルシアノさまを裏切ろうとしていましたから〉

入れと命じれば、いかにも強そうな筋骨隆々の男が入室した。裸のフラビアを見たからだろう、にきびのたくさんある顔を赤くしたアマンシオは、股間の前で慌てて手を組んだ。

〈侯爵の裏切りは、フラビアから聞いたのだな？〉

〈は、はい。ルシアノさまに仇《あだ》なす害虫だと。おれ、主君の敵はゆるしません。絶対に〉

ルシアノが、ちらとフラビアを見やれば、女は〈ひっ〉とすくみあがる。

〈アマンシオ、おまえの活躍は目を瞠《みは》るものがある。褒美だ、いまからこの女を抱け〉

依然として赤い顔のアマンシオは、えっ、えっ、とルシアノとフラビアを交互に見た。

〈あの……おれが、いいのですか？〉

〈よくないわ！　おまえごときが高貴なわたくしを抱いていいはずがないじゃない！〉

女はきいきいとさけんだが、ルシアノは淡々と言った。

〈フラビア、選ばせてやる。六十七人か、このアマンシオか〉

〈……そんなの……六十七人はいやよ。アマンシオを選んだほうがましだわ〉

〈その言葉を忘れるな。金輪際この男を拒むことはゆるさない。拒めば殺す〉

ルシアノは青ざめるフラビアからアマンシオに視線をすべらせ、あごをしゃくった。

〈アマンシオ、この女を抱くことが、セルラトと俺への忠誠の証とする。毎日示せ〉

〈ま、毎日〉と慌てふためく女を尻目に、ごく、とアマンシオの雄々しい喉仏《のどぼとけ》が上下した。

〈毎日……おれが、フラビアさまを………ほ、ほ、本当に、いいのですか？〉

〈いいわけがないでしょう!?　だったら六十七人を選ぶわ！〉

ルシアノは、〈もう遅い〉と言って、鷹揚《おうよう》に口の端をつり上げた。

〈アマンシオ、この女はいまからおまえのものだ。早速永久の誓いでもしてやれ〉

〈ルシアノ、なにを言うの！〉と絶叫《ぜっきょう》する女に見向きもせず、窓辺に寄ったルシアノは気だるげに椅子に腰掛けた。

〈冗談じゃないわ！　夫にだってキスはさせなかったのよ？　あなたのために！〉

ルシアノは目の位置に手をかざして払ってみせた。セルラト式の『やれ』の合図だ。

〈い、いや……いやあ！　わたくしを見るな！　触るなっ！　気味が悪い、放せえっ！〉

ほどなく聞こえてきたのはけもののようなうめき声。その獰猛な行為はさながら捕食だ。

淫靡《いんび》な水音を背景に、ルシアノは窓に目をやった。雲間に見えるのは鋭利な月だった。

明日は月のない夜になる。満天の星が見られるだろう。

——星などすべて消してやる。父上、母上、……ミレイア。


この一週間ほど雲に覆われていたものの、その日の空は晴れ渡っていた。白亜《はくあ》の城は太陽の光に包まれて煌々《こうこう》とかがやいている。

アルムニアの王の居城は、大きな湖の島に建っている。高くそびえる十二の尖塔に、複雑に配された歩廊は見事で、それらが湖面に映っている。湖上の城は、この世のものではないと思えるほどに幻想的だ。その優美なさまは、古来より画家や吟遊詩人を猛らせた。

アルムニアの城下町は、湖をぐるりと囲むように栄えている。町のどの場所から見ても城の様子は絶景で、国内だけではなく世界各地から旅人が押し寄せていた。

人でごったがえす町のなかで、黒いローブを着た者は、静かに城を見上げていた。

空砲が、どん、と鳴らされ、人々はまぶしげに城を見た。立て続けに大きな音が轟《とどろ》いた。

今日、新たなアルムニアの王、アラナ王女が即位するのだ。

「はじまったみたいだな。おれたちは歴史の目撃者だぜ。男系の国に女王が誕生だ！」

喜びをあらわにする細い男のとなりで、肩を落としたでっぷりとした男が舌を打つ。

「わくわくしやがって。女が王になるなんて冗談みたいだぜ。国の終わりのはじまりだ」

「そりゃあ男が継ぐのが一番だが、いまやアルムニアの王族はアラナさまだけだ。早く子を産んでくれないと千年帝国が滅んじまう」

言葉を受けた男は、臓物《ぞうもつ》が出るかと思えるほどの大きなため息をついた。

「それはそうだが……いったいこの国はどうなっちまうんだ？　不安しかねえよ。アラナさまは女な上にまだ十四だろ？　子どももじゃねえか。国を治められるわけがない」

「子どもっていうのは考えようによっちゃあいいことだぜ。もしアラナさまが老婆だとしたら跡継ぎどころか寿命の心配をしなきゃならねえ。それに、アラナさまが国を治めるとは思えねえ。宰相もいるし、アラナさまの側にはカリストさまがいる」

「カリストさまか……。あの方は神童だ。めっぽう強く頭も切れる。おまけに美形ときたもんだ。しかも裕福。天は二物を与えずなんて嘘っぱちだ。相当なギフトすぎるぜ」

しみじみと言う太った男のとなりで、骨のようにほっそりとした男がにやついた。

「いかにもおまえが好きそうな話をしてやる。うわさでは、アラナさまはカリストさまが認めた者としか会わないらしいぜ。おまけにアラナさまはひどく無口で、会話はカリストさまを通さないと成り立たねえって話だ。しかも、一日じゅうふたりで居室にこもっているそうだ。召し使いをつけず、側に置くのはカリストさまだけだとよ。どう思う？」

聞いた男は「はっ！」といやらしく笑い、額にふくふくとした手をのせた。

「こりゃあ断言するしかねえな。ふたりは確実にやっている。カリストさまは十七だろ？ 性欲が爆発してやりたい盛りだ。男と女が揃えば、やることはひとつだけだからな」

「言えてる」と、ふたりの男が下品な話で盛り上がっていると、会話に割りこむ者がいた。

「カリストとは何者だ」

男たちは、突然現れた黒いローブ姿の者に目をむいた。その者は、目深にフードを被り、鼻と口もとしか見えていない。いかにもうさんくさい、怪しげな出で立ちだ。

「ああ？ てめえこそ何者だ。勝手にしゃべりかけやがって。だいたいカリストなんて呼び捨てにしてんじゃねえよ。どれだけ尊い方だと思ってんだ。カリストさまだろうが！」

訂正を求められても、ローブの者は従おうとはしなかった。

「ふざけやがって。てめえ、外人か？ ——まあいい、おれたちは異国の者にも親切なできた男たちだ。カリストさまは宰相であるウルバノ公爵さまのひとり息子で未来の宰相。アラナさまの補佐をしている方だ。しかもな、アラナさまの恋人だぜ？」

言葉の途中で興味が失せたのか、ローブの者は去ろうとした。が、男たちは「ちょっと待てや、ふざけるな！」と前後をふさぐ。

「てめえ、おれたちが親切にしてやったのに礼儀がなっちゃいねえ！　人ってもんは、絶対に忘れちゃいけねえ三原則があんだろ！　おはよう、ありがとう、さようなら、だ！」

がなり声は、いまにも殴りあいに発展しそうな勢いだった。関わりたくない民衆が避けたため、ぎゅうぎゅう詰めの広場だったにもかかわらず、そこだけぽっかり穴があく。

けれど、男たちの威勢はいきなり弱くなる。なぜならローブの者が、切れ味のよさそうな剣をぎらりとひらめかせたからだった。

「く……、くそ、剣たぁ卑怯だ……覚えてやがれ！」と、不機嫌をまき散らして男たちが立ち去れば、ローブの者はアルムニアの城に目をやった。

城は通常、入城するための跳ね橋がかかっているが、ロンゴリア侯爵の死がきっかけになったのか、今日までほぼ一日じゅう跳ね橋は上げられ落とし扉まで下りていた。その上、城はぐるりと高い壁に囲まれて、上部を騎士が巡回している。ただでさえアルムニアの王城は難攻不落《なんこうふらく》の城として有名なのに、警備はさらに厳重になっていた。

――思った以上に隙がない。湖《これ》はこの上ない天然の濠《ほり》だな。

ローブのなかで、すみれ色の瞳が閉じられた。まなうらによみがえるのは、亡くした故郷、亡くした家族。花が咲きほこるセルラトは、かつて『花の国』と呼ばれていた。

《アルムニア国から親書が来た。同盟の誘いの手紙だ。ルシアノ、おまえも見ろ》

あれは、国が滅びるひと月ほど前のことだった。手紙をこちらに差し出す父に、受け取りながら彼は言った。
《あの大国のアルムニアからですか？　突然ですね。なにか裏があるのでは？》
目を落とせば、仰々《ぎょうぎょう》しい印章が捺《お》されてある。鷹《たか》と蛇《へび》で構成されたアルムニアの国章だ。それらは全能・王・知恵・創造を表しているが、彼にはまがまがしく不吉なものに見えた。
《父上、この手紙は礼を欠いているのでは？　セルラト王へ宛てたものでありながら、こちらの言葉ではなく、あちらの言葉でつづられている》
《まあそう言うな。アルムニアの言語は古くから世界で広く使われている言葉だ》
《かの国はかつて栄華を誇り、多くの土地を支配していましたからね。ですが》
やれやれと肩をすくめた父は、《おまえはアルムニアを好かないらしい》と笑った。
《彼らはテジェス国と事を構えたいようだ。我らにとって都合がいいと思わないか？》
テジェス国は、セルラトを脅かし、領地を削《けず》り取ろうとする油断ならない隣国だ。近年、国境では小競り合いに発展したことがたびたびあった。そのテジェスがアルムニアと争えば、いかな好戦的な彼らとて、しばらくなりをひそめるしかないだろう。
《私は同盟を歓迎するが、ルシアノ、おまえはどうだ？》
《父上のお好きに。異論はありませんよ。しかし、慎重に調べたほうがいいと思います》
父は、ふたつの杯をそれぞれ葡萄酒《ぶどうしゅ》で満たし、そのひとつを息子に手渡した。
《アルムニアは我らとまったく関係がないわけではない。アルムニアの王は最初の妃が亡くなった後に、アモローゾ国からベタニア王女を妻に迎えた。ベタニアは子を産んだ日に

十七の若さで夭折《ようせつ》したが、私のいとこだ。彼女の母親は私の母の妹だからね》
《そのベタニア妃が産んだ子というのは、たしか王女で、名はアラナでしたか》
《そうだ。アラナ王女は我らの縁戚だ。ミレイアと同じ歳だったはずだが》
《国の利を考えれば、俺が父上なら息子の婚約を破棄し、アラナと婚約させるでしょう》
　葡萄酒の杯を傾けかけていた父は手を止めた。
《俺の婚約者のフラビアは、ヴェント公爵の娘とはいえしょせんはセルラトの貴族です。国内では強くても、外交の上ではなにも役に立たない。しかし、アラナ王女が相手であれば、アルムニアとの同盟はより強固なものになりますし、彼女は人質にもなります》
《人質、か。だが、アラナ王女におまえの妃は荷が重い。我がいとこ、亡きベタニアは、娘を丈夫に産んでやれなかったのだ。つまり、王女は身体が弱く、これまで城から出たことはない。実際、公の場に姿を見せたことがないほどだ。……言いたいことはわかるな？身体の弱い王女では話にならない。彼女はアルムニアから出ることはないだろう》
　ルシアノは、《そうですね。たしかに、話にならない》とまつげを伏せた。
《では、父上に従い、既定どおりに来年、フラビアを妻にします》
《息子よ、フラビアとの婚約を進めたのは、彼女がおまえを愛しているからだ。私は、おまえにも彼女を愛してほしいと思っている。おまえには幸せな人生を歩んでほしいのだ》
《父上と母上のように、ですか？　土台無理な話です。俺は、女性に興味がない。次代が産める者ならば、妻にするのは誰でもいいと考えています》

愛──ルシアノが抱《いだ》けるのは、父母と妹への愛のみだ。
過去に思いを馳せていた彼は、ぎりぎりとこぶしをにぎりしめた。
何度、あの日に戻りたいと思っただろう。何度やり直したいと思っただろう。同盟は、セルラトを陥《おとしい》れるための、アルムニアとテジェスの策略だった。
──俺の国のように両方残らず消してやる。穢らわしいごみどもめ。
うずまく思いを抑えきれず、小刻みに震えていると、背後で女の声がした。
〔どうしよう、お金を貸して？　お城に行く前に肌の手入れをしなきゃいけないわ〕
城、に反応したルシアノは、その女に目をやった。鮮《あざ》やかな橙色の服を纏った女が三人、肩を並べて歩いている。それは南方の国の者が使う言語で、彼は聞き取れるが話せない。
〔お金は貸すけれど、あなた、考えなしに使いすぎよ？　ちょっとは貯金しなさいよ〕
〔いいのよ。私、近いうちにお貴族さまに見初《みそ》められるから。今夜かもしれないわ〕
〔ばかね、少しは現実を見なさいよ。高貴な人は私たち庶民なんかに夢中にならないわ〕
〔わからないじゃない、私は皆からよく美しいって言われているわ〕
〔ふん、皆って誰から？　ばかね、地位がある人は女に困るはずがないわ。それに、アルムニアの女王は独身よ？　今夜の貴族たちはみんな女王さま狙いに決まっているわ〕
会話に聞き耳を立てていたルシアノが彼女たちの跡をつけると、カニサレス国から来た芸道の者であることがわかった。一団は総勢三十名。男は団長ひとりのみで、あとは全員女だ。彼女らは王城へ船で渡り、夜の宴《うたげ》で舞うらしい。

フードを深く被り直した彼は、うろんに目を光らせた。


カニサレス国の一団にまぎれこむのは、彼にとってたやすいことだった。

ルシアノは亡き母カルメリタによく似た顔立ちに、見事な銀の長い髪を持っている。それはセルラト国が滅亡した時から伸ばしたままだった。その上、十八歳の彼は身体つきもほっそりしていて中性的だ。すぐに女に化けられた。実際、これまでも女に扮して隙をつき、目当ての者を殺したり情報を仕入れることがたびたびあった。

まず彼は、芸道の者が滞在する宿へ行き、楽士をひとり気絶させ、物置に閉じこめた。自身のまぶたに緑の飾り粉を施して、唇には艶やかな紅を引き、女性用の服を纏えば、たちまち彼は誰もが振り向く美女になる。なよなよと長いまつげを伏せると、男女問わず一定の効果があると知っていた。内面は獰猛でも、見た目はたおやかに映るのだ。

楽士不足のカニサレスの一行が、見目がよく楽器を自在に操れる彼を仲間に加えるのは当然だ。鼻の下を伸ばしている団長の裏で、芸道の娘たちは、話しかけても反応しない新たな仲間を訝《いぶか》しんだが、彼にとってはどうでもいいことだった。

ルシアノは、娘たちとともに王城へ向かう船に乗りこみながら、今後の予定を組み立てた。部下はおらず、単身敵地にしのびこむ。頭のなかは『殺す』の文字で占められていた。

ルシアノは、アルムニアの女王アラナを知らない。直接見たことがないからだ。

——ミレイアと同じ歳か。

妹が生きていれば、十四歳。

——なぜ、生きるべき者が死ぬ。

頭によみがえるのは、セルラトの城壁に吊された両親だ。ふたりは愛娘が朽《く》ちるさまを目のあたりにしながら息絶えた。時が経つにつれ、三人は変わり果てた姿となった。以降も家族は長きにわたり晒《さら》され続けて、敵の隙をついたルシアノが、手ずから彼らを葬った。小さくなった家族の姿を前に、彼は誓ったことがある。

父や母や妹は、毎日神に感謝を忘れず、善良を体現してきた人たちだ。なのに、これほどむごい仕打ちがあるだろうか。人の尊厳は徹底的に無視された。

揺らめく湖面を見ていたルシアノは、あごを上げ、白亜の城を仰ぎ見た。目の前にあるのは、大国アルムニアの王城だ。

胸にはあらゆる闇を濃縮したような、黒い炎が燃えたぎっている。身体に染みついた思いを言い表すのは不可能だ。これを憎悪と呼ぶのは生ぬるい。殺しても殺しても、この世のすべてを殺し尽くしても消えてなくならないほどの怒り、そして怨《うら》みだ。

——皆、滅べ。等しく死に絶えろ。

赤く染まった空に、一番星がかがやいた。アルムニア城の大広間では酒宴がはじまっていた。カニサレス国の一団は、鈴や鼓笛《こてき》、リュートに合わせて踊りを披露している。南の国の国民性なのだろう、お祭り好きの彼らは盛り上げ上手で華やかだ。その片隅で、ルシアノは慣れた手つきでリュートを爪弾《つまび》いていた。王子のころ、演奏が得意だったのだ。

楽士の深緑色の服を着た彼は、目深に帽子を被り、特徴的な髪や瞳を隠していた。踊り子たちを引き立てるための地味な衣装だったが、おかげで目立たず行動できた。

広大な大広間は、アルムニアの城と同じく白を基調としており、いたるところに黄金があしらわれ、富める国だとひと目でわかる。等間隔に立つ大柱、天井や壁には蛇と葡萄で構成されたアルムニア式の彫刻が施されていて、椅子や机にある凝った装飾物のひとつひとつが、文化の高さをうかがわせるものだった。

アルムニアには『千年帝国』という異名がある。それは千年以上の歴史を持ち、世界の多くを支配していたからだ。しかし時を経て、かつての国力はいまはない。が、文化の水準は維持されており、いまだ大国として扱われている。その栄華を誇った王家の血すじも、最後のひとりを残すのみだ。もっとも、血族が減った原因の一端はルシアノにあるのだが。

――女王アラナ、どこだ。

大広間には、豪華な正装姿の貴族が大勢いるが、女王らしき姿はない。一段高い場所にある、黄金作りのひときわ目立つ玉座もからっぽだ。

曲が終わりを迎えて、新たな曲がはじまり、彼は辺りを注視しながらリュートを鳴らす。演奏は、ふたたび終わってまたはじまった。何度かそれをくり返し、ルシアノがいらだちはじめた時だった。いかめしい顔の貴族により、いきなり音楽が止められた。

貴族たちが注目している先を見やれば、物々しく衛兵たちが扉の周りを固めていた。静まりかえるなか、その中心がぱっと割れたと同時に、こつ、こつ、と小さな音がした。

白に近い金色の髪がふわりと舞った。柔らかそうな質感だ。頭上を彩る宝冠にはエメラルドがかがやいていて、ドレスは髪の色に合わせたのだろう、淡い金色だ。

ドレスにあしらわれた飾りがちらちら揺れている。裾をさばく姿は、慣れていないのか完璧とは言いがたい。顔は幼く、無表情。目の色は鮮やかな緑色だが、うつろでまったく覇気《はき》がない。見えているようで、なにも見ていないようだった。

それまで踏ん反り返っていた貴族たちは、少女に向かって、皆、一様に頭を下げている。着飾った彼らが礼を尽くす姿は圧巻だ。そのなかを、少女は一直線に玉座に向かい、ちょこんと腰掛けた。間違いない、彼女が女王アラナだ。

女王に付き従っているのは、黒い髪の青年だ。整った顔立ちに、背すじを伸ばした立ち姿がりりしく、女王よりも目を引いた。彼が、くだんのカリストだろう。主の衣装を引き立てようというのか、上から下まで白の装いだ。

ルシアノが注目したのは、カリストの視線の動きだ。大広間のそこかしこに人を配しているのか、合図を送っているようだった。そればかりではなく、宰相も、騎士らしき多くの貴族も、女王アラナを守る構えを見せていた。

――最後の王族だからか、皆、必死になっているようだ。

ルシアノは、うつむき加減で唇の端を持ち上げた。面白い、と思ったからだ。これほど警戒されているなかで女王を殺せば、アルムニアに絶望を味わわせられるだろう。古い血すじを持つ王族は、彼らの誇りであり、『千年帝国』のよりどころだ。

――それにしても皮肉なものだ。

彼は女王アラナに目を向けた。大国の名に恥じない立派な城、申し分のない人材に豊かな財産、見るからに優秀な恋人と、彼女はまるで調和がとれていない。

女王と言うには弱すぎる儚い少女。王になる心構えができていないのか、国を背負う気《き》概《がい》も意欲も警戒心も持たないようだ。心ここに在らずの状態で、ただ、椅子に座っているだけ。自信もなく愚鈍なのだろう。まったく器《うつわ》が足りていない。

――生まれながらに虚弱、と言ったか。どうりで顔が青白い。

亡きミレイアと同じ歳……女王アラナは、ただこの国に生まれただけだ。彼女がセルラトを滅ぼしたわけではない。わかっている。しかし、自分の縁戚だとしてもその身体にはアルムニアの血が流れている。彼にとっては忌むべきものだった。アルムニアは、もはや、存在しているだけで罪なのだ。

ルシアノは、銀のまつげで目を隠す。

――あの女王は、ミレイアよりも、二年も長く生きている。

アルムニア国では、夜間、湖に船を出すのは禁じられている。許可されているのは城を守る騎士だけだ。掟《おきて》を破ればすぐさま船は沈められる。おかげでカニサレス国の一行は城に足止めされていた。しかしそれは、ルシアノにとって好都合で、狙っていたことだった。

女王アラナが宴席にいたのは、時間にしておよそ三十分の短い間だ。皆へのあいさつは代理で側近のカリストがおこなった。女王は話さず、表情を崩さず、飲み食いもせず座っていただけだった。宰相の言葉の後、固く唇を結んだまま立ち上がり、厳重に守られながらカリストとともに立ち去った。以降、本格的な宴となり、大広間の雰囲気はおごそかなものから一変した。女王とともに、堅物の騎士や生真面目な貴族が退出したせいもある。

夜が深まれば、カニサレスの娘を連れて、姿を消す貴族もいた。なにをするのか聞くまでもない。カニサレスの芸道の者たちは、後ろ盾を欲しているのか、貴族からの声がけを拒まない者が多いのだ。あわよくば、愛人にでも収まりたいのだろう。

ルシアノも帽子を脱げば、アルムニアの貴族から声がかかるのはすぐだった。

「そなたは見事な髪をしているな。見せてくれ。それに顔も美しい。名はなんという？」

「ビオレタと申します。お貴族さま」

「なんと、そなたは目もすばらしいな。こう……薄紫色の瞳に、中心は金色ではないか」

後には貴族特有の口説き文句がつらつら続く。ルシアノは聞き流しながら考えた。

この貴族は、服装からそれなりの地位にある者だ。おそらくは、アルムニアの城でも重要な位置に部屋を与えられているだろう。奥深くに入りこむには都合がいい。

ルシアノは、腰に手を回されても、払うどころか貴族にしなだれかかってみせた。

「ビオレタ……よいのだな？」

彼は、男に向けて赤い唇をゆがめて笑う。それは企みを感じさせない妖艶な笑みだった。


広い寝台で、女が身悶《みもだ》えた。ぎい、ぎい、ときしむ音が絶えず鳴る。

ルシアノは女を抱いていた。人を殺したからだった。

彼も女も服を着たままだ。彼は、女を抱く時、服は脱がない。

先ほど貴族に部屋へ連れこまれたルシアノは、扉が閉まった後すぐに、長い銀髪を結っていたひもを解き、自身の身体をまさぐろうとする貴族の首に巻きつけ絞殺《こうさつ》した。

それから、事切れた男をずるずる引きずり、寝台の下に入れ、楽士の服を脱ぎ捨てた。

罪悪感などみじんも抱いていなかった。アルムニア国もテジェス国も、死に絶えて当然だ。人のすべてが憎かった。家族亡きいま、すべてがどうでもいいものだった。

彼が化粧を落とし、着慣れた黒いローブを纏いかけた時だった。扉が二度叩かれて、華やかなドレス姿の女が入室した。

『まあ、あなた誰？　もしかしてパボン伯爵の小姓《ペイジ》というのはあなたなの？』

女は、彼が殺した貴族——パボン伯爵の愛人らしい。素早くルシアノを観察する。

『ふうん、やけにきれいな小姓ね。あなた、伯爵に抱かれているのでしょう？』

彼は答えようとはしなかった。貴族は背徳的な快楽を求め、男も女も見境なく関係を持つ者が多いのだ。女は、彼の無言を勝手に肯定だと捉えたようだった。

『……ねえ、あなた、男だけではなく女ともしたことがある？』

人を殺した時、彼は凄絶な色気を放つ。自ら求めずとも、蜜に引き寄せられる虫のように女が寄ってくる。この女も例外ではない。うなずけば、女は言った。

『よかった。あの人がくるまで、わたくしと遊びましょう？』

話しながら女はドレスを脱ごうとしたが、彼は『着たままで』と遮った。女は『しわになるわ』と文句を言ったが、取り合おうとはしなかった。

『四つ這いになってください』

それは、彼が性交する際、必ず女にさせる体勢だ。

『四つ這い？　このわたくしが？　下賤だわ』

そう言いながらも従う女を見下ろし、彼は思う。

――汚いぶため。

本来ルシアノは、吐き気を覚えるほど性行為を嫌悪している。だが、人を殺した時だけは己を汚さずにはいられない。堕《お》ちて、堕ちて、さらに身も心も黒に染めたくなるのだ。

彼の色気に当てられた女は、愛撫をせずとも濡れている。彼は女に対して愛撫をしたこともなければ、必要以上に触れない。直接肌を合わせるなどもってのほかだった。ただ、相手の腰をつかんで行為に及ぶ。さながらけものの交接だ。

突くたびに生々しい感触が背すじを走る。肌が粟立《あわだ》つおぞましい感覚が、己の穢れを知らしめる。彼にとって性交は、故国の落日に立ち返らせるものだった。だからこそより人に対して非道になれる。快楽とは心の死だ。からっぽの身体のみで怨みを糧に生きている。

突然、糸が切れるように止まった彼は、名残惜《なごりお》しそうな女を無視し、身体を離す。

衣服を整えていると、熱く息を吐いた女は乱れた髪を正しながら言った。

「あなたって果てないのね。なぜ？　それに息も乱していないわ。汗もかいていないし」

「ぼくは射精しません。できないのですよ。ある意味便利な身体でしょう」

「そうね、便利だわ。わたくしの名はブリサよ。マトス侯爵夫人なの。わたくしね、あなたのことがとても気に入ったみたい。その美しい顔、好きよ。相性もいいと思わない？」

「そうですね。夫人、そろそろ失礼します」

「いやだわ、どこへ行くの？　まだ遊び足りないわ」

彼は黒いローブを手に取り、被りながら口にする。

「パボン伯爵の使いでカリストさまのもとにお届け物があるのです。ですが、ぼくは城に上がったばかりで居室の位置を把握できていません。探さなければ」

「まあ、教わっていないのね。この城は広くて複雑よ。迷ってしまうわ」

続いて女はぺらぺらとカリストの居室の場所をしゃべり、その後思わせぶりに付け足した。

「ねえ、早く届けてきて。わたくし、ここで待っているから続きをしましょう？」

彼は小姓になりきり、きれいに唇の端をつり上げた。

衛兵の目をぬすみ、大理石が敷き詰められた回廊を越え、ルシアノは大きな居室にたどり着いた。覗いた部屋は豪華だったが、持ち主は機能を重視しているのだろう、伯爵の部屋に比べて家具は簡素なものだった。しかし、だからこそ相手は油断ならない人物だろうと考えた。置かれている使いこまれた剣も積み上げられている本も、それを裏づけていた。

椅子に座っている居室の主は黒い髪をかきあげた。端整な顔立ちの、女王の側近カリストだ。ルシアノは、カリストは恋人——アラナのもとへ行くだろうとふんでいた。

その予想は当たったようだった。読んでいた本を閉じたカリストは立ち上がる。

カリストが向かった先は、金色の扉で閉ざされた居室の前だった。その扉には、鷹と蛇で構成された模様があった。アルムニアの国章だ。カリストは、ノックもせずに気さくな様子で入室した。

「アラナ、どう？　温まった？」

その言葉じりから、ふたりの関係性があらかたわかる。身分に捉われていないのだろう。

あまりに返事が小さいせいか、柱にひそんだルシアノまでは、相手の声は届かない。

カリストの前にあるのは、凝った作りの浴槽だ。そこに、裸の少女がいる。

なにも纏っていない彼女は、十四歳よりも幼い娘のようだった。

「おいで。服を着ようか」

指示に従い、湯から立ち上がった女王アラナは、ゆっくりとカリストに近づいた。

彼女は小さく膨《ふく》らんだ胸や恥部、細い腕や脚を隠そうともせず、その顔は無表情で、日に当たっていないのか、肌は青みがかって見えるほどに真っ白だ。

ルシアノは、思わず顔をゆがめた。違和感を覚えたからだった。

王族が身の回りの世話を付き人に任せるのは普通のことだ。裸でいても気にしないのも、人に世話をされることに慣れていれば当然だ。けれど、いま、女王に付き従う召し使いはおらず、かいがいしく世話をするのは、このカリストしかいないようだった。男が女の世話をするなど、常識的にはありえない。しかも、カリスト自身、宰相の息子であり、高位の貴族。本来ならば、人に傅《かしず》くのではなく傅かれる立場だ。

カリストは、慣れた手つきでアラナの身体を丁寧に拭き、夜着を着付けていった。

「髪を整えようか。座って？　そうだ、あの薔薇の香水をつけてみてはどうかな」

「いまはいいわ。……今日は疲れたの。ごめんなさい、ひとりになってもいい？」

彼女の声はか細く、消え入りそうだった。いかにも身体が弱そうだ。

「わかった。もう眠るといい。運んであげるよ」

女王のひざに手を差し入れて、軽々と抱き上げたカリストは、奥の部屋へと歩いてゆく。

その彼の背に回った小さな白い手が、ルシアノの目に、なぜか強く焼きついた。

「おやすみなさい、カリスト」

「おやすみ。アラナ、また明日」

会話に耳をすましていたルシアノは、黒いローブのなかで小刀をにぎりこむ。

――明日はない。

彼が行動したのは、カリストが退室し、灯り続けるろうそくがずいぶん短くなってからだった。暖炉の火がぱちりと爆《は》ぜたのをきっかけに、足音を立てずに奥の部屋に近づいた。薄布が囲む寝台に、さらに近寄ろうとした時だ。むく、と起き上がる影があった。とっくに眠ったと思っていたアラナだ。

「どうぞ、ここへ来て」

ルシアノは、深く被ったフードのなかで目を瞠る。薄布越しに視線を感じた。

「せっかく人払いをしたのに、どうしていままで近づいてこなかったの？」

彼は驚愕していた。隠密行動には自信があった。これまで人に感づかれたことはないというのに、この少女は語りかけている。

「今夜はめずらしいのね。ここはテラスではないし、灯りがあるわ。新月でもないのに、あなたはここにいる」

ルシアノは、ぴくりと鼻先を持ち上げた。どうやらアラナは、彼を他の者と間違えているらしい。答えず、なりゆきをうかがった。困惑しているというのが正しかったが。

「正直に言えば、あなたと再会するのは年を経《へ》てからだと思っていたわ」

ゆっくりと薄布が持ち上げられる。黒いローブを纏う彼の前に、絹の夜着姿のアラナが現れた。

背は、ルシアノの胸の位置までしかない。白に近い金の髪は、人の毛とは思えないほど、混じり気のない色だった。くるっと上がる金のまつげに、ふちどられた鮮やかな緑の目。

なぜ、この目をうつろで覇気がないと思えたのだろう。ルシアノは、こんなにも強烈な瞳を見たことがない。一言では言い表せない、強さと深さを持つ瞳。

めずらしく、鼓動の速度が増していた。フードを深く被っていても、まるで緑の瞳に見透かされているようだった。

震えかけたひざに気づいて、彼は足に力をこめた。どの国の王に会っても、畏怖《いふ》したことなどないのに。

——早く、殺さなければ。

しかし、振り下ろそうにも勝手に手が止まる。息苦しさを覚えて唾《つば》を飲みこんだ。

ルシアノが立ち尽くしていると、彼女は人違いに気づいたのだろう。その目は一旦大きく開いたが、次第にすうと細まった。

ルシアノは、自分で自分がわからなかった。

気がつけば、当初の予定を果たすことなく、部屋を後にしていたのだから。

二章

「か、金ならいくらでもやる！　やめろ、助けてくれ！」

助けるわけがない、と思った時には手は動いていた。血が鮮やかに飛び散る。

事切れて転がる男は、故国セルラトを滅ぼしたテジェス国の王族だった。だが、晴れるはずの心はまったく晴れない。殺しても殺しても、愛しい家族も国も二度と戻らないのだ。復讐は無意味だと知っている。しかし、せずにはいられない。目的は、テジェス国とアルムニア国を滅亡させること。

ルシアノは血に染まった手を見下ろした。たちまち、心が二年前に引き戻される。

脳裏には、白金の髪の少女が鮮やかによみがえった。なぜ、殺さなかったのか。あの時まで、誰ひとりとして標的を殺すことにためらったことはないというのに。

〈ルシアノさま、お見事でした。セルラトに栄光あれ〉

故国の言語が聞こえて、彼は物思いから覚めて目をやった。控えているのは、黒いローブを纏った元セルラトの騎士たちだ。決起当初は騎士の数は二百を超えていたが、徐々に減ってゆき、いまは五十二名になっていた。弱き者は淘汰《とうた》され、精鋭が残された。先頭に立つ男ふたりはフリアンとレアンドロという。彼らはルシアノが幼いころからの側近だった。そして、小太りぎみの男がコンラドだ。戦闘向きではないが、諜報《ちょうほう》活動に優れている。

〈フリアン、この薄汚い死体を王宮に放ってこい。やつらに泡を吹かせてやれ〉

命を受けたフリアンが騎士を数名連れて立ち去ると、コンラドが、〈発言してもよろしいですか〉と前に進み出た。ルシアノが許可すると、彼はもみ手をしながら言う。

〈今日はあなたさまの生誕の日ですね。二十歳になられました。おめでとうございます〉

〈どうでもいいことだ。コンラド、まさか、言いたいことはそれだけか？〉

くだらないとばかりににらみつけるルシアノに、コンラドは慌てて否定する。

〈いいえ、違います。先ほどフラビアさまから便りが参りました。お伝えしても？〉

〈どうせばかげた内容だ。焼き捨てろ〉

〈いいえ、それがどうやら場が整ったようです。フラビアさまはアルムニアのある貴族と再婚なさいまして、ルシアノさまのアルムニア入りを希望しておられます。それから――〉

ルシアノは、すっと手を出し、コンラドの話を遮った。

〈虫がいる。レアンドロ、おまえは左から回り込め。仕留めるぞ〉

剣をすらりと抜いたルシアノは、レアンドロにあごをしゃくったのちに足を踏み出した。

＊　＊　＊

あなたは今日をどんな思いで生きているのかしら。

わたしは今日をどんな思いで生きればいいのかしら。


明かり取りから光が落ちる。か細かったすじが少しずつ太さを増してゆくにつれ、金のまつげが揺れ動く。そして、深緑色の瞳が現れた。

光を目に映したアラナは、起きしなに思うことがある。それは、毎朝変わらない。

──また、今日がはじまってしまうのね。

ぎし、と大きな寝台で身を起こせば、周りを囲む薄い布が揺れていた。人の気配だ。おそらくは、誰かがこっそり覗いていたのだろう。心当たりはひとりだけ。

「ベニート、いるのでしょう？」

しんと静まりかえった部屋で、やがて、「くく」と笑い声がした。

「嬢ちゃん、相変わらず鋭いな。隠密が見つかっちゃあ、笑い話にもなんねえ」

「あなたとのつきあいは、もう二年になるのですもの。気づかないほうがおかしいわ」

「へえ、二年ねえ。死んだグスタボの後釜《あとがま》になってそんなに経つか。どうだ？　おれはグスタボより役に立ってるか？」

アラナは「どちらも大切よ。比較する必要はないわ」と鼻先を持ち上げた。

「大切、か。いいのかい？　高貴な女王さまの飼い犬にしては、おれは卑しい輩《やから》だ」

「わたしは、あなたの『目』と『耳』を、気に入っている」

アラナの寝台を囲む薄布がふたつに割れてゆく。顔を出したのは、栗色の髪の男だった。彼は低く嗄《か》れた声の割には童顔だ。二十代半ばに見えるが、くわしい歳は不明だった。

「おれもあんたのことを気に入ってるぜ？　出会ったころのあんたはどうしようもなくちびだったが、いまはどうだ、いい具合に胸が膨れてうまそうだ。見せてみろよ」

「わざわざ見せなくても、あなたは昨夜、わたしの湯浴みを見ていたわ」

「気づいていたか。なあ、あんたとカリストの関係はなんだ？　おれにはさっぱりだ。カリストは裸のあんたに触れているのに抱かねえんだな。不能か？　いくじなしか？」

にやつく彼に、アラナが寝台の端を勧めると、ベニートはためらうことなく腰掛けた。

「あんた、不安にならねえのか？　いま、ここにはおれとあんただけだ。おれはカリストのように聖人君子でもなければ性欲も枯《か》れてねえ。犯すかもしれねえぜ？」

「あなたがそうしたいのならそうするといいわ」

「そんなことを言っちまうんだな」と、アラナの顔を見据えた彼は、相好《そうごう》を崩した。

「嬢ちゃん、貞操の危機だぞ？　こんな時に無表情でいるなよ。少しは顔を変えろ」

アラナがその言葉になにも答えないでいると、彼はすっと脚を組んだ。

「仮面かよ。まったく、面白みのねえちびだな。まあいい。ところで、銀の髪の男についてだが、あの男はばかみたいに鋭い。おれはいつまであいつの動向を報告できるかわからねえ。今回もぎりぎりだった。おれも近いうちにグスタボのようにおっ死ぬかもしれねえな。――それで本題だ。あいつはいまテジェス国に潜伏している。これまでテジェスの王族が六人ほどくたばったが、みんなやつのしわざだ。おれ顔負けの大した悪党だぜ」

アラナが目を伏せると、ベニートは続けた。

「なあ、あんたの国もそうなんだろう？　数年前、アルムニアの王族がばたばた死んだ。流行病だったと発表されたが違うんじゃねえのか？　王と王子が死んだ事故も怪しい。残ったのは小さなあんただけ。この国のざまはあの男のしわざなんじゃねえの？」

「ベニート、あなたの仕事はわたしの目となり耳となることよ」

彼は「はいはい、詮索《せんさく》は好まないってわけだ」と肩をすくめた。

「あの男、人を殺すたびに女を抱く。それがまた無理やりじゃなく、女は進んでけつを差し出す始末。とんでもねえ色男だな。あいつ、アルムニアに来るつもりだぜ？　なあ、どうする？　やつは王族ばかりを狙って殺しているんだ。あんた死ぬんじゃねえの？　その前にやつを殺してやろうか？　最悪、相打ちになるだろうがあんたは生きられる」

「あなたの役目はそうではないわ。もしわたしが殺されたとしても、手出しはしないで」

ベニートは、ぶつぶつとアラナをあざけりながらにじり寄る。

「傍観《ぼうかん》たぁ気に食わねえなあ。なにもかもが気に食わねえ。嬢ちゃん、仕置きだ」

突如、アラナは寝台に押し倒された。だが彼女は、顔色を一切変えないどころか眉すら動かさなかった。それを見て舌打ちした彼は、膨らむ胸に手を当てた。

「やわらけえ。で、どうするよ。このまま揉《も》むぜ？　怖いか？　泣くか？　わめくか？」

ちりちりと刺激が走るのは、胸先を引っかかれているからだ。それに耐えていると、りぼんを解かれて、薄薔薇色の小さな頂があらわになった。

「鼓動が速え。顔は変わらなくても心臓の音が聞こえるぜ？　怖いか？　だが、知るか」

舌先で乳首をつつかれ、すぐに吸われた。それでもアラナは動かず、抵抗しなかった。

「女王さま。あんた、なにを考えている？　おれみたいなごろつきになにされてんだよ。ばかか？　突き飛ばして叫べ。カリストならすっ飛んでくるだろ？　抵抗しろよ。早く」

アラナはうつろな目をして遠くを見つめた。

「わたしは、あなたに命をかけてもらっているわ。だからわたしでいいのなら」

「は？　好きにしていいって？　くそなおれになに言ってんだ。あんた、ばかだろ」

鼻と鼻がつきそうだった。強い視線で射貫かれながら、唇に熱いものが押しつけられた。

「……はは、高貴な女王にキスしてやった。抵抗しねえなら、このまま犯すぜ？」

うなずけば、彼は急に息を荒くした。目も、情欲を孕んでぎらぎらしている。

ベニートはふたたびアラナの口にしゃぶりついた。その口がじりじりと胸まで下りてゆき、頂を執拗にもてあそぶ。彼が胸に執着するなか、アラナは天井を見ていた。脚を割られて、その股間に触れられ、舌で舐《な》められても、天井を見据えたままでいた。

まぶたを閉じれば、まなうらに、空一面に広がる星が見えた。

〝誰かが誰かの死を願うごとに、星はひとつずつ姿を消してゆくのですって〟

――あの日から、星は、どれほど消えたのかしら……。

「…………ほうら泣いた。やっぱり、いやなんじゃねえか」

泣いた、の言葉に目を開ければ、彼が言ったとおり、目尻から涙が伝っていた。

「ガキのくせに平気なふりをしてんじゃねえよ。なんでそんなに自分を殺してんだ。生きてんのに死んでるみてえじゃねえか。そんな様子じゃあ銀の髪の男に殺られる前に死ぬぜ。あんた、おれが生きている間に死ぬつもりか？　ふざけんな。勝手に死ねると思うなよ」

ぐちぐち言いながらも、ベニートはアラナの夜着を直していた。ぼたぼたと涙をこぼしていると、「泣くな」と頬にくちづけてくる。

「ほら、服を直してやったろ？　泣きやめ。怖え男はしばらく退散しててやるからさ」

彼女が起き上がったのは、彼が部屋から去った後だった。

むせび泣くアラナは、寝台から下りて浴槽の前に立つ。昨夜は湯でも、いまはすっかり水になっている。けれど、そのまま足を入れ、ずるずると身を沈ませた。

息を止めて頭の先まで水に潜《もぐ》れば、身体が寒さにわななないた。

冷たいなんて思う資格はないのだと、自分に言い聞かせて耐える。

涙を流したことがいやだった。人らしい感情が、痕跡が、疎ましくていやになる。

女王になって二年が経った。しかしまだ、心は殺しきれていないのだ。


水に身を沈めたのだから、風邪を引くのは当然だった。アラナは三日うなされた。

浴槽にいたアラナを引き上げたのはカリストだ。彼はずぶ濡れの夜着を剝ぎ取り、アラナを自身の肌で温めた。

　カリストはつきっきりで側にいたが、隠密のベニートも来たようだった。気づけば、側机に赤いりんごがひとつ、ちょこんと置かれていた。

「アラナ、ようやく熱が引いたね。いまから僕に説明してもらうよ」

　寝台に横たわるアラナの身体を拭きながらカリストが言う。夜着はなく肌を晒した状態だ。無表情で天井を見つめるアラナの手をにぎったカリストは、ふう、と深い息をついた。

「また水に浸かるなんて。きみは僕と約束したはずだ。この二年の間は勝手なことをしなかったのに、どうして？　なにがあった？」

　アラナの一日はカリストに管理されている。朝、彼に起こされて、食事は必ずふたりで摂る。昼と夜の食事も同様だ。朝のドレスや夜着の支度も彼がしている。細やかに決められた予定に従い、アラナは日々を過ごすのだ。それは六年に及んでいるが、女王になってからのこの二年は、以前にも増して、すべてにおいて彼が関わるようになっていた。

「きみは、ただでさえ思いを伝えてくれないから、僕は察することしかできない。今回ばかりは、それすらわからないから聞いているんだ」

「水に入ったのは、暑かったから……」

「暑いものか。アラナ、僕は怒っている。きみがおとなしくしているから召し使いを常駐させないことを認めたのに、これじゃあ騙されたも同然だ」

　彼は、「特にこれ」と、アラナの胸先のとなりを押した。そこに赤い所有の痕がある。

「僕は、これについて問いただしたい。まぎれもなく、男の痕跡じゃないか」

アラナは唇を引き結び、そっぽを向いた。けれど、身体ごと向きを変えさせられて、せつなげな青い瞳と目が合う。彼の息遣いを感じるほどの至近距離だ。

「気が狂いそうだよ。僕は、なんのためにいままで耐えていた？　他の男に渡すため？」

みるみるうちに彼の瞳はうるみ、アラナの頬にしずくが落ちてくる。

「つらいよ。きみは戴冠式の前……あの夜、誰とも結婚するつもりはないと言ったよね」

認めれば、彼はかすかに首をかしげた。すがるような目つきだ。

「それは、いまでも変わらない？　誰も夫に迎えない？」

こくんとうなずくと、大きな手がアラナのおなかにのせられて、ゆっくりと這い回る。

「正直に言って。あの夜以降、誰かをここに受け入れた？　何人、なかに？」

首を振って否定すると、彼は、ゆっくりと息を吐き出した。

「僕もあの夜以降、誰にも触れていないよ。ずっと、後悔していたんだ。僕もはじめてだったから、夢中で……痛かっただろう？　きみは戴冠式の日、倒れそうだった」

戴冠式――ぱっと頭に浮かんだのは、黒いローブを纏った招かれざる客のことだった。

しかし、過去への思いは閉ざされる。カリストがアラナの手に指を絡めてきたからだ。

「あの夜を、やり直させて。僕はもう我慢できない。限界なんだ。お願いだアラナ」

答える前に、唇は柔らかな熱に塞《ふさ》がれていた。

アラナには、幸せになってほしい人がふたりいる。そのうちのひとりがカリストだ。彼は物心がついたころからアラナの臣下で、自分を犠牲にしてでも尽くしてくれる人だった。

彼の腕と腹には大きな傷がついている。それは亡き兄——異母兄にアラナが虐待された時、身を挺《てい》して守った時のものだ。生死をさまよいながらも守り続けてくれた彼に、アラナは恩を感じている。彼は、大切な人であり、幸せになるべき人なのだ。

ぎい、ぎい、と寝台がきしみをあげている。彼の動きに合わせてアラナも揺すられる。この感覚はくり返されても慣れるものではなく痛みを伴い、違和感しか抱けない。

この行為がいけないことだとは知っているけれど、彼にとろけた顔で「幸せだ」と言われてしまえば拒めない。正解なのだと自分に言い聞かせる。

アラナにとって、この行為はカリストを幸せにするためのものだったが、別の側面も持っていた。贖罪《しょくざい》だ。交わっている間、四六時中過去を呼び起こされて、身が切り刻まれるように苦しい。交接とは、心の死につながる行為だった。

終わりを迎えれば、彼の唇が降りてきた。額に、頬に、唇に。

夜は一度きりではなかった。二度、三度と訪れて、ついには求められるのは当たり前になっていた。カリストは、毎回行為の後もアラナの側にいたいと言うが、それを認めたことはない。彼は、名残惜しそうにアラナに夜着を着付けて部屋を去る。今日もそうだった。

ひとりになったアラナは窓辺に寄って空を見上げた。今宵は新月だったが黒い窓に雨がしきりに打ちつける。星は雲に隠され見えないだろう。硝子には、無表情のアラナが映る。彼女はにぎりしめていた小瓶を見下ろした。なかでは黄色の液が揺れている。しばらく見つめた後に、くい、とそれを飲み干した。

「嬢ちゃん、よもや服毒自殺じゃないだろうな？」

不穏なことを言うのは隠密のベニートだ。アラナの身体に触れた彼が消えてから、およそひと月が経っていた。それもあり、気まずさをにじませ「久しぶりだな」と付け足した。

「あんたはなんでそう世捨て人みたいなんだ？　十六といっちゃあはつらつとしてるはずだろ。まったく、女王がそれじゃあ、ますますアルムニアはかびくさくなる一方だ」

彼は、アラナの手から空の小瓶をぶん取った。ぽんと宙に投げ、つかまえる。

「どうせおれがいることには気づいていたんだろ？　あんたがカリストに服を脱がされるところから見ていた。なぜ抵抗しないんだ？　あんたは望んでいなかった。違うか？」

アラナは彼に答えず、表情も動かすことはなかった。

「男ってやつはな、一度自分の女だと認識するとくせになる。当たり前のように抱くようになるんだよ。あんた、拒まねえと続くぜ？　このひと月、ほぼ毎日だよな？」

物言わぬアラナに、彼は栗色の髪をかきあげ「相変わらずだんまりか」とつぶやいた。

「あんたのだんまりは異常だ。なんでやってる時まで静かなんだ。普通は『あん』とか喘《あえ》ぐもんだろ。まあ、カリストは色男のくせに下手すぎるから無理もないが。男は経験を積まなきゃだめだな。ひとりよがりじゃ女に快楽を与えられねえ。――ああ、この薬」

彼はアラナから奪った小瓶をつまみ、彼女に見せつけた。瓶は光を受けてきらりと光る。

「これ、知ってるぜ。あんたに依頼を受ける前の主《あるじ》が飲んでいた。性交渉の後孕まないようにするために飲む薬だろ？　びっくりするほどの値段だが、まあ女王さまなら買えるよな。だが、これを作ったやつが大問題だ。毒師ルテリ。飲むのはいいが本人には関わるな。やつはおれが足もとにも及ばねえくらいの化け物だ。素顔を見た者を生かしちゃおかねえ。確実に殺される。やつが襲ってきてもおれは一瞬で死ぬからあんたを守れない」

アラナは緑の瞳をまつげで隠した後に、「わかったわ」とうなずいた。

「この瓶をあんたが持っていてぞっとしたぜ。まさかってな。おれは、毒師ルテリにだけはなにがあっても遭遇したくないんだ。あんた、やつを捜そうとするなよ？　用があったとしても人を通せ。絶対に関わるな。……と、忠告したところで本題といこう」

ベニートは、小瓶を粗末な服のポケットにしまってからおもむろに言った。

「とうとう銀の髪の男が動き出した。おとといからアルムニアにいるぜ？　やつめ、一丁前に貴族を名乗ってやがる。ノゲイラ国のバルセロ男爵エミリオだとよ。やつはいま、マトス侯爵の屋敷に滞在中だ」

話しながら、アラナの寝台に近づいた彼は、断りもなく腰掛けた。

「悪いが、しばらくおれは役に立たねえ。銀の髪の男が放った矢に当たっちまった。あいつの鋭い勘にはぞっとする。だからよ、おれはちょっとばかり休みが必要だ」

「けがをしたのね、だいじょうぶなの？　いい薬と軟膏《なんこう》があるから手当てをするわ」

「痛えが平気だ。嬢ちゃん、隠密に世話は必要ねえよ。自分で対処できなきゃのたれ死ぬだけだ。雑草は甘やかされるわけにはいかねえ。そういうわけで一週間ほど消える」

「でも」と言うアラナを無視して、ベニートは言った。

「マトス侯爵周辺は探れば探るほど怪しいぜ。あんたの戴冠式があった二年前、貴族がひとり死んだだろ？　愛人のマトス侯爵夫人が殺《や》ったってことで処刑があったよな」

アラナはうつろな瞳で「ええ」と首を動かした。戴冠式後は体調を崩して寝こんでいたため、なにがあったのかを聞いたのは、回復した後だった。

「マトス侯爵は、妻の罪をゆるさず処刑を扇動した。殺しも不貞もとんでもねえってよ。それで、最近になって新たに妻を迎えたんだ。相手は未亡人。先代ロンゴリア侯爵夫人で、とんでもねえ色気を持った乳のでかい女だ。だがな、その女はマトス侯爵夫人の処刑の前から侯爵の愛人だったんだぜ？　侯爵は妻の不貞行為を責めながら、こっそりてめえもしてたんだ。ロンゴリア侯爵といえば、あんたの戴冠前に川でおっ死んだじいさんだ。じつにくせえよ。あんた、王の権限で一度洗いざらい不貞を調べてみろ」

「無理だわ。不貞行為は大半の貴族がしているもの。していない者の方が少ないわ」

アラナは亡き父や兄に愛人が大勢いたこともあり、貴族の不義を当たり前のように捉えていた。挙げればきりがないのだ。それに、王侯貴族は自分のことは棚にあげて他者を責める生き物だと知っている。清廉な者はわずかで、大なり小なり、皆があくどい面を持つ。

「マトス侯爵は古くから知っているわ。再婚したのも知っている。まだ、夫人のフラビアには会ったことがないけれど、美しい人だと聞いたわ」

「美しい？　はっ、あれは蛇みてえな女だぜ。あの女は夫のマトス侯爵と毎晩寝ているが、歩く筋肉のようながたいのいい男とも毎日寝ている。気持ち悪くなるくらいに励《はげ》んでたぜ。それだけでは飽き足らず、あの女、銀の髪の男も誘惑してる。あの女は歩く性器と言っていい。一日じゅう性交三昧《ざんまい》だからな。そうそう、あんたと同じく、孕まないための黄色い薬を飲んでいた。あの女が毒師と関わっているとなると相当まずいぜ」

アラナがぼんやりと遠くを見ていると、彼は「しっかり聞けよ、嬢ちゃん」と咎《とが》めた。

「前に報告したと思うが、銀の髪の男はよくわからねえ言語を使う。あいつの部下どももだ。あれは何語だろうな？　聞いたことがねえ。それからな、マトス侯爵夫人も同じ言語をしゃべっていた。もうなにを言いたいかわかるだろ？　やつらは同じ国の出身だ。確実に仲間だぜ。侯爵の方はまだよくわからねえが、とにかく警戒しろ」

「心配してくれているのね。でも、だいじょうぶよ。ありがとう」

彼は猛烈に眉をひそめて、「ふんっ」と鼻を鳴らした。

「ありがとうだ？　呆れるほどお気楽だな。まったくだいじょうぶじゃねえんだよ。悠長がすぎるぜ女王さんよ。それよりだ、悪いことにあんた、マトス侯爵の娘を召し使いに迎えるそうじゃないか。プリシラとかいう娘だ。絶対だめだ。いますぐ断れ」

「そうらしいわね。でも、わたしに召し使いを決める権限はないの。だから断らないわ」

男はすっくと立ち上がり、「権限とか言ってる場合じゃねえよ」とはき捨てた。

「つくづくばかたれだ。くそガキが……自分の身体を大事にしねえわ命を大事にしねえわ。尻が割れるほどひっぱたいてやりてえぜ。それじゃあ暗殺され放題じゃないか。おれはいま役立たずだと言っただろ。あんたを守れねえんだよ。衛兵を遠ざけてるあんたがその間どうやって身を守るんだ。わざわざ報告してやったのに、あんたときたら、くそだ」

ベニートは、「やってらんねえ」と言い残して、アラナの部屋を後にした。

残されたアラナは、彼を目で追うことなく、窓をじっと見つめていた。

華奢な身体に、豊かに流れる白金の髪。うつろな緑の瞳の女王アラナに近づける者はわずかしかいない。彼女は無口な上に近寄りがたい雰囲気をかもしだしている。側に行けたとしても、つねに寄り添っている側近のカリストに阻《はば》まれてしまうのだからなおさらだ。アラナとの会話が成立するのはカリストと宰相だけだった。彼ら以外、アラナに話しかける権利を持たないからだ。皆、女王からの言葉を待つしかないのが現状だ。

彼女と話したことも目を合わせたこともなくても、多くの貴族はアラナを悪く語ることはしなかった。なぜなら彼女の容姿は、偉大なる千年帝国の賢帝として崇められている、古《いにしえ》の帝王ロレンソと同じだからだ。ロレンソは、白金の髪に緑の瞳をしていたという。アラナの存在は千年帝国をいまに証明するものだった。

――また、今日がはじまってしまうのね。

早朝、カリストに髪を梳かれていたアラナは、自身の両手を見下ろした。今日の手はやけに重く、ずっしりしていて動きが悪い。眺めていると、上からため息が落ちてきた。

「明日の舞踏会のことだけれど」

それは、城で毎年開催される舞踏会のことだった。今年は他国の王族を招いて開かれる。建前上は近隣諸国との親睦を目的としているが、アラナの婿を選ぶ算段だ。アラナは夫を持つつもりはないが、宰相はアラナに婚約者がいないことに危機感を抱いているらしい。

「父もしょうがない人だな。きみを結婚させるために強引な手を打ってきた。すまない。きみは出席する必要はあるがなにもしなくていいからね。いつもどおり僕が応対するよ」

鏡越しの彼の瞳は、暗に、アラナに王族の夫を迎える資格はないと訴えかけている。アラナは純潔ではないのだから。婚姻の際、王族の女性の貞操は血統に関わるために極めて重要視されている。生まれる子どもは、夫の国の継承権も得るからだ。

「後でドレスを選ぶよ。一週間前に納品されたものがあるんだ。宝石も」

「今日、新たな召し使いが来ると聞いているわ。彼女たちに任せてみてはどうかしら」

アラナにはすでに六人の召し使いがいるが、貴族の勢力図の影響からか、新たにふたり追加すると宰相から通達されている。召し使いの選定は宰相の権限だ。

「いや、だめだ。きみに似合うものを把握しているのは僕だけだからね。それに、これ」

アラナの胸もとにある赤い痕に、カリストの指がのせられた。

「高貴なきみに仕えているのは、僕をはじめとする貴族だ。貴族というのは口から生まれたと言ってもいいほどうわさ好きだよ。僕としてはうわさになってもかまわないけれど」

「カリスト、いつものとおりあなたにドレスを選んでもらうわ」

微笑んだ彼は、アラナの手を取り、「それがいいよ」と甲にくちづけた。

「貞淑なきみに似合う、首まで生地があるドレスにしよう」

「舞踏会は、この国の貴族たちも皆、参加するのかしら」

「当然そうだよ。彼らは今回の催しに命をかけている。きみに顔を覚えてもらいたい者や、力を見せつけたい者。それから、若い男や娘は未来の伴侶を探す絶好の場となるからね」

カリストの手が離れた隙に、アラナは自身のひざの上に手をのせた。

「明日は直接あいさつをするわ。これまでの催しは、ほぼ椅子に座っていただけだから」

「それはきみの側近として認められない。あいさつは必要ないよ。どんな輩がひそんでいるかわからないからね。僕は、誰も信用していない」

視線を落としたアラナのあごを、カリストの指が引き上げる。

「とにかく、きみはいつものとおりに。いいね？」

「……わかったわ」


ドレスを着付けられている間、アラナは自分の手を見つめていた。一見、なんの変哲もない白い手だ。しかし、満足には動かせない。

幼いころのけがが原因で両手に力が入らず、細かい作業が不得意だった。生まれつき身体も弱く、貧血やめまいに襲われることもしばしばで、遠出もできない。

——もう、出かけようという気も起こらないけれど。

閉じられた城のなか。それが、アラナの世界だ。

「アラナ、きれいに仕上がったね。見てごらん？　アルムニアの女王にふさわしいよ」

頭に宝冠がのせられて、アラナは自身の手から姿見に目を移した。

戴冠式の時よりも少しは大人になったが、まだ十六歳だ。どれほど化粧をしようとも幼さは残る。それでもドレスは美しい。

首もとを彩るのはエメラルドの首飾り。纏うドレスは、アラナの髪と似た色だ。白い生地に細い金糸でびっしりと繊細な刺繍が施されている。ところどころに縫《ぬ》いつけられた真珠の飾りがきらきら揺れる。おそらく、ずいぶん時間と手間をかけたのだろう。

だが、どれほどきらびやかだとしても、アラナの目には、自分自身が虚構《きょこう》に映る。

——わたしは、たくさんの人の時間と手を借りないと、女王ではいられない。

カリストが手で合図を送れば、居室にいるすべての召し使いが退室した。ふたりきりだ。

「招待国への書簡の用意はできているよ。サインもしておいたから万全だ」

アラナの手は、書状やサインをしたためられない。文字がゆがんでしまうからだ。亡き父の取り決めで、六年前からカリストが代筆している。

「今日の流れもいつもどおりだ。きみは舞踏会の途中で席につき三十分で離席する。僕があいさつをした後に会釈を。気分が悪くなれば伝えてくれる？　すぐに下がるから」

「他国の客人を迎えていても、座っているだけでいいの？」

「いいよ。そのための書簡とサインだ。きみの身体が丈夫でないことは知れ渡っているから問題ない。それに、きみは座っているだけでもアルムニアにとっては誇らしいことだ」

アラナは「わかったわ」とうなずき、彼を見つめた。

――わたしは、あなたを少しでも幸せにできたのかしら。

彼は背が高くて大人びて見えるけれど、まだ十九歳の青年にすぎない。宰相のひとり息子でありながら、小さなころからアラナの側近だった。それは父王に婚約者と定められていたからだったが、アラナが女王になった以上、とっくに解放されているべき人だ。

彼は、アラナのために私《し》を捨て、大人と張り合い、背伸びをし、ずいぶんと自分を犠牲にしてきた。これからは、自分のためだけに生きてほしいと思った。

「きみに見つめられると照れてしまうよ。……幸せだ。アラナ」

背後から回った彼の手が、アラナのおなかに当てられる。彼女はそれを見下ろした。

アラナが見る世界はすべてが濃霧に包まれているかのようだった。彼女はひどく目が悪いのだ。豪華な壁や柱、男や女、老いた者も若き者も、間近で見ないかぎりは皆同じ。のっぺりしている。そのなかで、彼女は今日を生きている。

カリストの言葉のとおり、アラナは舞踏会の途中から参加した。顔もおぼろげにしか見えない人たちに作法にのっとり会釈をする。楽士による音楽が聞こえても、玉座から見る景色は遠く、他人事のように感じられた。側に控えるカリストだけがはっきり見えた。

彼はまだ知らないが、アラナはこれから起きることを知っている。舞踏会がはじまる前に、宰相から詳細を聞かされていたからだ。

曲は、今宵招待している国のものが演奏されていた。フェーゲ国の曲から、なめらかにファルツ公国の曲へと移りゆく。それが終わり、アルムニアのものに変わればいよいよだ。

アラナは、となりに控えるカリストを見上げた。

「どうしたの、アラナ。気分が悪い？」

「いいえ、過去のことを思い出していたのよ」

「過去？　もしかして、ふたりで星を見たこと？　それとも絵を描いたこと？」

「あなたがわたしを守るために、不得意だった剣を手にしたのはまだ七つの時ね。いまは騎士のように強くなったわ。いつだって守ってくれていた」

その言葉がうれしかったのだろう、カリストは胸を張る。

「きみが私語をするなんてめずらしいね。後でたくさん聞きたいよ。ふたりきりで」

「カリスト、いままでどうもありがとう。あなたには感謝してもしきれない」

いつもと違う様子に気づいたのか、「アラナ？」と彼は眉をひそめた。

「あなたは、わたしから解放されてほしい。わたしの望みはあなたの幸せ。これからは自分のために生きて。わたしはあなたの親切ややさしさを決して忘れません。優秀で勇敢なあなたに期待しています。どうか、あなたの力で国を導いてくれることを願います」

カリストは目を見開いた。

「なにを言っているんだ？　別れを告げられているみたいだ。冗談じゃない」

カリストは前のめりになりアラナを見据えたが、彼女はなにも答えなかった。

その時、ちょうどファルツ公国の曲が終わりを迎えて、アルムニアの曲に切り替わる。

アラナは小さく手を挙げた。それが、合図だった。

宰相が、皆の注目を集めてから語り出せば、場内に拍手が沸き起こる。カリストの表情は、虚をつかれたものから険しいものへと変化していった。

宰相の口から突然、カリストと、マトス侯爵の娘プリシラとの結婚が発表されたのだ。

「……ふざけるな」

カリストは怒りにわななきながらひとりごつが、それでも根っからの貴族だ。皆の視線を浴びるなか、宰相の宣言は覆せないと知り、すぐに表情を取り繕《つくろ》う。そして、アラナに「後で話を」と言い残し、父親とプリシラのもとへ歩いていった。

アラナはゆっくり目を閉じた。

カリストとプリシラの婚約は、本人が拒んでいても二年前に成立していたと宰相は言っていた。とどのつまり、宰相は息子とアラナの関係を危惧し、結婚を急いだのだ。

――カリスト、幸せになって。

まつげを上げて目を凝らしても、視力が悪いアラナには彼がぼんやりとしか見えない。なにをしているのかわからないけれど、きっとカリストは、プリシラとあいさつを交わしているだろう。音楽がはじまると、ふたりは踊り出しただろうとわかる。

さみしくないといえば嘘になる。物心ついた時から側にいた人だ。しかし、この関係を続けるのは、よくないことだとわかっていた。さみしさよりも、安堵の方が強かった。

——あなたは踊りがうまいのに隠していた。気づいていたのよ。わたしに合わせて舞踏会で踊ったことはなかったけれど、これからは、気兼ねなくたくさん踊ってほしい。

「女王陛下、あいさつをしたいと申し出ている者がいますが、どうなさいますか」

カリストがいないため、誰かが直接アラナに話しかける。これまでなかったことだった。

男のようではあるが、アラナにはその男が誰か把握することはできない。

「カリストさまと結婚なさる令嬢の義母と申しております」

「マトス侯爵夫人ね。出向きます。案内を」

「陛下がお立ちに？　お待ちください、それはなりません」

困惑の声に構わず、玉座から立ち上がったアラナは、一歩ずつ階段を下りてゆく。

アラナがひとりで行動することは、前代未聞のことだった。しかし、場内の者は皆ダンスに注目していて気づいた者は少ない。すかさず、衛兵たちがアラナの側につこうとしたが、手で動きを制して差し止めた。

歩くアラナに気づいた貴族たちが寄ってきて、彼らと言葉を交わす。定型といっていい会話だったが、ひどいめまいに襲われた。アラナは人に慣れていないのだ。

遠くの方まで歩いたような気がしたが、そうでもなかった。会場の側にある控え室に移っただけだった。たったそれだけで足が床に沈んでゆく錯覚を覚えるほど疲れを感じる。

ゆっくりと開かれた扉の向こうに、アラナはふたつの影を見た。

「ごくろうさま。あなたは戻ってもいいわ」

「ですが」と、案内役の男がアラナの指示にまごついている間に、影がひとつ近づいた。

「あなた、陛下のご意向は家臣として従うべきではないかしら」

声を発したのは、しゃなりしゃなりと猫のように歩む女であった。

「女王陛下、はじめてお目にかかります。わたくしフラビアと申します。ずっとごあいさつをさせていただきたいと願っていたのですけれど、今宵、ようやく叶って幸せですわ」

マトス侯爵夫人の行動は作法に外れた無礼なものだ。この場にカリストや宰相がいれば部屋からたたき出されていただろう。しかしアラナは表情を変えずに夫人を見ていた。

フラビアは見事な赤毛を持つ美しい女性のようだ。真っ赤なドレスが豊満な身体をより強調させている。赤い唇のとなりにあるほくろが扇情的で、より彼女を妖艶に見せていた。

「あなたの義娘プリシラとカリストの婚姻を祝福いたしますとともに、マトス侯爵家をはじめ、ウルバノ公爵家の今後の繁栄と多幸を願います。今後も国に力を貸してください」

「まあ陛下。光栄ですわ。わたくしどもはウルバノ家と手を取り、力を合わせ、今後もより一層陛下と国のために尽力してまいります」

その瞳は、アラナを小娘としか見なしていないものだった。

アラナはもうひとつの影に視線をすべらせる。

「マトス侯爵夫人、そちらの方は」

アラナが問えば、フラビアはあごをついと持ち上げた。

「ノゲイラ国からいらしたバルセロ男爵ですわ。我が屋敷に滞在していますの。男爵は千年帝国の賢帝ロレンソに関する研究者でもありますのでお連れしたのです」

男爵は作法に則《のっと》り、アラナの言葉を待っているようだった。

「バルセロ男爵、アルムニアへようこそ。滞在を楽しんでください」

彼がアラナに近づいた。目が覚めるようなすみれ色の瞳に、光を宿した銀の髪。青色の正装姿はそれらの色を引き立てている。女性と見紛うばかりの美貌の青年だ。

「エミリオと申します。女王陛下、お会いできて光栄です」

彼の薄い唇がゆがんでゆくさまを見た。きれいな笑みだ。けれど、本当の笑顔ではないことは知っている。企みと、そして、底知れぬ憎しみを抱いているだろう。

二年前、黒いローブを纏った彼が現れてから、アラナの支度はできていた。

——とうとう、わたしは今日を終えるのね。

エミリオはアラナの前でひざまずいた。手を取られ、甲に口が押し当てられる。

その熱を感じながら、アラナはそっとまぶたを伏せた。

「女王陛下、不躾で恐縮ですが、お伝えしたいことがあります。よろしいでしょうか」

「構いません。どうぞ」

　彼も目を伏せていたが、それが持ち上がる。頭上のシャンデリアから降る光の粒もあり、角度によって、すみれ色の瞳が金色に見える箇所もある。さながら宝石のようだった。

「私は千年帝国を研究しています。賢帝ロレンソについて深く知りたい一心で、ノゲイラ国からこの国に参りました。いくつか質問をさせていただけるとありがたいのですが」

　彼の言葉に、アラナはかすかに目をさまよわせた後で言った。

「わたしで答えられることならば。バルセロ男爵、せっかくですからあなたをロレンソゆかりの場所へご案内しましょう。これからいかがですか？　お時間は」

「ぜひ、お連れください陛下」

　エミリオは軽く頭を下げた後、横目でフラビアをちらと見た。

「マトス侯爵夫人、侯爵とプリシラ嬢があなたをお待ちでしょうから、会場へお戻りください。これ以上、よそ者の私があなたを独占していると、申しわけが立ちませんので」

　その言葉で、微笑んでいたフラビアの笑みがさらに深まった。

「そうですわね。では、わたくしは会場へ戻りますわ。陛下、失礼いたします。――ああ、あなた。わたくしは化粧室へ行きたいの。案内してくれる？」

　フラビアは、アラナを案内した男を連れて出て行った。部屋に残されたのは、アラナと男爵ふたりだけだった。

風が吹いていた。アラナの羽織るマントはたゆたい、白金の髪も流された。

回廊から見える湖はどす黒く、底の見えない穴のようだった。

等間隔にそびえ立つ白い柱はいずれも太く、鷹に蛇、葡萄で構成された複雑な模様が刻まれている。アルムニアの文様だ。それらが視界に濃い影を落とし、光を隠す。

こつ、こつ、と小さな音を立てながら、アラナは人の気配のしないほうへと歩いていた。それは、衛兵や召し使いを遠ざけている自身の居室の方角だ。アラナの真意を測りかねているのか、従う男爵はなにも語らない。ほどなくして、切り出したのは彼女からだった。

「この回廊は王族専用の回廊です。明るければ、ここから島に建つ塔が見られるのですが、いまは見えません。それは、始祖ロレンソが建てた塔で、アルモドバルと言います」

「かつて世界の中心と謳《うた》われた塔ですね」

「アルムニア城の陰になって目立たなくなってしまいましたが、当時は世界でもっとも高い塔とされていました。天国へ続く塔と形容した詩人もいたと記述が残されています」

「アルモドバルは、後世、王の廟《びょう》になったと聞きましたが」

「はい。およそ六百年前、この国で大きな内戦が起きたのですが、次々と王が亡くなったため、アルモドバルは廟になりました。わたしも死後、あの塔へ行くことになります」

後ろを歩く彼の視線を、背にひしひしと感じながら、アラナは言った。

「ここから見られる星はきれいだと聞きますが、今日はあいにく曇っているようです」

「そのおっしゃられ方は、まるでご自身は見ていらっしゃらないように受け取れますが」

「わたしは目が悪いので星が見えません。そして、この回廊から眺めたことはないのです。かつては見えていたのですが、いまのわたしは記憶のなかの星を思い描くことしかできません。バルセロ男爵、ぜひ、あなたにこの国の星をお見せしたかったのですが残念です」

「陛下、私はあいにく星は好きではないので、見られなくても構いません。それから、できれば私のことはバルセロ男爵ではなく、エミリオとお呼びください」

アラナは思わず足を止めて振り返る。意外なことを言われたからだ。彼もまた、一歩進んで立ち止まった。背の高い彼の影がこちらに伸びていた。

彼の心を見透かそうにも、そこには人離れした美しい顔があるだけだ。薄く笑っていても、感情のこもらない仮面のようだった。

「エミリオ、でしたらわたしのことはアラナと呼んでください。わたしはあなたよりも歳下のようですし、あなたの主ではありません。特別な敬意を払わなくてもいいのです。それから、ロレンソについて質問があれば遠慮なくしてください」

「恐れ多いことですが、では、アラナさまと呼ばせていただきます。アラナさま、千年帝国の賢帝ロレンソは、世界の言語を操ることができたと伝えられています。事実ですか」

アラナは大きな柱のくぼみに指をすべらせる。

「事実であったとわたしは考えています。現に、ロレンソが書いたとされる書物がこの国の宝物庫に保管されています。北はリントゥリ国から南はゾンダーハまで。全世界の言語を駆使してつづられていました。このアルムニア城の地下には門外不出の図書室があるのですが、世界のあらゆる言語で書かれた書物が収められていて、ロレンソは、そのすべてを記憶していたのだと伝えられています。ですから、『賢帝』と呼ばれているのです」

「それは、数にしてどれほどの書物なのでしょうか」

「彼が生きた時代のものを把握するのは困難です。アルムニアではロレンソが遺した言葉に従い、世界中のあらゆる書物を集め、収蔵しているからです。結果、図書室の本は年々増え続け、地下の第七層にまで及んでいます。一説には魔物が住まうとされていますので、危険が及ぶと伝えられる六層と七層は封じられています」

　エミリオは「魔物ですか」と、さも興奮ぎみに言ったが、その実興味はなさそうだった。

「この城の地下はロレンソによる千年帝国の宮殿そのままです。いまの城の基礎は内戦が起きる前年、およそ六百年前に遺跡の上に建てられました。人は千年の時を経たものに不可思議な思いを抱くのでしょう。魔物と聞けば確証がなくても信じてしまうのですから」

「あなたもまた、魔物を信じているのでしょうか」

　アラナは彼を振り仰いだ。暗がりのなか銀の髪は白色に、すみれ色の瞳は灰色に見えた。

「魔物を信じているというよりも、わたしは、人こそ魔物だと思っています。人は悪魔にも天使にもなりうる。人に幸福を与えるのは人ですが、人を傷つけるのもまた人です」

「面白いことをおっしゃいますね。私も、人は魔物だと思っていますよ」

　アラナが言葉を発する前に、彼の口角が鋭く持ち上がる。

「聖人はいると誰が言えるでしょうか。人は愚かで弱く、醜い生き物です。つねに保身を考える。その割には野望は尽きず、他者を虐げ、否定することで己を強く見せるのです。アラナさま、不躾なことをうかがいますが、あなたの死生観をお教えいただけますか」

その時、ざあ、と強い風が流れて、近くのろうそくがけむりを上げてかき消えた。辺りは一段と暗さを増した。しかしそのなかで、彼の目がぎらりと光った気がした。

「逃れられない運命……。死は、受け入れるべきものだと考えています」

「いま、ここで死を迎えることになったとしても同じことが言えるのでしょうか。もがいたり抗ったりはなさらないのですか？　あなたでしたら多くの救いの手もあるでしょう。誰かの手にすがらないのですか？　外聞を捨ててでも死から逃れようとは？」

アラナは、自身の心に偽りはないとばかりに胸に手を当て、首を振る。

「同じ言葉しか、わたしは言いません」

「あなたは即位して二年、いまだに結婚なさっていない。婚約すらもしておられない。この舞踏会では他国の王族の方々に近寄ろうともなさいませんでした。千年帝国が途絶えてしまうと気を揉んでいる貴族が大勢いましたよ。あなたは結婚なさらないのですか？」

「どうして、ノゲイラ国の貴族のあなたがそれを気にするのでしょう」

こつ、と彼は一歩進み出て、アラナに近づいた。

「それはもっともなお言葉ですが、私は千年帝国の研究者です。あなたの行く末は私にとっては最大の関心事ですよ。賢帝ロレンソの血を引く最後の方なのですから」

「わたしは、長くは生きません」

「なぜ、そう言い切るのですか?」

「身体が弱いのです」

「解《げ》せません。身体が弱ければなおのこと、子孫を残すために早く結婚なさるものでは」

エミリオに返事をしようとしたけれど、立ちくらみがして額に手を当てた。ここ数年、アラナはこれほどまでに多くの言葉を一気に紡いだことがなかったからだ。息が苦しい。

「ご気分が悪そうですね。お運びしましょうか」

抱えるためだろう、彼はかがんだ。けれど、アラナは胸を押さえ、離れようと後退る。

「……しばらくすれば治りますから、そっとしておいてください」

「そうはいかない」

ひざに手を差し入れられて身体が持ち上がる。いきなり彼に抱え上げられていた。

細身に見えていたが、触れる身体から、鍛えられていることがわかった。

「あなたの居室へ連れて行きます。その前に、いくつかお答え願いたい」

彼は、流れるように顔を寄せ、アラナの顔を覗きこむ。さらさらと長い髪が落ちてきた。

「あなたは俺を知っている。二年前の侵入者が俺であることは気づいているだろう」

先ほどまでの優美な顔つきや声とは違い、とげとげしい迫力を伴っていた。

「見たところ、あなたはばかではないようだ。そんなあなたが、おめおめと千年帝国の研究者などという怪しい男の話に乗り、こうして人のいないところへ誘導するとは思えない。

さて、女王アラナ、なんのつもりだ。あなたの目的は？　どこまで俺を知っている」

彼の鋭い視線を浴びながら、アラナはまぶたを閉じてゆく。

「エミリオ、あなたの言うとおり、侵入者があなたであることは気づいていました」

「その名前が、俺の本当の名前とでも？」

「あなたがエミリオと名乗るかぎり、わたしは、そうお呼びするだけです」

アラナはまつげを上げて、不可解な顔つきの彼を瞳に映した。

「二年前、あなたはわたしを葬るためにわたしの部屋を訪れました。ですから、いつかまたここへ戻ってくると確信していたのです」

「死を覚悟しているのか。あなたからは怯えや恐怖といった感情を感じない」

彼の言葉のとおり、アラナは落ち着きを保ったままだ。

「わたしは、わたしを終わらせたいと、つねづね願っていました。そこへあなたが現れたのです」

「……そのとおり、俺はあなたを殺しに行った。と認めたならば、あなたは理由が気にならないのですか？　なぜ自分が殺されるのか。知りたいと思わないのですか？」

「それは、さして重要なことではありません」

彼の鼻先が、アラナの鼻先により近づいた。

「死ぬことができればどうでもいいのですね。なぜ、あなたは自分を終わらせたいと？」

「わたしがあなたに理由を問うても、あなたはなにも語らないでしょう。わたしもうかがおうとは思いません。わたしもまた、わたしの理由を語るつもりはないのですから」

「俺を知っているようなことを言う。だがあなたの言うとおりだ。俺は理由を語らない」

アラナから顔を離した彼は足を踏み出した。かつん、かつん、と回廊に音が鳴り響く。

「命乞いをするでもなく、はじめから死を望むとは。変わった人だ。ならば、わざわざ人の手をわずらわせずとも自死を選べばいい。簡単なことだ。いま、すぐに死ね」

「できるのなら、とうにそうしています。けれど、自害はできないのです。過去に大切な人と約束をしたから、わたしは、この手でわたしを終わらせることはできません」

「誰かに委《ゆだ》ねるしかないというわけだ」

大股で歩く彼は、まっすぐ前を見据えたままで付け足した。

「あなたは死ぬために、俺を待っていたのか」

「二年前、あなたは厳重な警備をかいくぐってわたしのもとに現れました。その時、明確な殺意を感じました。わたしはあなたの望みが、わたしの死にあるとわかっています」

ちろちろと湖の波の揺らぎが聞こえる。彼の顔を見上げれば、視線がアラナに移動した。

鼻や頬、唇、あごの輪郭や、瞳のつや。なめらかな髪。夜闇のなか、わずかな光が彼を伝えるさまは、ため息が出るほどきれいだと思った。

——最後に見られるものがこれならば、悪くないわ。ええ、悪くない。

「あの時、なぜ俺はあなたを殺さなかったのか、理由がいま、ようやくわかった」

アラナは、言葉を紡ぐ唇を見つめた。

「俺が殺す者は、無様に叶いもしない命乞いをするべきだ。俺が殺す者は、あらゆる醜さをあらわにし、逃げまどうべきだ。俺が殺す者は、死を迎える最後の時まで絶望を味わうべきだ。しかし、あなたにはそれがない。逆に死を乞われるなど、興を削《そ》がれる」

ふと、彼の歩みが止まった。

「俺がいまあなたを殺せば、望みが叶ったあなたは幸福のうちに息絶える。あなたがアルムニアであるかぎり、ゆるされないことだ。願いは叶わず、悲嘆にくれねばならない」

「わたしを消さないのですか」

「当然消す。が、いまではない。あなたが生を苦痛に思い、死を願っているかぎり」

彼は小さく鼻を鳴らし、首をかしげた。

「――ああ、いいことを思いついた。女王アラナ、俺をあなたの伴侶にしてください。あなたの側で、あなたを生かし、じわじわと絶望を味わわせながら殺してさしあげる。当然、断ってもかまわない。その場合、俺は別の方法で、あなたの絶望を探しましょう。たとえば、ウルバノ公爵の息子カリスト。彼を絶望のふちに立たせて、残虐に殺し……」

「ゆるしません」と、ぴしゃりとアラナが遮れば、彼は肩を揺らした。笑っているのだ。

「ようやく女王らしくなった。あなたの弱点はやはり、側近のカリストだ」

「エミリオ、あなたを伴侶にします」

彼はだまっていたが、ほどなく低い声色で言った。

「俺のような得体の知れない男の要求を呑むとは、臣下のためにずいぶん献身的になる人だ。しかし、統治者にあるまじき行為。若さゆえかは知らないが、愚かの極みだ」

アラナは動じることはなかった。その表情は変わらない。

「代わりにお約束していただきたいことがあります」

「なるほど、取引か」と、彼の片眉がつり上がる。

「必ずわたしを殺してください。けれど、わたし以外のアルムニアの者を殺《あや》めるのはおよしになってください。あなたがこの国においてなんらかの野望を抱かれているのであれば、どうか、すべてお捨てになってください。国に関わらないよう望みます。守っていただけるのなら、わたしは死後、わたしの個人の資産のすべてをあなたにおゆずりします」

アラナは千年帝国最後の王族だ。その身に受け継ぐ資産は莫大で、ゆうに小さな国を買えるほどあった。

「一週間、返答をお待ちします。約束してくださるのであれば、わたしと誓約を」

彼はアラナの真意を推し測るためなのか、じっくり観察しているようだ。

「一週間など必要ない。いいだろう、受けてやる」

彼はアラナを床に下ろすと、腰もとから小刀を取り出した。鞘から刃を抜き、すうと右の親指を傷つける。そして柄を向け、アラナの手もとにその小刀を差し出した。

小刀を受け取ったアラナもまた、自身の右の親指に刃をあてがい、ぷつりと切った。

向かい合ったふたりは、血の滴る親指同士を無言のままで合わせる。

それは、古くから言い伝えられる血の誓約だった。

三章

空に、どす黒く重苦しい雲が垂れこめていた。まだ昼間だというのに辺りは暗く、黄昏《たそがれ》時を思わせる。ろうそくの芯が燃える音まで聞こえるほどの静寂は、次第に破られ、打ちつける雨の音に染まっていった。

マトス侯爵邸の離れにて、長椅子に座るルシアノはページをめくっていた。それはアルムニアの作法の本だった。目を通すにつれ、故国セルラトでも当たり前のように踏襲《とうしゅう》してきた内容だとわかり、この国が世界の大半を支配していたのは伊達《だて》ではないと知らされた。

ルシアノは本を閉じ、背もたれに背をだらりと預けてまぶたを揉んだ。

国が滅びてからは、破滅的な生活を送っていた。だからだろう、想定外の連続だった。それでもそのつど相手を出し抜き、思いどおりに事を運んできた。しかし、咄嗟《とっさ》の判断とはいえ、結婚は初の試みだ。思いをめぐらせていると、それはいきなりやってきた。

〈ルシアノ、結婚なんて聞いていないわ！　なんの冗談なのっ！　ゆるさないわ！〉

けたたましく扉を開け、赤毛を振り乱してがなり立てるフラビアに、〈だまれ〉と彼は冷ややかな目を向けた。それでもフラビアは怯まない。

〈わたくしはあなたの婚約者……あなたと結婚するのはこのわたくしよ！〉

〈くどい女だ。反吐《へど》が出る〉

〈あなたはあの小娘を殺しに行ったはずじゃないっ。なのに結婚？　どうしてなの！〉

目を血走らせた女がルシアノのもとに駆け寄る前に、彼は側机の呼び鈴を鳴らした。呼ばれたコンラドが現れたのは、ルシアノが自身に抱きつく女をはたき落とすのと同時だ。

〈このぶたをつまみ出せ〉

〈ルシアノ！　まだわたくしは話が終わっていないわ！　ひどいじゃない！〉

ずるずると無理やりコンラドに連れ出されるフラビアだったが、扉にフリアンとレアンドロが登場してからは、口を貝のようにぴたりと閉じた。先ほどまでとは打って変わって、しゃっきりと背すじを伸ばすのは、彼らがセルラトでフラビアの家の政敵だった貴族の子弟だからだ。そこでふと、レアンドロが侮蔑まじりにあざけった。

〈これはこれは、ヴェント公爵家のフラビア嬢。いえ、こちらではマトス侯爵夫人でしたね。あなたの声がひびいていましたよ？　大きな声は感心しませんね。筒抜けですから〉

〈誰に聞かれようとも問題ないわ。セルラト語を理解できる者はここにはいないもの〉

〈左様ですか。ところで、王子に接近を禁じられているにもかかわらずなぜこちらに？〉

フラビアは、鼻息荒くレアンドロをにらみつけた。

〈ここはわたくしの屋敷よ。どこへだって行く権利があるわ〉

〈権利？　あるようには思えませんが。しかし、なんですかその格好は。生地が透けて黒い乳首が見えている。性器まであらわになっていますよ。呆れた方だ。毎日飽きもせずに王子を誘惑するとは、発情期の犬ですか？　コンラド、彼女をアマンシオのもとへ〉

〈いやよ！　誰が行くものですか！　あいつはおぞましい野獣よ！　壊れてしまうわ！〉

言葉の途中、レアンドロに目配せをされたフリアンは、部屋に入って扉を閉めた。

ルシアノに近づいて、足もとに落ちた本を拾った彼は、それを丁寧に机に置く。

〈アルムニアの作法に関する本ですね〉

〈フリアン、おまえは俺に意見するためにここへ来たのだろう〉

肯定したフリアンに、ルシアノは続きをうながすべくあごをしゃくった。

〈ルシアノさま、我らは今回ばかりは承服しかねております。王配になるなど危険です〉

フリアンは、ルシアノの親指にある傷に気づいたようで、その目を驚愕に見開いた。

〈その傷は、血の誓約の痕ではないですか？　女王と、なにを契約されたのです〉

血の誓約は、命をかけて契約を厳守するという意思の表れだ。

〈なんということを。アルムニアがどれほど残虐非道《ざんぎゃくひどう》か忘れるはずもないあなたがどうして誓約を。身を以て知るあなたが、なぜ懐に入るような真似をなさるのです〉

ルシアノは、〈だまれ〉と気だるげに長い髪をかきあげた。

〈俺が出し抜かれるとでも？　ふん、アルムニアを利用するためだ。やつらにテジェスを潰させればいい。目的を果たした後で女王を殺れば合理的だ。理解したなら下がれ〉

〈たしかに、テジェスをアルムニアに潰させるのは合理的ですが……、しかし〉

我らにだってできぬことはないと続けんばかりのフリアンを、ルシアノは一笑に付した。

〈ばかめ、現実を知れ。国には国をあてがわなければ勝てるわけがないだろう〉

フリアンは、苦痛に耐えるような顔で言った。

〈ルシアノさま、どうか無茶をせず、お命を大切になさってください〉

〈俺が刹那《せつな》的にでも見えるのか？〉

〈あなたは我々の希望です。お約束をいただきたいのです。女王アラナを葬《ほうむ》った後、セルラトの王として我らの上に立つと。我らの悲願はセルラト王国の復活です〉

ルシアノは、銀のまつげをはね上げ、すみれ色の瞳をひらめかせた。

〈目的を果たすまでそのたぐいの話は禁じたはずだ〉

消えろ、とばかりに手で空を払えば、フリアンは一礼した後去ってゆく。扉が閉まるのを認め、ルシアノは息をはき捨てた。

――俺がセルラトの王だと？　ありえない。

たとえ王子だとしても、父の跡を継ぐにはこの身は穢れすぎている。立派な王になろうと一心不乱に励んだこともあったが、それは国が滅ぶまでのことだ。いまはすべてを放棄し魂すらも悪魔に売った。

彼は、復讐に手を染める以上、いつかは自身が破滅すると知っていた。道端でのたれ死ぬか、それとも処刑されるか。結婚によりアルムニアの城に入る以上、おそらくは、女王アラナを殺した瞬間に捕らえられ、自身も終わりを迎えるだろう。

ルシアノは、うつろに空を眺めた。

——皆、滅べ。等しく死に絶えろ。


ルシアノは、黒いローブで身を隠さなければよく目立つ。優れた容姿は、幼少のころから母を差し置き、セルラトの宝石と謳われていた。

銀の髪は国が滅びてから切らずにいるため、四年の時を経て腰の位置にまで達していた。彼をセルラトの王子と気づく者はいないだろう。かつての彼は、太陽のようだと言われていたがいまは闇。見目はうるわしくても、纏っている雰囲気は得体のしれない不安を煽る。

彼と相対した者は、大半が萎縮《いしゅく》するか驚きに目を瞠るが、アラナはそうではないようだ。彼女はまるで感情がないかのように、表情を変えることなく彼を見る。否、緑の瞳はこちらを映しているようで、その実、なにも捉えていないようにも感じられた。賢いのか愚かなのか。人を推し測ることを得意としているルシアノも、彼女を読むのは困難だった。

「エミリオ、お呼び立てしてごめんなさい。不快な思いをなさったでしょう」

白い部屋に佇む小柄なアラナは、背すじをぴんと伸ばしていても、儚く見えた。

再会したのは、舞踏会から二週間後のことだった。女王の私室に通されたルシアノは、彼女を隅々まで観察した。白金の髪に合わせた白いドレスは、彼女の真っ白な肌をより際立たせていたが、顔の青白さも目立たせた。体調が思わしくないようだった。

室内には、衛兵も召し使いも控えていなかった。見知らぬ男を呼びながら人を配置しないのは、警戒心が欠落しているのか、それとも死にたがっているだけなのか。

——これほどまでに恵まれた環境に生まれながら、なぜ、死を望む？

思った直後、どうせ殺す、どうでもいいと打ち消した。

「アラナさま、不快な思いとは、宰相による尋問を指していますか？　それとも、医師に身体を調べられたことでしょうか」

アラナが異国の男爵との結婚を宰相に告げてからというもの、ルシアノは何度も城に呼び出され、尋問を受けていた。アルムニアの王が王族ではない者を伴侶に選ぶのは、あってはならないことらしい。女王自ら法をねじ曲げ、強引に夫を選んだのだからなおさらだ。これまで意志を示したことのない女王の決定は、家臣たちには青天の霹靂《へきれき》だったのだ。

彼らはルシアノに対して疑念の視線を隠そうとはしなかった。

——やつらにとって、俺はいとけない女王を騙して操っている悪なのだろう。この娘が無責任な死にたがりとも知らないで、めでたいやつらめ。なにが女王だ。

ルシアノは、俺が悪人であることには違いないが、と自嘲した。

「尋問されることも身体を調べられることも想定していたことです。俺は王配になるのですから素性や生殖機能は国の関心ごとでしょう。俺の生殖器に問題はありませんし性病もありません。そもそも、病原菌を保持していたとしても、あなたに移すことはありえない」

少しかがんだ彼は、アラナの耳もとにささやいた。

「あなたは長く生きません。そして、俺はあなたを抱かない」

アラナはこちらを見ずに、まっすぐ前を見据えたままで言った。

「わたしも同じ意見です。あなたと夜を共にすることはありません。婚姻後もわたしたちはそう顔を合わせることもないでしょう。ですが、わたしに死を与えていただける時が来たら、その時は居室にお越しください。あなたの前に扉はいつでも開かれています」

アラナは、こつ、と前へ出た。長く白いドレスから、金色の靴先がちらりと見えた。

「宰相から聞きました。あなたはノゲイラ国から側近をお連れになっているそうですね。宰相は禁じていましたが、入城できるように手配しますのでご自由に。それから、あなたに夜が必要な時もあるでしょう。その場合もお好きなようにお過ごしください」

それは、すなわち愛人を認めることを示していた。

彼女の興味の対象は、自身の死にしかないらしい。ルシアノは、思わず眉をひそめた。

「それはいささか問題があるのでは？　いくらなんでも、夫に自由を認めすぎです」

「この国では代々、王の判断で配偶者の自由が決まります。亡き父や兄は妻に自由を与えませんでしたが、わたしは、あなたが誓約を守ってくださるならばなにも妨害しません」

自由は好ましいはずだ。しかし、釈然《しゃくぜん》としなかった。

――この女、なにを考えている？　裏があるのか。

背の低い小さな女王だ。けれど、底が見えず、なぜか大きく見えた。

「女王、あなたの生の期限は？　いつ死を望む」

「すぐにでも。と、言いたいところですが、あなたにお任せします」

空気が動く気配がしたのは、アラナが歩きはじめたからだった。彼女の歩みは風にそよぐ花のように、か弱く、ゆっくりしたものだ。彼はそれを目で追いかける。

窓辺に寄った彼女は、そっと窓の硝子に手を当てた。その先は湖が広がり、対岸には青で統一された屋根の家屋が立ち並ぶ。くっきりと晴れた空には山の稜線《りょうせん》が溶けていた。さながら一幅の絵画のように穏やかで美しい光景だ。故国セルラトと遜色がないほどに——。

「人の生死は月の満ち欠けに関係すると、古文書で読んだことがあります。このアルムニアだけではなく、世界でも同じような伝承が数々残されています」

なぜ突然月の話なのかと思ったが、空に、夜とは違う姿の、淡く白い月が取り残されたように浮いていた。おそらく彼女は景色ではなくそれを眺めていたのだろう。

「潮の満ち引きに注目する学者もいますが、それもまた、月に起因している現象です」

「俺はその説には懐疑的ですね。人の生死と月を結びつける根拠がない。証明できないものを信じるのは、愚かだと思いますが」

アラナは「そうですね」と目を伏せた。

「できれば、わたしが死ぬ日は新月であってほしい。そう思っています」

ルシアノは、彼女の横顔を眺めた。

小さなあごに小さな唇。低くも高くもない鼻に、覇気はなくても生意気な印象を与える瞳。ふちどる長いまつげは、上に向かって弧を描いている。おぼろげではあっても、それらの特徴は失われたセルラト王家のかけらだ。亡き祖母と、亡き妹、そして亡き父の。

女王アラナは、父のいとこの娘だ。たしかにセルラトの血を引いている。

――くそ。よりにもよって……。

彼はすぐに目を逸らしたが、後悔していた。アラナの真意を知るために見たというのに、見つけるべきではないものを見つけてしまったからだった。王妃であった母によく似た彼は、父方の特徴をほとんど持たない。つまり、彼女を消すことは、セルラトの最後の面影を消してしまうことでもあった。

しかし、消さない選択はありえない。絶対にあってはならないのだ。

「エミリオ、わたしの願いを叶えていただけますか」

「いいですよ」

すげなく答えたルシアノは、彼女の目線の先にある上弦の月を仰いだ。

＊　＊　＊

この世には、なんでもそつなくこなせる者がいる。一旦なにかに取り掛かれば、継続していた者よりも上等な結果を出せてしまう。優秀であると生まれながらに定められたかのような人。ルシアノも、その恵まれた者のうちのひとりだ。

剣をはじめれば、本職の騎士をしのぐほど強くなり、馬を扱えば、名手と言われるほどにうまくなる。それは勉学でも変わらない。

人は彼を、驚異の神童——天才として扱うが、ルシアノ自身はそう感じたことはない。現状に満足していないからだった。なんでもこなす自信があるからこそ、自分にできないことがあるのをゆるせなかった。完璧主義者の彼の手には、つねに剣だこがあったし、寝る間を惜しんで勉学に励むため、睡眠時間は三時間にも満たないほどだった。

著しく背が伸びはじめたのは十二歳のころからだ。文武両道、容姿端麗の彼が、羨望のまなざしを浴びるのは日常的なことで、当時から女性に絶大な人気を誇っていた。しかし、国が滅びる十六歳に至るまで、女遊びなどしたことがなく、国の行く末を考え、父の跡を立派に継ぐことしか頭にない、まじめな堅物だった。

〈お兄さまったらずるいわ〉

それは、彼がミレイアからよく言われた言葉だ。四つ歳下の妹と、父王と母。ルシアノが穏やかに接するのは家族だけだった。彼は生まれながらに警戒心が強く、排他的だ。

ミレイアが、彼が座る長椅子のとなりに腰掛ければ、本を読んでいたルシアノは、〈またおまえのずるいがはじまった〉と、微笑みまじりに顔を上げた。

〈そうよ、はじまるわ。お兄さまは、美しいお母さまに似ていてずるいもの。それに、なんでもできてずるいわ。わたしだって、お兄さまのように人気者になりたかった〉

彼は思わず眉をひそめた。つい先ほども胸を露出させた娘に誘われたばかりだ。おとといは、裸の娘に誘惑された。それは、婚約が決まってからますます頻度が増していた。彼女たちは次期王を籠絡《ろうらく》し、既成事実の名のもとに、王妃になりたいだけなのだ。

〈人気などないほうがいい〉

〈どうして？〉

ルシアノは、性器を露出させた男に迫られる妹を思い浮かべて舌打ちをした。

〈どうしてもだ。外見は人それぞれの好みだからどうにもならないが、俺がなんでもできるというのは違う。できないことを日々学んでいるだけだ〉

〈かんぺきなお兄さまに、これまでできないことがあった？　わたしは知らないわ〉

〈むしろできないことだらけだ。父上の跡を継ぐには、話にならないほど未熟だからな〉

話しながら、十二歳を迎えたばかりの妹を見つめた。

ルシアノが女に誘惑されはじめたのは、十二歳の時からだ。ミレイアもそろそろはじまるころだろう。彼は、無垢な妹には汚い世界を見せたくないと思っていた。

〈おまえ、単独行動は控えろよ？　なにか気になることがあれば、すぐ俺に言うんだ〉

〈わかったわ。ねえ、お兄さま。髪を伸ばさないの？〉

〈なんだ、唐突に。伸ばすわけがないだろう。おまえはむかしから俺に女のまねをさせようとするが、どうかしている。昨日だって、俺の剣にりぼんを結んだだろう〉

〈かわいくできたのに、ほどいちゃった？〉

ふん、と鼻を鳴らした彼は、〈ほどくに決まっている。二度とするなよ〉と念を押した。

〈だって、お兄さまは誰より美しいもの。この世に妖精がいるのなら、きっとお兄さまみ

たいなはずよ。ね、おねがいだから髪をうんと伸ばして？　絶対に似合うと思うの〉

〈似合ってたまるか。無茶を言うな。だいたい、男の俺が妖精だと言われて喜ぶと思うか？　正直、母上とうりふたつと言われるのも複雑な気分だ〉

〈お兄さまはぜいたくね。わたし、お父さまよりもお母さまに似たかった〉

彼は〈ばか〉とミレイアの鼻をつまんだ。高くも低くもない形は、父の家系の特徴だ。

〈父上に言うなよ？　父上はおまえが自分に似ていることが一番の喜びなんだから。それに、後で先祖の肖像画をじっくり見てみろ。おまえは自分の顔を誇ることになる〉

〈わたしの金の髪はおばあさまゆずりだものね〉

〈セルラトの王族は金の髪が多いからな。おまえの顔の作りだってセルラトそのものだ〉

絵画を見る前から誇らしげになったミレイアは、ルシアノが持つ本に触れると、〈なにを読んでいるの？〉と言った。まだ幼い妹はころころと会話が変わるのだ。

〈アルムニアの歴史の本だ。初代の王はばかげたことに神格化されている。全世界の言語を操り、人の思考を読み解く。ありとあらゆるものを記憶している知識の泉、だとさ〉

〈明日、アルムニアの王と王子がお城に来るから読んでいるの？〉

〈そうだ。なにも知らないよりも知っていたほうがいいだろう？　ところでおまえ、苦手なアルムニア語は、少しは上達したのか？　聞いてやるから話してみろ〉

〈ええ？　いま？〉と、彼女はもじもじと水色のドレスをいじくりながらも口にした。

「ようこそ、いらっしゃいました。わたくしは、第二……あ。第一？　王女のミレイアです。ミレイア・デシデリア・ビオレタ・ペルディータ・ミラージェス・ナバ・セルラト」

彼はからかいまじりにうなずいた。

「たどたどしいが上出来だ。──ああ、そうだ、あちらの王子には近づくなよ？　ライムンド王子は、調べたところによると、妻がいながら手くせが悪い。ふたりきりになるな」

ミレイアはその言葉に首をかしげる。

〈お兄さま、いま早口で聞き取れなかったわ。アルムニア語はゆっくり話して？〉

〈早口に慣れたほうがいい。アルムニア語は必須だぞ？　聞き取れるようにしろ〉

〈わたしはアルムニア人ではないから、必須だとは思わないわ〉

〈アルムニア人でなくてもだ。かつての名残で世界の王侯貴族はアルムニア語を学ぶんだ。つまり各国の言語を覚えなくても、アルムニア語を覚えてしまえばそうそう困ることはない。おまえもじきに嫁ぐんだ。苦手と言って避けずに、今日から学んだほうがいい〉

ミレイアは、頬を膨らませて〈でもむずかしいもの〉とそっぽを向いた。

〈むずかしいで終わらせちゃだめだ。だいたい、わからないことがあると気持ち悪くないか？　学べば学ぶだけ知識が深まる。人は死ぬまで学び、励むべき生き物だ〉

〈みんながみんな、お兄さまのように頭がいいわけではないわ。わたしは悪いもの〉

不満げにぶつぶつ言っていたミレイアだったが、突然、ぱあっと顔が明るくなった。

〈そうだわ。あのね、アルムニアの使者のなかにすごい子がいるのよ。セルラト語がぺらぺらなの。きっと、お兄さまのように頭がいいのよ〉

　アルムニアの王と王子が明日国を訪れる関係で、今日、かの国の使者と騎士が合計二百名ほど到着した。アルムニアの王は暗殺を恐れているらしく、準備に余念がないのだろう。

〈使者がセルラト語を話せるとはめずらしいな。暗号から生まれ、複雑化した言語だぞ〉

〈発音もかんぺきだったわ。それでね、その子が、アルムニアのお菓子をくれたの。『賢帝ロレンソの石』というのですって。玉虫色のきれいな飴《あめ》で、甘くておいしかったわ〉

　賢帝ロレンソの石――それは、アルムニアの王城でのみ作ることがゆるされている伝統菓子だった。菓子としては信じがたいが、宝石に匹敵するほどの価値を持つという。

〈おまえに菓子を渡した者はただ者ではないな。それを持つのはよほど高位の貴族のはずだ。……使者のなかにいる貴族は、将軍のグスマン男爵だけだと聞いているが〉

　くまによく似た無骨な大男のグスマン男爵が、妹に菓子を贈るとは思えなかった。

〈黒髪のね、すてきな子なの。まだお名前を聞いていないわ。わたしも名乗っていないから、きっと、わたしがセルラトの王女だなんて知らないわね。驚くかしら?〉

　ミレイアは、うれしそうに〈お話ししてくるわ〉と立ち上がる。彼はその小さな背に向けて言った。

〈ミレイア、アルムニアには深入りするなよ?　千年帝国は得体が知れない〉

　振り向いた彼女は、つんと鼻先を上げて切り返す。

〈千年帝国はたしかに不気味だけれど、その子は違うわ。わたし、確信しているの〉

　扉を開けたミレイアは、彼の忠告をろくに聞かずに出て行った。

アルムニアの王と、王太子ライムンド——最初から、気に入らないと思っていた。ルシアノは、親書に記されたかの国の印章、鷹と蛇で構成された国章からして、不吉な予感を抱いていた。

彼らの、人を支配することに慣れた目つきと、傲岸不遜《ごうがんふそん》な性質を隠しもしないふるまいに、腹を立てないのは困難だった。国力の差からセルラトを対等として扱わないのはわかっていたが、父に対する彼らの慇懃無礼《いんぎんぶれい》な態度はとてもではないがゆるせなかった。

アルムニアの者たちが入国してからというもの、国は荒れた。彼らがセルラトに求めたのは、国を挙げての祝宴だった。はじまりこそまともに見えたが、酒宴は毎日開かれ、乱れた夜が続いた。アルムニアはおよそ二十名の娼婦まがいの美女を連れて来ていて、セルラトの貴族の相手をさせていたが、あちらの王と王子は、セルラトの娘たちを次々と毒牙にかけていた。ルシアノも、やんわりと行為に誘われたほどだった。

突っぱねたとたん、酔いどれのライムンド王子にささやかれた。

「ルシアノ王子、あなたは自身の貞操を死守しているそうですね」

ライムンドは「くくく」と低く笑った。辺りに、もわんと酒のにおいが漂う。

「フラビアという娘が、何度誘っても応じてくれないと拗ねていましたよ。彼女、美しいですね。あんな巨乳の美女が婚約者とはあなたは幸せ者だ。しかし、かわいそうに、十八歳にもなるのに処女でした。欲求不満だったのでしょう、一度では満足できなかったようでせがまれて、以来毎日してあげています。あの腰の振り方、なかなかですよ。……ああ、いけないな、あなたには秘密にしてと言われていたのに、うっかり話してしまった」

「婚約者ではありません。俺には関係のない女だ」

いかにも興味のなさそうなルシアノを見て、ライムンドは片眉をつり上げた。

「あなたは十六歳でありながら女を抱いたことがない。快楽を知らないなど、男に生まれた意味がないのでは？　宝の持ちぐされというものです。それともあなたは女ではなく男に興味がおありですか？　だとしたら話が早い。私は男の方が好きです。特にあなたのような美貌の青年が。神をも恐れぬ禁忌の関係は、背徳的でたまらないと思いませんか？」

続けて、耳もとに唇を寄せられそうになり、ルシアノは露骨に一歩遠ざかった。

「ライムンド王子、いまの言葉は聞かなかったことにする。次に言えば容赦はしない」

ライムンドはそばかすだらけの顔をくしゃりとゆがめた。

「その気の強さ、ますます好ましい。予告しよう。あなたは私に抱かれる」

「だまれ酔っ払い」

「ふ。この私に無礼なことを。ですが、私はあなたが大変気に入りました。父上の目が届かないところで飼ってさしあげましょう。私が飽きるまで、存分に愛《め》でてあげますよ」

ルシアノが腰もとの剣に触れると、ライムンドはにやにやしながら離れていった。

――このふるまいは、同盟国に対してのものではない。まるで従属国に対するものだ。

憤ったルシアノは、父のもとへ行こうといらだちながら回廊を突き進む。

〈聞きしにまさる愚王と愚王子だ。知性のかけらもないくずどもめ〉

そんな彼のひとり言に反応したのは、ちょうど暗がりで涼んでいた父だった。

〈なんだ、荒れているな。眉間にしわを寄せるな。くせになるぞ〉

〈父上、無用心です。なぜ供を連れずにひとりでいるのですか〉

父は、〈まあそう言うな〉と、となりに立った息子の肩に手を置いた。

〈おまえもひとりではないか。しかし息子よ、また背が伸びた。とうとう私を越えたな〉

〈いまはそんな話をしている場合ではありません〉

〈愚王、というのも致し方あるまい。アルムニアは宰相が政《まつりごと》を仕切っているからな。あの王は政治に興味がないのだ。……まさか宰相が来ないとは思わなかったが、やれやれだ〉

〈父上、やつらをつまみ出すわけにはいかないのですか？　これが一週間も続くなど ぞっとする〉と言う前に、父は目を伏せ、〈そうはいくまい〉と首を振った。

〈耐えられない。まるでセルラトがごみどもに汚されていくようだ〉

ルシアノは、父の咎めの言葉を聞かずに続けた。

〈この状態はいくらなんでもおかしい。すでにフリアンとレアンドロに調べさせていますが裏があると確信しています。コンラドはいまアルムニアにいますが、じきに戻るかと〉

〈ほどほどにしろ、我らは同盟国だぞ〉

〈こんなことなら、同盟などいらない。くそくらえだ。だいたい父上は善人すぎるのです。

性善説を信じておられる。元来人は性悪な生き物ですよ。計り知れない野望を持ち、人を簡単に陥れる。やつらの千年帝国がまさにそうだったではありませんか〉

セルラトはかつて千年帝国に支配されていた歴史があるため、ルシアノはより現状を受け入れがたかった。当時行われた虐殺で、人口が三分の一にまで減ったとされているのだ。

〈いまのアルムニアと、かの千年帝国は別物だ。おまえも知っているだろう。落ち着け〉

〈落ち着くには無理があります。俺が、先ほどアルムニアのごみどもにどのような扱いを受けたのかお教えしましょうか。耐えがたい屈辱だ〉

彼が紡ごうとした言葉を、父は手で差し止めた。そして静かに夜空を見上げる。

そこに月明かりはなく、あまたの星が空を埋め尽くしていた。

〈運命、というものがあると思うか。私は、逆らえないものだと思っている〉

〈突然なにをおっしゃるのですか。父上、俺は〉

父は、空からルシアノへと視線をすべらせる。

〈陽は沈もうとも決して消えることはないのだ。この星々のようにあり続ける。どれほど闇夜が深くても、いつか必ずふたたび陽は昇る。そして、おまえを温かく照らすだろう〉

ルシアノは、父の言わんとすることがわからなかった。

〈ミレイアに部屋に戻るよう伝えてくれないか？　いま、中庭で星を見ているはずだ。あの子は闇が苦手だ。迷子にならないように、しっかり手をつないでやってくれ〉

夜空を背景にして穏やかに佇む父は、微笑んでいるようにもせつなげにも見えた。その表情は脳裏に深く焼きついて、ルシアノは、〈行け〉と言われるまで動けなかった。

〈お兄さま、ひみつにしてね？　わたし、好きな人がいるの〉

ミレイアに突然打ち明けられたのは、満天に星が広がる夜から三日後のことだった。その日は朝から激しく雨が降っているせいか、空気は湿気を孕んで蒸れていた。

一生の恋と言い切る彼女は、すでに永久の誓いを立てたらしい。十二歳とは思えぬませた行動に驚き、問いただしたかったが、彼には優先すべき用事があって、それどころではなかった。

相手を紹介したいと言う妹に、ルシアノは首を振る。

〈いまは無理だ、用事がある。一時間後なら身体が空くから、図書室で待っていろ〉

〈わかったわ。ふたりで本を読んでいるわね〉

素直に図書室へ向かう妹を見送りながら考える。悪いことに、相手はアルムニアの者らしい。おそらくは、菓子をくれた使者だろう。

――ミレイアはまだ子どもだ。一過性のものとは思うが……厄介だな。

相手には婚約者がいるという。いずれにせよ、十二歳の少女をたぶらかすなど正気の沙汰ではない。相手の男をゆるさないと思った。

うつむき加減で私室に向かうルシアノは、道を空ける召し使いを呼び止めた。

〈おい、おまえ。いますぐ図書室に向かってくれ。衛兵がいると思うが心もとない。ミレイアを側で守れ。妹に人払いをされても無視をしろ。いいな〉

窓に、雨がしきりに打ちつける。ますます嵐は激しさを増していた。

頭の奥がちりちり痛み、彼は、指でこめかみを強く押した。気分は空と同じで、どろどろとした黒い雲が垂れこめているかのようだった。

ルシアノが私室に戻れば、部下が六人控えていた。いずれも座っておらず、主の指示を待っている。〈はじめるぞ〉とあごをしゃくれば、そのうちのひとり、アドルノは言った。

〈ルシアノさま、フリアンとレアンドロがまだ揃っておりません〉

〈わかっている。ふたりはいまリヴァスだ〉

リヴァスとは、セルラトの城から馬で四時間ほど先にある岩だらけの荒野だ。花の国と言われるセルラトで、唯一花が咲かない不毛の地。そんな地に、なぜかアルムニアの者が出入りしていることを突き止めた。よって彼は、部下にくわしい調査を命じていた。

彼の居室に自由に出入りをゆるされている者は、フリアンとレアンドロ、そしてコンラドをはじめ、ここにいる六人だけだった。ルシアノにとって彼らは自身の背中を預けられるほどの、もっとも信頼できる部下なのだ。ルシアノは彼らと議論する。彼はひとりよがりな面があると自覚しているため、積極的に部下の意見を取り入れるようにしていた。

〈コンラドからの報告はあったか？　そろそろあってもおかしくないはずだ〉

〈三十分ほど前に鳩が来ました。これを〉

発言したのは、アドルノのとなりにいるロイバルだ。彼は、小さな筒を差し出した。が、即座に顔をはね上げた。胸は早鐘を打っていた。

受け取ったルシアノは、筒から紙を取り出し、にじんだ文字に目を走らせる。が、即座に顔をはね上げた。胸は早鐘を打っていた。

〈どういうことだ？　あちらの宰相は、セルラトとアルムニアの同盟を知らない。だが親書には宰相のサインもあったはずだ〉

しかし、ルシアノはアルムニアの宰相、ウルバノ公爵の筆跡を知っているわけではない。

ルシアノが、〈父のもとへ行く〉と扉に向かえば、窓際にいたウーゴが声を張り上げた。

〈ルシアノさま！　外を見てください！〉

ルシアノの居室は、自身が高所を好むこともあり、城のもっとも高い塔にある。そのため、見晴らしがよく、城の周りを見渡せる。

彼は窓辺に駆け寄ったが、硝子につく雨が邪魔で外が見えず、濡れるのも構わず窓を押し開けた。

ざあと風が吹きつけ銀の髪が流された。見えたのは、城に近づいてくる赤の軍勢だった。

この状況を一言で表すならば絶望だ。どうあがいても、救いの道は見つからない。

辺りがけぶっているにもかかわらず、軍勢の持つ赤い旗が目についた。それはテジェス国の旗だった。なぜ、城近くまで侵入をゆるしたのか――アルムニアが画策し、引き入れたことは明白だ。雨に乗じて来た敵は、ぞっとするほど多かった。五万はいると思われる。

遠くの街からは、けむりが上がっているのが見えた。おそらくは、否、間違いなく略奪にあっているのだろう。敵は、セルラトを生かすつもりはないのだ。

本当に同盟を結んだのはセルラトではない。アルムニアとテジェスだ。

目の当たりにした現状に、一瞬混乱したルシアノだったが、必死に頭を回転させる。

現在、城の周辺に留まっている自国の騎士は四千人ほどだった。しかし、連日の酒宴ですぐに動けるとは思えない。酒は人の判断を鈍らせ、まともでいられなくさせるのだ。

その上、城内にはアルムニアの騎士がおり、敵を懐に抱きこんでいる状態だ。ルシアノは、数では勝っていても、アルムニアの騎士には敵わないと見積もった。

――薬を盛られている可能性がある。いや、盛られているとみたほうがいい。

なぜなら、ルシアノが敵将ならば、およそ四千の騎士を真っ向から相手にしようとは思わない。敵を少しでも減らすため、当然、薬を盛るだろう。

城内からは、悲鳴や怒声のたぐいはまだ聞こえてこなかった。幸い、アルムニアの騎士は、テジェス国の動きと連動していないらしい。

〈ルシアノさま……私は、悪い夢を見ているようです〉

つぶやかれた声に、ルシアノは〈奇遇だな、俺もだ〉と鼻の先を持ち上げた。

部下をそれぞれ見やれば、皆、一様に顔をこわばらせていた。圧倒的な軍勢を前にして、勝機がないことがわかるだけに、怯んでいるのだ。

〈しっかりしろ。いま動き出せるのは俺たちしかいない。最善を尽くすしかないんだ〉

言ったそばからひざが震えそうになり、ルシアノは足にぐっと力をこめる。こんなところで、主人が怖じ気づいては士気に関わる。強くあれと己に命じる。

〈あれを見ろ〉

彼が指を差した先にあるのは見張りの塔だった。普段はふたりほど騎士が立っているが、人影は見当たらない。もし誰かいたのなら非常を知らせる鐘が鳴りひびいているはずだ。

〈残念だが見張りの騎士はアルムニアに始末されたのだろう。状況を知る俺たちは、静かに早く動く必要がある。気づいていることをやつらに悟られてはならない。ウーゴ、おまえは騎士長たちに異常を知らせて回れ。ロイバル、おまえは隠し通路の確保だ。アドルノ、パコ、ペドロ、マリアーノ、四人は王と王妃のもとへ。必ず城から脱出させろ。その後は各々の判断に任せる。生きて最善を尽くし、ひとりでも多く救うんだ。さあ行け〉

〈ルシアノさまは……〉

〈ミレイアのもとへ行く〉

出立《しゅったつ》前に、六人の部下は声を合わせて言った。

〈セルラトに栄光あれ〉

先に出た部下たちを送り、ルシアノは腰につけた剣の他にも、短刀を懐にしのばせた。

そして、首からさげた鍵をとり、暖炉のくぼみに押しこんで隠した。それは、父から渡された宝物庫の鍵だった。代々伝わる財宝の他に、セルラトの王の証となる宝剣が収められている。敵には死んでも渡してはならない、セルラトの象徴だ。

ルシアノは、深呼吸をひとつした。怖くないといえば嘘になる。不安で押しつぶされそうだった。いくら優秀とはいえ、まだ十六歳の青年だ。戦地に出向いたことはあるものの、大きな戦は経験したことがなく、これほどまでの極限状態ははじめてだった。日々、自分をきびしく律していても、恐怖を克服するまでには至っていない。

彼がなにより恐れているのは、家族の死だ。自分の命がなくなろうとも、家族だけは救いたい。それは日ごろから抱いている願いだ。

――父上、母上、ミレイア、どうかご無事で……。

マントをひるがえしたルシアノは、一気に塔から駆け下りた。全身が心臓になったかのようにうるさく鳴っていた。まさか、まさかと頭のなかはその声ばかりがあふれかえって、ろくに物を考えられない。危機を理解していても、いまだに信じられないのだ。これが夢であったなら、どれほどいいだろう。

城内はいたるところに酔いつぶれた貴族が寝そべっていた。柱の陰で堂々と性交している男女もいる。堕落しきった光景に、酒というより、阿片《アヘン》を疑わずにはいられない。

――そうだ、阿片だ。

考えかけて、すぐに思考を振り払う。いまはそれどころではなく、一刻も早く妹のもとへ行かねばならない。

道中、アルムニアの貴族や騎士を見かけて、斬りかかりそうになる己を必死で抑えこむ。

憎くて憎くてたまらなかった。敵から声をかけられた時には、打ち震えたほどだった。

「ああ、ルシアノ王子、こちらでしたか。ライムンド王子がお捜しでしたよ」

「彼はどちらへ？　用事を済ませてからうかがいますが」

怒りを押しこめて答えれば、アルムニアの貴族は細い目をさらに細めて言った。

「いまは図書室におられるようです」

図書室――――。どくん、と心臓が脈打った。背すじが凍りつくのを感じた。


足もとが揺らいで沈んでゆく錯覚を覚えた。床を踏んでも、踏んでも、なにも踏んでいないようで、進んでも、進んでも、どこにも進めていないようだった。ただ、自身のかつかつとした靴音だけが、歩いているという事実を告げる。

――ミレイア、頼む。頼むから無事でいてくれ。

図書室に続く回廊は閑散としていた。知り尽くしているはずなのに、知らない場所に見えていた。

切迫した気分がそう思わせるのか、そわり、そわりと凍える空気が行く先から流れこむ。毛という毛が逆立ち異様に寒い。その風に血のにおいを感じてルシアノは顔の色を失った。

近づくたびに血のにおいが濃くなった。無意識に、足は速まった。

原因がわかったのは角を曲がった時だった。廊下に倒れていたのは、普段図書室を管理している貴族の男。人にこれほど血があるのかと思わせるほどの血だまりになっている。

真紅の血を踏みながら、彼はすらりと鞘から剣を抜く。図書室を目指して駆け出した。

最初に出くわした男は反射的に斬った。アルムニアの騎士だった。うめく男の首をめがけてとどめを刺した。それをきっかけに、わらわらとアルムニアの騎士が現れたが、ルシアノは、たったひとりで立ち向かう。行く手を遮る者は、全員殺してやると思った。

「なんだ、こいつ、こんな細腕で……王子にあるまじき強さだ！」

「いいか、殺すなよ？　ライムンドさまは生け捕りにしろとおっしゃった」

「無茶だ、生け捕りになどできるものか。こっちが殺され……ぎゃああっ」

剣の稽古をはじめて十年だ。ルシアノは、まだ若いがそこらの騎士よりはるかに強い。生まれ持った才能と、日々のたゆまぬ鍛錬《たんれん》がそうさせた。すべて急所を狙って剣を振るなりふり構ってなどいられない。

断末魔の叫びのなか前へ足を踏みこんだ。上体を低くして先の男を斬りつつ、襲いくる横の男の剣を短刀で流して軌道を変えさせた。そしてふたりまとめて薙《な》ぎ払う。

敵の血で足がすべったが、倒れる間際に相手を刺した。手をつき、騎士の足を蹴りつけて、均衡を崩させ、その首を掻っ切った。

何人の息の根を止めたかわからなかった。自分の腕や足も斬られたが、興奮しているせいか、痛みはまったく感じない。息が上がり、肩が激しく動いていた。血を失いすぎたのか、めまいもしたが、妹のもとへ行くまでは、倒れるわけにはいかなかった。

「これは驚いた」

アルムニアの騎士の背後からひょっこり顔を出したのはライムンドだった。ルシアノの目には、その顔が醜《みにく》く映っていた。

「ルシアノ王子、強いなあ。えっと、一、二、三……うん。犠牲は八か。やるねえ」

奥歯をぎり、と嚙みしめたルシアノが剣をにぎり直すと、ライムンドはあざけった。

「弱小国のセルラトごときが、千年帝国の騎士を殺すなんてね。これが、どういうことかおわかりか？」

なにも言わないルシアノに、金茶色の髪を耳にかけたライムンドは、口角を持ち上げた。

「その顔。さては気づいたな。弱小国その二のテジェスが、ここに迫っていることに」

「きさま、殺してやる！」

「ずいぶんと威勢がいいものだ。しかし、あなたが私を殺せるわけがない。私は栄えあるアルムニアの王子だぞ？　あなたとは格が違う。……ふふ、贈り物をしてやろう」

それ、と掛け声とともにこちらに投げつけられたのは、長い金の髪だった。ふわふわとした質感も、結ばれたりぼんも、見覚えのあるものだ。

瞠目し、言葉を失うルシアノに、ライムンドはゆっくりと、時間をかけて口にした。

「ミレイアちゃんは、私がここへ来た時にはすでにけがをしていたよ。かわいそうに、ぼこぼこに殴られて……骨まで折られてひどいものだった。さぞかし痛いだろうね。声をかけてごらんよ。彼女も兄の声を聞きたいだろう。さあ、早く安心させてあげるといい」

ルシアノは、たまらず腹の底から大きな声を出した。

〈ミレイア！　俺だ！　ミレイア、返事をしてくれ……。ミレイア！〉

〈…………お兄さま……〉

声は、比較的近くから聞こえた。小さな、弱々しい声だった。

しぼり出したのであろう、苦しげな声を聞いたとたん、ルシアノのすみれ色の目から、涙がぼたぼた垂れ落ちた。

〈ミレイア、けがをしているのか？〉

〈痛いの。……苦しい。お兄さま……助けて……〉

〈ああ。ああ、助けるさ〉と何度もうなずけば、目と頰からしずくが飛び散った。

〈俺は、おまえを助けに来たんだ。いま行くから待っていろ。必ず助ける〉

「悪いねお兄さま、そろそろ時間だ」

にやにやしたライムンドが図書室に向けて手を挙げると、ミレイアの声はしなくなった。

あらゆる憎悪をこめてにらみつければ、ライムンドは詩を読みあげるように語り出す。

「美しい兄妹愛というやつか。愛っていいね、私も愛が好きだよ？　ルシアノ王子、悪いようにはしない。私にも妹がいて、これでも妹思いの兄でね。偶然にもミレイアちゃんと私の妹は歳も同じだ。とても他人事とは思えない。それに私に匿われないとあなたは死ぬよ？　テジェスはセルラトを殲滅するためにここに来るのだから。さあ剣を捨てようか」

「ミレイアをやったのは誰だ！　ここに連れてこい！　殺してやる！」

ライムンドは、「さあね」と肩をすくめた。

「ルシアノ王子、剣を捨てて従順になれ。私に抵抗しないのであれば、ミレイアちゃんを手厚く手当てし、あなたの手当てもしてさしあげよう。だが、もし断るのであれば、あなたのもとに彼女の髪ではなく、かわいい腕、もしくは小さな足を投げ入れることになる」

「おまえ……妹の、腕を斬り落とすつもりか？　足を……」

想像するだけで、ひざからくずおれそうになる。

「あなたがこれ以上我が国の騎士を殺すのならば、罰を与えるのは当然だ。斬られるのは痛いだろうなあ……かわいそうに。かわいいかわいいミレイアちゃんもとばっちりだ」

――ずっと、ミレイアの側にいて、守っていたなら……こんなことには。

アルムニアの騎士たちに取り囲まれるなか、ルシアノは、手に持つ剣を投げ捨てた。

その後のことを、彼ははっきりと記憶しているわけではない。薬を多量に盛られたのもあるが、頭が思い出すのを拒絶しているのだろう。地獄のような光景が彼をそうさせた。剣を放したとたん、大勢の騎士から押さえつけられたのは覚えている。引きずられて移動させられたのも知っている。もみくちゃになりながら、図書室の先にある古い居室に連れて行かれたことも。そこは、先々代の王の愛人に与えられていた場所だった。

まず、床に仰向けにさせられて、無理やり酒を飲まされた。四肢《しし》を縛られ、押さえつけられていたから自由はない。むせて激しい咳が出た。くらくらしたところへ、薬らしきものを口に入れられてそのまま塞がれた。そこからは視界がゆがみ、世界そのものがぐにゃぐにゃと揺れているように感じられた。

服が裂かれる音が聞こえて、抵抗しようと動いたが、

「ミレイアちゃんの手当てはいいのか？　早くしないとあの子は死ぬ」

と、ささやかれてしまえば固まるしかなかった。直後、激しい痛みが貫いた。剣で斬られた傷口を縫われているのだ。

〈うう……あ……〉

「痛みに悶えるあなたは美しい。そこらの女よりも色気があるな。ぞくぞくする。しかし、なぜあなたには欠点がないのだろうか。うん、ますます気に入った」

至近距離でこちらを覗く人影は、ライムンドだと思われた。熱い吐息が顔に吹きかかる。

「あなたが飲んだ薬はよく効く薬でね、麻酔として使われるがどうしようもなく男を猛らせるものでもある。ルシアノ王子、あなたはいいものを持っているじゃないか。いいね」

一針一針刺される激痛のなか、剝き出しの性器をにぎられた。しかし、ルシアノは身体を襲う鋭い痛みのせいで気づけないでいた。しかも、酔いと薬のせいか、声は脳裏に反響し、なにを言われているのかわからない。ひどい雑音にしか聞こえなかった。

「これを女に使わないなど愚かなことだ。――おい、うちの女を全員連れてこい。丁重にもてなすんだ。彼は強い。私が戻るまで精力を奪い尽くして動けないようにしておけ」

ルシアノが意識を保てたのはここまでだ。

次に気づいた時には、全身をべろりとなにかが這っていた。手や足や、腹や胸に、隙間なく熱がうごめいていた。まるでなめくじが身体のそこかしこに張りついているかのようだった。それだけではない。唇をねっとりと塞がれていた。死んでもされたくないのに、まるでくちづけだ。下腹が重くて熱かった。喘ぐような、荒い息。ぐちゅ、ぐちゅ、と絶えず音が鳴っていた。

すさまじい倦怠感《けんたいかん》と、擦れる痛み。頭のもやが晴れてくると見えたものがある。女がいた。ひとりではなく、何人も。全裸の女たちに身体をむさぼられている。全身を同時に這うのはいくつもの肉厚な舌だった。隅々まで舐め尽くされて、吸われていた。性器がひどく痛かった。自身の上で女が腰を揺らせば、痛みが走る。両の乳首も、それぞれ女にもてあそばれるたび痛みを伴った。触れられすぎてすべてが腫れているのだ。

——犯されている。

〈やめろ……、やめろ!〉

「やだ、見て。すてき。すみれ色の瞳だわ……うっとりしちゃう」

「ちょっと、なにを見惚《みと》れているの?　抵抗するうちは薬を飲ませなくちゃ」

すぐに口を口で塞がれ、なにかを流しこまれて、意識が遠のいてゆく。

部屋のなかにいる女の数は二十名。彼は、女たちに次々と陵辱され続け、混濁《こんだく》と覚醒《かくせい》をくり返したが、やがて抵抗できなくなった。

穢らわしい、誰も触れるな。やめろ吐き気がする。ここは、地獄だ……。

〈……ルシアノさま、あなたは生きてください〉

そう言ったのは誰だったのか――。なにもかもがぼやけていた。声は男か女か、老いているのか、いないのかすらわからない。その者が、本当に存在していたのかさえも。

ありったけの力を振りしぼり、〈ミレイアは〉と口にした。けれど答えは返らなかった。

ざっ、ざっ、と音がした。歩いている音だった。揺れるたびに痛みが全身を襲う。

彼がはっきりと意識を取り戻したのは、誰かの背中の上だった。背負われていることに気づき、人肌に恐れを感じて取り乱す。犯されているような気になったのだ。

正気に返ったのは、見知った顔を見た時だ。太い眉をした部下のレアンドロ。それに、フリアンだ。彼らはリヴァス地方に調査に行っていたはずだ。

その彼らがいるという意味を、ルシアノは、いやな予感とともに悟った。

〈父上……母上は？　ミレイアは？　ウーゴ、ロイバル、アドルノ、パコ、ペドロ、マリアーノ……皆はどうした？　アルムニアは？　テジェスは……セルラトは？〉

さわさわと風が吹き、銀の髪が流された。土のにおいだ。ここは、城ではなく外だった。

〈ミレイアはどうした？　早く助けないと……。フリアン、下ろせ。図書室だ〉

〈いけません、ルシアノさま。あなたはいまは歩ける状態ではないのです。骨を折られて

います。ひどいけがを負っておられる〉

視界がせまいのは、殴られて顔が腫れているからだった。誰に殴られたのか、いつ骨を折ったのか――覚えていない。記憶が欠けてあいまいだ。

〈城に戻ってくれ。俺は、戻らなければならない。助けると約束したんだ。早く戻れ〉

〈可能なかぎり近づきますが、どうか、それ以上は〉

フリアンとレアンドロは黒いローブを纏っていた。そして、それはルシアノもだ。三人は深くフードを被り、身を隠しながら城への道をゆく。街はテジェス軍であふれかえって荒れていた。焼かれた家も多かった。川も氾濫していたようだ。〝花の国〟と謳われたセルラトの面影は消えていた。

城の壁を目にした時、ルシアノは呼吸を忘れた。

父がいた。母がいた。その間にいるのは、ふわふわな金の髪を短く切られたミレイアだ。ぼこぼこに殴られた痛々しい姿で、だらりと力なく下がる首。ドレスを剝ぎ取られ、一糸纏わぬ姿だった。わずか十二歳だというのに。こんな辱め方があるだろうか。

愛しい家族は皆、両手を縄で縛られて、ぶら下げられている。

助けたくても側に行けない。テジェスの兵に取り囲まれたなかにいて、手が届かない。涙があふれて止まらなかった。何度も行こうとしたけれど、必死の部下に遮られた。

〈邪魔をするな。おまえたちを殺してでも行く。父上が、母上が生きている。ミレイアも、生きているかもしれないじゃないか。早く、助けなければ。……父上、母上、ミレイア〉

〈ルシアノさま。これは、テジェスがあなたに見せつけているのです。あなたをおびき出し、殺すためにしていることです。抑えてください。耐えてくださいルシアノさま〉

くしゃくしゃな顔でルシアノは目を閉じる。頬がさらに濡れてゆく。本当はわかっているのだ。セルラトの王子として取るべき行動は。けれど、割り切れるはずがない。

〈つらいのはあなただけではありません。城はあの日落とされました。生き残ったのはごくわずかです。城の周りでは貴族の首が晒されています。私の妻や息子も。父や母や祖母も……幼い弟と妹も。レアンドロの家族も同様です。彼の父母も兄も、皆生きていません。我らは、やつらに仕返ししなければ。このままここで終わるわけにはいかないのです〉

自分を万能だと思っていた。前に立つ者など存在しないと思っていた。それはまったくの思い違いだった。

骨が折れた足では駆けられない。骨が折れた手では剣もにぎれない。

無力な自分が憎かった。殺したいほど憎かった。

――父上、母上、……ミレイア。弱くてすまない……。

犯されていた時はそこが地獄だと思ったが、そうではなかった。蹂躙《じゅうりん》された国で家族を前にして、なにもできず、死にゆくさまを見せつけられる。この先、朽ち果てるさまを見せられる。これは、地獄のはじまりだ。

国の、家族の、消えた世界で思う。

皆、滅べ。等しく死に絶えろ。

四章

湖に浮かぶ壮麗な白亜の城。唯一の出入り口である跳ね橋は、女王アラナが即位してからというもの上げられたままだった。国をあげて、千年帝国最後の血統を守っているのだ。城へ自由に行き来できるのは、女王と宰相、そしてカリストから特別に許可を与えられた者だけだ。たとえ貴族でも、城に呼ばれないかぎりは近づくことさえ叶わない。

湖を、一艘《いっそう》の船が進んでいた。掲《かか》げられているのは、女王の許可を示す金のプレートだ。

銀色の長い髪がさらさらと、風に吹かれて揺れている。そのすみれ色の瞳が映すのは、宝石のように光る湖面だ。それは、夏に家族で訪れた故国の湖を連想させる。あの日も、今日と同じく快晴で、穏やかな日だった。

〈ルシアノさま。まさか我らまでたやすくアルムニアの城に入れるとは。驚きました〉

言葉を発したのは、レアンドロだ。相変わらず太い眉をしている。

〈ふん、俺の妻になる人は寛大らしい。全員、許可するようだ〉

〈だからこそ警戒すべきなのでは？　アルムニアのことです。なにか裏があるのでしょう。ルシアノさま、必ず御身をお守りします。すみやかに女王を始末し、城を出ましょう〉

船のへりにひじをつき、頬杖をついていたルシアノは、ぎろりと部下をにらんだ。

〈わかっていると思うが、女王を始末するのは俺だ。俺の楽しみを奪うなよ？〉

　ルシアノには引っかかることがあった。かつてミレイアは言っていた。

《アルムニアの使者のなかにすごい子がいるのよ。セルラト語がぺらぺらなの。発音もかんぺきだったわ。それでね、その子が、アルムニアのお菓子をくれたの。『賢帝ロレンソの石』というのですって。黒髪のね、すてきな子なの。まだお名前を聞いていないわ》

　黒髪、賢帝ロレンソの石。おそらくそれが妹の恋した男だ。彼は、その男がミレイアの死に関わっているとしか思えなかった。

〈フリアン。城内で、おまえと同じ黒髪の男を調べておけ〉

　ルシアノは〈了解しました〉と請けあうフリアンを一瞥し、続いてレアンドロに言った。

〈おまえが調べるのは賢帝ロレンソの石だ。宝石に匹敵する価値の菓子を持つ者は少ない。フリアンの結果と照らし合わせ、いずれにも該当する者を報告しろ。他の者は手分けしてセルラトへ行ったことのある者を調べておけ。女は口が軽い。籠絡すれば楽だろう〉

〈お任せください。ああ、ルシアノさま。フラビアから預かっているものがあります〉

〈捨てろ〉

　にべもなく即答したルシアノだったが、レアンドロは〈とりあえず見てください〉と、ポケットからそれを取り出した。無骨な手のひらには凝った装飾の小瓶がのっている。一見、香水のようなきれいな瓶だった。なかで揺れるのは桜色の液体だ。

小瓶を受け取り、ふたを開けて顔に寄せれば、薔薇の香りが鼻腔をくすぐった。

〈こちらは一見、薔薇水のもとのようですが毒です。対象が吐血するまでそれを毎日飲ませれば、その後はわざわざ服用させずとも、二週間ほどで亡くなるのだとか。病にかかったようにしか見えず、怪しまれずに葬れるとのことです。また、薄めて使用すれば、身体を弱らせられます。その場合、死には至りませんが確実に体力を奪うそうです〉

ルシアノは、ふんと鼻を鳴らした。

〈あの女は以前、よい薬師を見つけたと言っていた。そいつの薬だな〉

〈おそらくは。フラビアは薬の使用を望んでいました。彼女に従うのは癪《しゃく》ですが、今回ばかりは私も賛成です。身の安全を確保しつつ、確実に女王を仕留められますから〉

ルシアノはふたたび湖を眺めた。彼が見たのは、ゆらゆらとうつろう白い巨城だった。


王配になるルシアノを出迎えたのは、ぴしりと並んだ百人の騎士と、宰相、そしてカリストだった。歓迎されているとは言いがたい雰囲気だが、どうでもよかった。内心せせら笑って礼を交わし終えると、宰相と騎士は去り、白い正装姿のカリストだけが残された。

ルシアノは、カリストを頭の先から足の先まで観察したが、彼もまた、こちらを隅々まで観察しているようだった。不快をあらわにしたカリストからは、殺してやるといった気迫がひしひしと感じられ、ルシアノは、笑いをかみ殺した。

――そういえば、この男も黒い髪だ。女王アラナの恋人。さぞかし俺が憎いだろう。

「後ろにいるのは、俺の部下のフリアンとレアンドロです。お見知りおきを」

と、側近を紹介したが、カリストは大国の貴族らしく、部下とは視線を合わせない。

「先にお伝えしておきますが、アルムニア国では平民は許可なく貴族を見てはなりません。処罰の対象です。また、いかなる者も女王を不躾に見ることは禁じられています。女王の声がけがあってはじめて視線を合わせ、会話がゆるされます。この国で女王と自由に言葉を交わす資格を有する者は、宰相、側近の僕、そして、王配であるあなたのみです」

ルシアノは、ちらとフリアンとレアンドロに目をやった。彼らは由緒正しい貴族の家柄だ。思ったとおりプライドが傷つけられたらしく、苦虫をかみ潰したような顔をしていた。

「我々はまだアルムニアの文化については勉強中ですが、慣れるよう努力します。カリスト、できれば教えてほしいのですが。この国には『賢帝ロレンソの石』という菓子があるそうですね。私は千年帝国を研究しています。その菓子はどういったものなのでしょう」

「では、案内しながら話しましょう。どうぞこちらへ」

そう言って、カリストは足を踏み出した。

「賢帝ロレンソの石は玉虫色に光る飴です。はじめて作ったのは賢帝ロレンソの妻ルフィナ妃。代々、王の許可が下りた時のみ作られてきました。女王アラナは、即位後許可を与えていないので、先代の王の時代のものがわずかに残っているくらいでしょう」

「あなたはかつて賢帝ロレンソの石を持っていたのですか？　飴を持ち歩いたことは？」

おかしな質問だと思ったのだろう、カリストの眉間にしわが寄る。

「なぜ、僕にそれを問うのですか？　意図がわかりかねます」

「ただの好奇心です。どれほど出回っていたのか、参考までに教えてもらえれば」

「持ち歩いたこと……ええ。アラナが好きでしたからポケットに入れるようにしていました。彼女は普段感情を表しませんが、かつては飴を渡せばすぐにほおばっていました。けれど大人になったのか、甘いものを欲しがりません。好んでいたのは四年前までです」

ルシアノは、『四年前』と頭のなかで反芻《はんすう》した。ちょうど、セルラトが滅びた年だ。

この黒い髪のカリストは、少なくとも四年前までは飴を持ち歩いていたのだ。

「女王はなぜ賢帝ロレンソの石の製作を許可しないのでしょう」

「原料のせいですよ。古代ではそれがそこかしこにあったのですが、いまは高山の崖など危険な場所にしかありません。やさしいアラナは、民を危険に晒したくないのです」

ルシアノは、先導するカリストの背中を、剣呑《けんのん》な瞳でうかがった。彼は、アラナを殺めて誓約を果たしたのちに、少しでも疑わしき者をすべて片づけるつもりでいた。

「バルセロ男爵、こちらです」

カリストに案内されたのは、ルシアノの居室となる部屋だった。白を基調とした室内は、日当たりがよく景色もいい。家具も最高級のものだった。しかし、女王アラナの居室からはずいぶん離れた位置にある。カリストは、他の男をアラナに近づけたくないのだろう。

「いい部屋です。しかし、女王の居室からは遠いのでは？　これでは彼女と夜が過ごせない。あなたの父君は、彼女の早期の懐妊を望んでいるようですが。俺もそのつもりです」

あえてカリストが腹を立てるように仕掛けると、案の定敵意を剝き出しにして返された。

「バルセロ男爵、僕は生まれながらにして女王の側近です。彼女に関して知らないことはありません。彼女の体調を知り、気分を知る者はアルムニアでただひとり、僕だけです。アラナは身体が丈夫ではありません。命に関わりますから、無理は禁物です。そこで、あなたに約束していただきたい。アラナに会う時は必ず僕を通してください。性交は、成長途中にある彼女には負担が重く、受け止められません。時期が来ましたらお伝えしますので控えてください。代わりに女性が必要であれば、用意しますのでお声がけを」

「あなたは俺に愛人を勧めているのですね」

「僕はアラナの側近ですから、主人を守るためには手を尽くします。ご理解を」

ルシアノは、カリストの狙いが手に取るようにわかった。彼は、王配が愛人と事を起こしたとたん問題を公《おおやけ》にし、罪を負わせて追放する腹づもりなのだ。

騙されたふりをして、ルシアノは微笑んだ。

「ええ、俺も男ですからね。性欲はないとは言えません。その時は相談しますよ」

カリストに案内されて女王の居室を訪れたルシアノは、椅子にちょこんと座るアラナと向き合った。一週間ぶりに見る彼女は、首まで詰まった檸檬色のドレスのおかげか、顔色がよく見え、以前よりも体調がよさそうだ。けれど、相変わらず表情は変化を見せない。

彼女の言葉を待つルシアノだったが、まず、アラナはカリストの方へ目をやった。

「カリスト、しばらく彼らとお話しするわ。その間に今夜の晩餐会の支度を指揮してくれないかしら。あなたたち夫婦におねがいしたいの。プリシラの意見も取り入れて」

いかにも不満げに眉をひそめたカリストは、アラナに小声で抗議する。

「きみがひとりで応対するのは反対だ」

「どうして？　夫と会話をするのは普通のことよ」

「バルセロ男爵はまだきみの夫ではないよ。十日後だ」

「十日後でも、わたしは夫だと思っているわ」

鼻にしわを寄せたカリストは、下唇をかんだ。

「だったら衛兵と召し使いを呼ぶ。女王のきみがひとりでいてはだめだ」

「人は必要ないわ。カリスト、これは命令よ。行って」

そう言われてしまえば、カリストとて従うしかないらしい。彼は部屋を後にした。

扉が閉まるのを待って、アラナはこちらに目を配る。

「あいさつが遅れてごめんなさい。城へようこそ。エミリオ、今夜はあなたを歓迎する晩餐会があります。わたしは出席できないのですが、どうぞ楽しんでください」

「それはありがとうございます。ですが、なぜあなたは出席できないのですか？」

アラナの顔に、まつげの影が落ちる。

「この国の決まりなのです。わたしは、通常の食事を摂《と》りません」

「毒を警戒されているのですね？　あなたは、最後のアルムニアの王族ですから」

彼女が「そうですね」とつぶやくと、ルシアノの後ろに控えるフリアンが言った。

「女王、我々と会ったことはないですか？」

女王に話しかけられるまで、話しかけてはならない。そういった決まりがあるというのに、フリアンはおかまいなしだった。また、アラナにも気に留めた様子はなかった。

「それは、ありえないと思います。側近の方、あなたがたのお名前は？」

フリアンとレアンドロがそれぞれ名乗ると、彼女は「わたしはアラナです」と口にした。

「わたしは生まれてからこの城を出たことがありません。外の世界を知らないのです。そんなわたしがあなたがたに会うのはむずかしいと思います。フリアン、レアンドロ、もし機会がありましたら、あなたがたのお話を聞かせてください。わたしは、外の世界に興味があります。衛兵にはここへ通すように伝えておきますから、自由にいらしてください」

ルシアノは、部下に話しかけるアラナを見ていた。その横顔からは真意を測れない。なにを考えているのか。目的は。それが少しも見えなかった。

――なぜ、この娘は死を望むのだろう。

絶やすべき血すじの者を前に、頭をよぎるその思いを捨てることができない。

ルシアノは、深く息をはき捨てた。

＊　＊　＊

「おい、おい、おい、おい。嬢ちゃん、冗談きついぜ。なに考えてやがるんだ」

寝台で眠っていたアラナは、話しかけられ、ぱちりと目を開けた。かたわらに仁王《におう》立ちしているのは、自身が雇う隠密のベニートだ。彼は、不快感を隠そうともしない。

アラナがゆっくりと上体を起こす間も、彼は顔をしかめ、腕を組んでいた。

「ベニート、お久しぶりね。ここにいるということはけがは治ったの？　よかったわ」

彼は音を立てて寝台に腰掛けた。不機嫌に「ふん」と鼻息を出すことも忘れない。

「『よかったわ』じゃねえよ、ぜんぜんよくねえだろ。知った時には目ん玉が落ちるかと思ったぜ。あんた、なんでバルセロ男爵と結婚してんだよ。エミリオといやあ銀の髪の男じゃねえか。あんた、ばかなのか？　ばかだろう？　命が百くらいあると思ってんだろう？　自分を殺そうとしている男を夫にするたあ、どういう了見《りょうけん》だ。狂ったか？　あのな、おれの身にもなってみろ。おれの仕事がとんでもねえことになってんじゃねえか」

「だいじょうぶよ。あなたが殺されることはないわ」

「は？　どこがだいじょうぶなんだ。じゅうぶんおれの命がさしせまった事態だろうが」

ベニートは、「いらつく娘だぜ」と、がしがしと自身の栗色の髪をかきむしる。

「言いたいことはそれだけじゃねえ。なんでやつの部下どもまで城のなかにいるんだ？　やつら、騎士や召し使いにこっそりまぎれこんでいるじゃねえか。ノゲイラ国から来た側近とかいって、堂々とのさばってるやつもいる。ざっと数えて五十人以上だ。おい、敵が多すぎんだろ。あんたの城の兵士は揃いも揃って無能かよ。おれはな、あんたと違って百個も命があるなんてこれっぽっちも思っちゃいねえ。命はたった一個しかねえんだよ」

「ごめんなさい、わたしが許可したの」

「はあ？　許可だ？　頭んなかお花畑か。なにをもってどうしてそうなった。説明しろ」

突然アラナは唇の前に人差し指を立てた。

「ベニート、人が来るわ。隠し通路から出てくれる？」

彼は納得いかない様子で「おれはなにも感じねえぞ？」と首をひねった。

「まあいいけどよ。お花畑な頭の持ち主でも、あんたは主人だ。従ってやるさ」

足音を立てずにマントルピースまで歩んだ彼は、小鳥の飾りを右へ回した。すると、本棚の仕掛けがかちりと動く。ベニートは、それを扉のように開けて出て行った。アラナは仕掛けがもとに戻るのを確認し、ふたたび寝台に寝ころんだ。

扉が二度叩かれたのはまもなくのことだった。アラナは小さく「どうぞ」と言った。

入室したのは、三日前、正式に夫となったエミリオだ。彼は、自分に似合うものを知っているのだろう。余計な飾りのない黒の装いは、すらりとした肢体を引き立てている。

こちらに近づく彼に、明かり取りから落ちる陽がちょうどかかった時、彼は部屋を見回した。銀色のまつげや髪が、光を浴びてきらめく。

「誰かいたようですね」

ゆっくりと身を起こしたアラナは、「いいえ」と首を振る。

エミリオは、寝台の端をじっと見つめてから腰掛けた。そこは、ベニートが座っていた場所だった。彼は気づいているのだ。それでもアラナは眉ひとつ動かさないで、表情なく彼を見た。彼も、アラナを見ている。

ふたりは三日前に結婚したといっても、特別なお披露目があったわけではない。アラナもエミリオも希望しなかったのもあるが、アルムニアの貴族は誰もこの結婚に納得していないのだ。ふたりが部屋を分け、別々に行動することもその考えに拍車をかけていた。

エミリオが夫として妻の部屋を訪れるのは、これがはじめてのことだった。

「体調が悪いそうですね。カリストから聞きました」

「少しだけめまいがしていたのです。けれど、いまは平気です」

エミリオは、アラナの夜着を眺めていたが、衣装箱に目を移した。

「すでに午後一時を過ぎています。着替えた方がいいのでは？　食事もまだでしょう」

「そろそろカリストが来ると思います」

「あなたを着替えさせるために？」

こくんとうなずくと、エミリオはあざけるように鼻の先を持ち上げた。

「カリストは男です。以前から気になっていましたが、あなたはなぜ彼に平気で肌を晒しているのですか？　湯浴み後になぜ身体を拭かせているのです。婦人は、夫以外の男に肌を晒してはいけないものだと習いませんでしたか？　ましてや彼は既婚者です。それとも彼は、女王アラナの公然の愛人なのでしょうか」

「違います」

アラナは、きゅ、と毛布をにぎった。カリストからは、いまだに夜を誘われているが、拒み続けている。けれど、自分にも原因があるのだとわかっていた。彼がいないとなにもできないアラナは、彼に依存せざるをえないのだ。

「プリシラが言っていましたよ。夫が自分のもとに来ないと。彼女は早く子を産みたいそうですが、夫はかたくなに閨《ねや》を共にしないのだとか。アラナさま、あなた、側近とはいえ彼をひとりじめしすぎでは？　女の嫉妬は、古来より恐ろしいものとされています」

その指摘はもっともだと思った。カリストは結婚してからも、以前となにひとつ変わることなくアラナに尽くし、側にいる。ことあるごとに胸に触れるし、抱きしめてくる。

「……事情があるのです。あなたはわたしの夫ですから、お伝えします。できればお知らせしたくはなかったのですが」

視線を落としたアラナは、自身の両手を見つめた。指の先がかすかに震える。

「わたしは、このまま世界から消える予定でした。……わたしの手は、なんでもない手に見えますが、六年前のけがが原因であまり動かすことができません。わたしの亡き父は表ざたにすることを禁じました。いま、この手が動かないことを知るのは、医師、それから宰相ウルバノ公爵と、その息子カリストだけです」

そして、隠密のベニートも知っている。

「この手はボタンを留められません。指の先に力が入らないのです。扉も重いものは開けられません。食事も、細かく切ってもらわなければ食べられません。文字も、震えてしまい、うまく書けません。あなたが目にしたわたしのサインはカリストによるものです。カリストは、六年前からわたしの手となっています。わたしは、生きていれば誰かの手をわずらわせてしまいます。カリストを解放したいとつねづね思っていますが、ままならないのが現状です。どうか、わたしの死まで、彼が手となることをゆるしてください」

表情をろくに変えないまま瞳をうるませるアラナに、エミリオは眉をひそめた。

「王とは古来より不能を嫌うものです。欠陥があれば己の威信のために隠す。内外に優秀な血統であると知らしめるために」

アラナは、その言葉にうなずいた。

「しかし、あなたの場合はそうではない。身体が丈夫でないことは、けが以前から広く知られていました。あなたは女王に即位するまで公式の行事に参加することがなかったそうですね。城の外にも一歩も出ていない。王女とは、外国の王族に嫁ぐものと相場が決まっていますが、あなたは誰とも婚約していなかった」

認めれば、エミリオは続ける。

「あなたの父親、先代王が、あなたの手のけがが明るみに出るのを禁じたのは、娘の不自由を恥としたのではなく、けがの原因を伏せたかったからなのでは？」

彼はアラナの手首をにぎった。急だったので肩が跳ねそうになり、ぐっと堪える。

「あなたには兄がふたりいました。死んだ長兄のライムンド王子。そして、行方知れずの次兄のファニート王子。ファニートが消えたのは六年前……なにか関係があるのでは？」

「それを語ることはありません。たとえ、あなたが夫でも」

彼の整った唇が、皮肉げにゆがんだ。

「どうせあなたは死ぬんだ。無理に聞き出そうとは思わない。そして、俺も興味がない」

興味がないと言いながら、彼はアラナの手首を引き寄せて、立つようにうながした。

「しかし、あなたがカリストに肌を晒すのは我慢できない。たとえ建前でもあなたは俺の妻だ。まぬけな夫を演じるつもりはないのでね。召し使いに頼めないのなら、あなたが生きているかぎり、俺が手になるしかないだろう。アラナ、寝台から下りるんだ」

いきなり命じられてとまどったが、アラナは表情に出さないように気をつけた。そろそろと寝台のふちに移動し、ゆっくり立ち上がる。

その間に衣装箱を開いたエミリオは、簡素なドレスを選んで取り出した。そしてアラナの前に立つ。

「あなたの服は同じ色ばかりだな。白かクリーム、銀か金。もしくは檸檬色。髪と肌の色に合わせているのだろうが、決まりがあるのか？」

話しながら、彼はアラナの夜着のりぼんやボタンを外していった。すぐに白磁の肌が現れる。彼が夜着を落とすと、アラナは裸だ。

咄嗟に身体を隠したくなったが、どうしてそう思うのかわからなかった。肌を見られるのは慣れていて平気なはずなのに、なぜか彼に見られるのはいやだった。胸の先が尖っているのがわけもなく恥ずかしい。そこだけ淡く色づいているのが恥ずかしい。秘部に薄く白金の毛が生えているのも。けれど、アラナは必死に顔には出さなかった。

「……決まりはありませんが、カリストが選んで職人に作らせています」

「またカリストか。あなたは下着を身につけていないようだが」

「私室では、身につけていません」

「カリストがそう決めているのか？　六年前から？」

認めれば、エミリオのすみれ色の目がすうと細まった。

「彼があなたに尽くしているというよりも、あなたは彼の思いどおりの人形だ。俺はあなたの夫になる時に、彼に言われた。あなたに関わる時は自分を通すようにと。あなたの気分を知るのは自分だけだと。あなたとの性交も禁じられた。関係のない、あの男に」

アラナが伏せていたまつげを上げると、エミリオは顔を寄せてきた。

「あなたは、こう言われていたんじゃないのか？　結婚を考え直せ。結婚してからは、バルセロ男爵と別れろ、もしくは追放しろ、と」

視線を外したアラナだったが、それが答えだ。彼は納得したようにうなずいた。

「あなたを着替えさせるために、そろそろカリストが来るのだろう？」

エミリオは、アラナの剝き出しの肩に手を置いた。

「あなたは手の秘密を語ったが、俺も、あなたに明かすことがある」

アラナが彼の瞳を見つめると、即座に射貫かれた。強い視線だ。

「俺はあなたを抱かないと言ったが、正しくは『抱けない』だ。むしずが走るほど女が嫌いでね。いまあなたの肩に触れられているのは奇跡に近い。童貞だとは言わないが。なぜなら人を殺した時だけは別だからだ。俺は女を抱かずにいられなくなる。あなたは誓約で俺に殺しを禁じたが、つまりはそういうわけだ。あなたを殺さないかぎり俺は勃《た》たない」

うつむくと、あごに彼の指が置かれて、上げさせられた。

「先ほど言ったように、俺は、あなたの肩に触れることができた。あなたの裸を見ても、特に吐き気は感じない。で、あれば、試したいことがある」

「なにを、試すのですか？」

「あなたを殺す時、側にいるカリストは邪魔だ。あの男を遠ざける必要がある。あなたはカリストを解放したいと言ったな。もう、彼の手をわずらわせたくはないんだろう？　だったら俺が手を貸してやる。あなたの手になってやるから、代わりに協力しろ」

アラナが目をまたたかせれば、彼は「しばらく動くな」と口にした。

「カリストの前で夫としてふるまう。つまり、あなたを抱いているように見せかける。だが、俺があなたに触れられるかが問題だ。もう少し触れるが我慢しろ」

ふいに、むに、と胸をつかまれる。大きな手がゆっくりそれを揉みこんだ。膨らみがゆがむさまを見ていると、彼に右の胸を下からすくい上げられた。頂がやけに強調されて、羞恥がせり上がる。目を逸らせば、顔を下ろした彼に舌先で舐められる。おそるおそるといったていだった。触れても問題がなかったのだろう、今度は口を開けた彼が先端ごとぱくりと胸を食《は》む。最初は舌で転がされていたが、乳首を赤子のようにもぐもぐと吸われた。胸に触れられるのはカリストで慣れていたものの、アラナは不思議に思った。ベニートに吸われた時よりも、カリストに吸われた時よりも、いまの方が刺激が強い。まったく別の感覚だった。腰の奥にせつなさに似た官能がじわじわ積もってゆく。

薄桃色の頂からわずかに唇を離し、彼は言った。

「問題ないようだ。触れられる。アラナ、寝台で仰向けになれ」

指示どおりに寝台に腰掛けたアラナだったが、横になる前に、彼に身体を押し倒された。

小さな真っ白の身体に、銀色の長い髪が流れていた。さらさらと肌をくすぐられたが、その感覚は、胸への刺激で消えていた。

アラナは、力の入らない手でシーツを掻《か》いた。決して声を出さないように、決して表情を変えないように、無感情の自分を演じた。

これまで隠密からの数々の報告で、彼がたくさんの女性と関係しているのは知っていた。けれど、いまのエミリオの様子は想像とはかけ離れたものだった。まるで、はじめて胸に触れたかのように不器用に揉んでいる。乳首が気に入ったのか、しきりに舐めて吸っては軽く歯を立てる。右の胸にふるいつけば、左の胸も平等にむさぼった。口のなかにない尖りは、指で押したりつねったり、好奇のままにくにくにとこねられる。アラナの唇から荒い息がこぼれていたが、それは彼もだった。冷淡な彼が、熱く息をくり返している。

彼の力は強く、時折ちりちりとした痛みを伴った。しかし、飢えたけもののように胸にむしゃぶりつく姿に、背すじをなにかがせり上がり、アラナはごくりと唾を飲む。

彼に触れられている……。アラナはそれが、いまだに信じられないでいた。

これ以上彼を意識してはいけないと、天井に目を移す。そこにあるのは、葡萄と蛇が絡まる彫刻だ。目が悪いいまはぼやけているけれど、毎朝、今日がはじまってしまった時に見つめているところ。そして、カリストに抱かれている時に、じっと耐え、眺めていた場所だった。

ちゅうと吸いつく音がした。これまで以上に強く胸の先を吸われている。そんなに強く吸わないでほしかった。甘美な刺激に苛まれ、勝手に腰がびくりと跳ねた。

――カリスト、早く来て。おねがいだから。

彼が来ないと、この時間は終わらない。エミリオは、まったく行為をやめようとはしなかった。むしろ、積極的に、執拗に触れている。

「なぜ、俺はあなたに触れられる？」

こちらを見ないでほしかった。必死に耐えていることが知られてしまう。

ぐっ、と奥歯を噛みしめていたけれど、胸の尖りを爪で弾かれ、甘い声が出てしまった。

「その声は、気持ちがいいのか？」

「…………違います」

「女は、気持ちがよければ濡れるものだが」

次の瞬間、彼の手に脚を開かされた。力強い指先で秘裂のあわいを奥から手前までなぞられて、その強引さに痛みが走る。彼は、胸に触れ慣れていないようだったが、性器にも触れ慣れていないようだった。軟膏をすくいとるようにアラナを何度もこすった。

思わず顔をしかめてうめくアラナを、彼は至近距離で見ていた。

「濡れているが、痛いのか？」

「痛く、ありません」

頬に短く息が吹きかかり、彼が笑ったのだと思った。すみれ色の瞳は楽しそうに見えた。

「俺は下手だ。愛撫などしたことがない。方法を間違えているのなら言え。変えてやる」

アラナが唇を引き結ぶと、答えるつもりがないのだと理解したのだろう。彼は言った。

「あなたは力を入れれば壊れそうだ。いまの力も強すぎたのだろう？　では、これは？」

彼は、アラナの割れ目をやさしくなぞり、次に、またくぼみに沿って指を差し入れた。

くちゅ、と音をかすかに立てながら、触れるか触れないかの力加減でそっと撫《な》でた。

アラナが息をもらすと、彼はそれをくり返す。

「あ……もう、もうやめてください」

彼が指を動かすたびに、小さな突起につっかかり、快感が鋭く走る。腰が反応してしまい、抑えることができないでいた。

彼の腕に手を置いたけれど、やめてくれない。感じたくはないのに、愛撫は続けられた。

「女の性器はぬめぬめと液が染み出てくる。これを男は喜ぶらしいが、俺は嫌いだ。べたべたしていて、汚く、おぞましい」

秘めた芽への刺激に、たまらずあごを持ち上げたアラナは、とぎれとぎれに言った。

「ですから、やめてください。……は。……不浄ですから……そこは」

「だが、俺はあなたの性器には触れられる」

手を止め、アラナの秘部から指を出した彼は、その、ぬらぬらと光る指先を眺めた。そして、指をこすりあわせて感触をたしかめる。するとまた、アラナのあわいに指を入れ、今度は滴るほどにたっぷりつけた。

アラナが目をまるくしたのは、彼が、味見をするかのようにその指を口に含んだからだった。垂れてきたとろみのある液を、赤い舌でべろりと受け止める。そのしぐさは、凄絶な色気を放ち、アラナの胸を苦しいほどに高鳴らせた。

「やはり、平気だ」

彼は、指を舐めながらこちらを射貫いた。銀色の髪から覗くすみれ色。そのぎらつく視線に、この先なにをされるかを察したアラナは、気づけばずりずりと後ろに逃げていた。けれど、小さな身体だ。力では敵わず、すぐに組み敷かれる。

「……アラナ、気づいているだろう？」

「なにも、知りません」

「嘘だ。では、なぜ逃げる？」

言葉に詰まったアラナに、彼は、「欲情している」と言った。

「人を殺していない俺が、まさか勃つとは思わなかった。しかも、あなたに」

耳もとでささやかれた声に、アラナの肌は粟立った。

「エミリオ、やめてください」

やすやすと両手を頭上でひとまとめにされ、彼の片手で縫いとめられたアラナは、腰をひねろうとしたけれど、彼の身体で押さえられていて効果はなかった。ただ、剥き出しの肌で彼の衣装の感触をたしかめただけだった。

「夫が妻を抱くだけだ。なにも問題はない」

いざ「抱く」と決定的な言葉を口にされてしまえば、心臓がどくりと波打った。アラナは、エミリオに抱かれることは想定していなかった。自分はすぐに儚くなると思っていたし、カリストが、アラナの最初で最後の男になりたいと望んでいたからだ。カリストにできることは、それだけしかないのだから。

「あなたは、わたしを抱かないと言いました。ですから――」

彼の口の端がきれいに、けれど、残酷に持ち上がる。

「俺が善人に見えるか？　見えるのならば、あなたの目はふしあなだ」

エミリオは、アラナの動きを封じながらも、下衣をくつろげていたのだろう。熱く、硬いものが秘部に当たった。

「勃ったからには、最後まで試すのは当然だ。貞操はあきらめろ」

「だめなのです。わたしは……やめてください、どうか」

「四つ這いにさせないだけでもありがたく思え。あなたは妻だ、正面から入れてやる」

会話のさなかに、彼は己を濡らしたいのか、自身の先をアラナの秘部にこすりつけていた。くちゅ、くちゅ、と鳴る淫靡な音に、アラナは切羽詰まっていった。

「わたしは、あなたと交接する気はありません」

「あなたにその気がなくてもどうでもいい。……足音が聞こえるな。カリストが来る」

その言葉のとおり、アラナもカリストに気がついた。一歩、一歩と近づく気配に、扉に視線を向けた時、それはいきなりだった。切っ先が、みちみちと埋められたのだ。

扉が開かれた。カリストは「アラナ、着替えようか」と言ったが、答えることができない。自身に侵入してくる質量は、言葉を失うほど圧倒的なものだった。

全身から汗が噴き出した。なりふり構ってはいられない。アラナはくしゃくしゃな顔で、首を横に振りたくる。未知の感覚で怖かった。エミリオが進めてくるたび、勝手に背が反り返る。触れられてはいけない箇所をこじ開けられているようだ。腰を持ったエミリオに一気に奥の奥まで突き立てられて、アラナはびくびくと痙攣《けいれん》した。けれど、それはエミリオも同じようだった。かすかにうめいた彼が、アラナのなかに勢いよく吐精する。

じわじわと熱いものが、おなかのなかに広がった。

「ん？　アラナ、どうした？」

　カリストが寝台から見える位置まで来たが、アラナは依然として答えられない。全身に官能が駆けめぐり、それどころではなかった。はあ、はあ、と熱い息をこぼすだけ。また、エミリオも同様らしい。肩で息をした彼は、なにかを抑えるように、震えて耐えている。ぽた、としずくがアラナの頬に落ちてきた。覆いかぶさる彼のあごから滴った汗だった。

「なにを……しているんだ」

　カリストの愕然としたような声が聞こえた。

「………は……カリスト」

　喘ぐアラナが答えようとすると、エミリオの手に口を塞がれた。

「なにをしているとは、愚問ですね。――ふ、見てわかりませんか？　夫婦の営みです」

　エミリオは、横でわだかまる毛布をとって、汗だくのアラナの胸を隠した。そしてカリストをにらみつける。

「アラナの着替えでしたら……今後は俺がさせます。入浴も。妻の裸を人に見せたくはないのでね。カリスト、続けたいので部屋を出て行ってください。……ああ、せっかくです。ついでに召し使いに食事を頼んでいただけますか？　後でアラナに食べさせますので」

　カリストの視線を感じ、アラナがわななきながらもうなずくと、かっと顔を赤くしたカリストは、こぶしをにぎりしめ、きびすを返して出て行った。

　アラナは、目的を果たしたことで行為が終わると思ったが、エミリオは一向に猛りを抜こうとしなかった。不思議に思って彼を見れば、鋭い視線が返される。猛烈に腹を立てて

いるようだった。アラナはなぜ彼が怒っているのかわからないまま、髪を雑ににぎられた。

「……あなたは、俺がはじめてではないな。相手はカリストか？　言え」

あまりの迫力に、ひく、とのどが萎縮する。なにも答えないアラナに対し、エミリオは、指でその小さなおなかを押しこんだ。ちょうど子宮の辺りだ。

「王族に生まれたのなら知っているはずだ。王族の女は特に貞操が求められる。ここに、子種を受けるのは夫にかぎられると習っただろう？　いつ、何度、あいつに抱かれた」

アラナが唇を引き結ぶと、彼の手に荒々しくあごをつかまれた。

「だまるな。言わなければゆるさない。カリストに抱かれたのはいつだ？　彼はあなたの恋人だったのだろう？　これはあなただけの問題ではない。俺は、知らねばならない」

おなかのなかの彼の嵩《かさ》が増すのがわかった。アラナは無表情に徹しようとしたけれど、できそうもなかった。深々と彼をくわえこむ身体がどうにかなりそうで怖いのだ。先ほどの痙攣や、身体のなかにうずまくなにかが恐ろしい。こんな感覚など知らないから余計に。

「アラナ、言え！」

「怒らないで……ください」

「怒っていないだろう！　──は。聞くから、言うんだ」

「……………はじめての交接は、戴冠式の前夜でした」

彼は、「あの日の前夜か」と鼻にしわを寄せた。

「なぜ身体をゆるした。……いや、あなたの手では抵抗できない。強姦か？」

目を閉じたアラナは「いいえ」と否定する。

「カリストは、父と兄が亡くなるまでは、わたしの婚約者でした。わたしが父の跡を継ぐと決まった時に、婚約は破棄となりましたが……彼は、女王になる前のわたしを最後に望んだのです。わたしは、長く生きないとわかっていたので、その望みを叶えました。わたしのために生きてきた彼に、してあげられることはそれしかないと……思ったのです」

「当時、あなたは十四歳だ。二年前から死を望んでいたのか？」

アラナはなにも語らず、緑の瞳に彼を映した。

「ふたたびカリストと関係を持ったのは、先々月からになります」

エミリオの眉がひそめられた。

「最後の行為は？　俺が正式に来た後か？　結婚した後も抱かれたのか？」

「いいえ……。あなたと再会する前の、舞踏会の前夜が最後です」

ぎり、と奥歯を噛みしめた彼は言った。

「では、死ぬまで二度と抱かせるな」

突如、律動がはじまった。奥深くを突かれるたびに、身体のそこかしこで熱が弾けるようだった。それらが蓄積し、尋常なく下腹がうごめいた。ああ、また、来ると思った。

「――っ、あなたは、なぜこうなんだ？　は。……吸いついてくる……あっ。……くそ」

アラナのなかで、蠢動《しゅんどう》した彼のこわばりが、ふたたびおなかで弾ける。

どくどくと注がれながら、激しくかき抱かれた。

「……なんなんだ、あなたは。……俺に……なにをした？」

いまだ強い官能に苛まれ、悶えるアラナは、彼の問いには答えられなかった。


カリストに命じられたのだろう、召し使いが食事を運んできたが、アラナが気づくことはなかった。否、気づいてはいたけれど、それどころではなかったというのが正しい。

時が経過して、ろうそくを足すために、人が何度か入室したけれど、アラナもエミリオも、彼らに反応しないままだった。部屋は、絶えず荒い息に満たされていた。

ふたりは、まるでその行為が使命であるかのように没頭した。

抽送がはじまるたびにアラナの身体は猛烈に反応し、快感が大きなうねりのように押し寄せる。互いの身体が互いのために作られたと錯覚するほど、ぴたりとはまる。身体ばかりか、白金の長い髪と銀の髪はもつれ合い、ふたりのあらゆる液は混ざってどろどろに溶けていた。

エミリオが、服をちぎるように脱いだのは、アラナのなかで五度めに果てた後だった。だらだらと滴る汗がアラナに落ちたが、アラナも同じように汗だくだ。

だらしなく口が開いていても、体裁などは構っていられなかった。唇の端からよだれが垂れても、気にしてなどいられない。

びくびくと痙攣したことは何度もあった。意識が飛んだこともある。けれど、彼の律動がやむことはなく、起きた時には揺すられていた。

見るからに肩で息をした彼が、倒れるようにアラナに被さった時、また、なかで精が吐き出された。

「────、アラナ」

起き上がる気力もなく、だらりと横になったアラナの身体を、彼は汗ごと撫でまわした。

「あなたの身体は容赦がない。俺をしぼり取る」

身を起こした彼がこちらを見つめる。上から落ちる銀の髪で、彼の顔はよく見えない。いつの間にか日が沈んでいて、辺りが暗いせいもある。

静寂が包みこむ部屋に、彼の声がぽつりと響く。

「子が、できたらどうする」

「……子はできません」

「なぜ言い切れる」

アラナはまぶたを閉じて言う。

「わたしは、長くは生きません」

「俺が、殺すからか」

「はい。あなたは、必ず誓約を守ってくださいます」

「………当然だ」

まつげを上げたアラナは、うつろに天井を眺めた。

五章

豊かな白金色の髪がシーツに広がっていた。生まれてから一度も刃を入れたことがないのだろう。彼女の身体をすべて隠すほどに長かった。ルシアノは、なんとはなしにそれを指に巻きつけいじっていたが、身を起こして毛布を剥ぎ取り、眠る彼女を眺めた。

外に出ないという肌は、抜けるような白さだった。胸は華奢な身体にしては大きなほうだが、骨格はまだ大人になりきれていないようだった。一切鍛えられていない、筋肉も贅肉もない肢体は、どのように生きてきたのか疑問を持つほど生活感がまるでない。かつて妹のミレイアは、ルシアノを妖精と称したが、彼はアラナこそがそうだと思った。生きていても死んでいる。または、死んでいるのに生きているように感じられた。

この十六歳の少女になぜ欲情したのかは、ルシアノにも謎だった。人を殺さないかぎり勃ったことなどないというのに、昨日は挿入したとたんいきなり果てた。そればかりかいまは濃霧が晴れたように頭が軽い。長年感じてきた頭痛や倦怠感が跡形もなく消えていた。

彼は、彼女の手を取った。小さな手だ。皮膚は柔らかく、爪はきれいに整えられている。汚いものに触れたことがないのだろう。なんの苦労も感じさせない手であった。けれど、関節はこわばっていて硬い。ルシアノは、手のことを語っていた彼女を思い出し、気がつけば手のひらを舐め、指の一本ずつに舌を這わせていた。

——穢れてしまえばいい。

ルシアノは、彼女の手を自身の性器に導いた。そっと、無垢な手ににぎらせる。しかし、寝ている彼女は当然ながら気づかない。その動かない手がもどかしくて腰の奥がうずいた。

彼はアラナに被さり、その胸を揉みしだく。つんと尖った先を舐め、音を立てて吸いついた。むさぼりながら彼女の秘部に手をあてがえば、昨日の残滓《ざんし》か、そこは濡れていた。

彼は、女の性器に嫌悪感を持っているが、彼女に両のひざを立てさせて大きく開かせた。薄く生えた毛をなぞり、似合わないから剃ろうと考えた。あわいをぱくりと左右に開けば、どろりとこぼれるものがある。その白濁を親指ですくいとり、穴に戻してふたをした。

押さえていると、上部にある薄桃色の小さな秘芽が目についた。彼はためらうことなくそれにむしゃぶりついて、乳首と同じように転がした。すると、自身の股間が熱くなる。

彼女が眠っているにもかかわらず、挿入したのはすぐだった。やはり、彼女の膣はしっくりなじむ。歓迎されているかのように猛りを迎えられ、しきりに射精をうながされる。

腰を激しく動かしながら、己に言い聞かせる。

——俺は、欲情しているだけだ。飽きるまで抱けばいい。抱いて、抱いて、早く飽きろ。

思うがまま、ぐりぐりと切っ先で奥をえぐると、アラナは強くしめつける。快感に、ぞわりと肌が総毛立つ。限界まで膨らんだ性器は脈動し、熱が一気に噴き出した。

官能に浸りながら、すみれ色の目を閉じる。まなうらに、在りし日の家族が浮かんだ。

――父上、母上、ミレイア……。

忘れるな。あの光景を、哀しみを、屈辱を、怒りを。

ルシアノは彼女の細い首に両手をあてがった。力を入れればすぐに死ぬだろう。簡単だ。けれど、力が入れられない。どうしても、入れられないのだ。

彼は、ぎりぎりと奥歯を噛みしめた。

こんな時なのに、抱いて良いはずのない思いが湧いて、シーツに手をつきわしづかみにする。これは故国への、家族への裏切りだ。首を横に振りたくる。しかし、抑えられない。

ルシアノは勝手につぶやいていた。

〈なぜ、あなたがアルムニアなんだ〉


寝台の上で身を起こしたアラナは、うつむいて自身の下腹を見つめていた。おそらくは、秘部からこぼれる精が気になるのだろう。もしくは、きれいに剃《そ》られてしまった下生えか。そのさまをテラスから見ていたルシアノは、彼女のもとへ歩いていった。

彼を見たとたん、少し大きく目を開いた彼女は、いまだにこの部屋に留まっていた彼に驚いたのかもしれなかった。それとも、剣を片手に汗をかいているのを不思議に思ったのかもしれない。とにかく、感情をあらわにしない彼女の心情は、推察するしかなかった。

上半身裸でいた彼は、剣を置き、椅子に置いた上着を羽織りながら言う。

「剣の素振りをしていた。俺は、身体が鈍るのを好まない。毎日していることだ」

問われてもいないのに説明している自分に気がつき、己に呆れる。彼は話題を変えた。

「もう起きろ。あなたは寝すぎだ」

結局アラナは、ルシアノが二度果てても眠ったままだった。起きたのは、あれから四時間ほど経過してからだ。あまりに死んだように眠るから、鼻の下に手を当てて、息を何度か確認したほどだった。

うなずくアラナに、彼は「服を着るんだ。こちらに来い」と指示をした。

アルムニアという大国の女王でありながら、格下の身分の男に命じられても、彼女は無礼だと憤ることはなく、不平不満を言うわけでもなく、素直にこちらにやってきた。一糸纏わぬ姿でも、恥ずかしさを感じていない様子で、緑の澄んだ瞳でこちらを見上げる。

アラナの白肌には、胸、下腹に赤い痕がついていた。ルシアノが吸ってつけたものだが、改めて見ると彼女を征服したようにも思えて、ほのかな満足感が熾火《おきび》のようにくすぶった。

「あなたに言っておく。これから死ぬまで、夫である俺以外の男に裸を見せるな。あなたには前科があるのだから、守らなければゆるさない。いいな」

前科とは、カリストに抱かれていた過去を指している。彼は自分を棚に上げているが、まったく悪びれる様子はなかった。傲岸不遜な支配者階級特有の考え方だ。

「それから、あなたの手がどれほど動くのか見ておきたい。これを、自分で着ろ」

言いながら、ルシアノが彼女に手渡したのは夜着だった。りぼんを結んだり、ボタンを留めたりする必要があるものだ。

アラナはたどたどしく薄い生地を広げていたが、その慣れないしぐさは、手が動かないというよりも、一度も自分で着用したことがないことを示すものだった。おそらく、彼女はけがをする以前も、自分で服を着ていない。

長い髪ごと夜着を羽織る彼女を見かねて、ルシアノは髪を服から出してやる。

それを気に留めることなく、アラナはせっせとりぼんに取り掛かる。りぼんに時間がかかっているため、彼女の裸は隠れていない。見かねた彼は、「りぼんはいい、ボタンだ」とやめさせた。ボタンも時間がかかったが、震える指でなんとかひとつ留めることができ、心なしかアラナは満足そうだった。残りのボタンは、彼が手早く終わらせた。そして、仕上げにりぼんをきれいに結んでやる。

次に、彼女に本を持たせてみたが、耐えられるのは一冊だけだった。しかも長時間はむずかしい。だが、杯に水差しを傾けて、注いで渡してみると、それは訓練されているようで、手が震えることなくきれいな所作で飲み干せた。

――すべてができないわけではない。人前で必要な所作はできるようだ。だとすれば。

「アラナ、鏡台へ行け。その髪をなんとかしろ」

昨日会った時は艶やかだったアラナの髪は、行為を経てぼさぼさだ。彼は「梳《す》いてみろ」と彼女に櫛《くし》を持たせたが、見ていられないほど下手だった。彼女は、ぎい、ぎい、と雑に引っ張るものだから、彼は慌てて腕をにぎってやめさせた。

「ばか、やめろ。髪が切れる。なんなんだあなたは。髪は繊細なものだ、丁寧に扱え」

もう一度やらせてみたが、やはり雑に扱うだけだ。彼はいらだちを募らせた。

「もういい、あなたは二度と髪に触れるな」

彼は櫛を奪い取り、彼女の髪をそっと梳く。すると、みるみるうちに髪はつやを取り戻し、うねった髪はまっすぐになり、そして、見事に光を反射するようになった。

「あなたは、生まれてから一度も自分で髪を梳いたことがないのだろう？」

鏡の前に座る彼女は、こくんとうなずいた。顔を上げた時、鏡越しに目があった。

「服も、自分で着たことはないな？」

「自分でするものだとは思っていませんでした」

「それは、己に関わらせてもらえなかったのと同義だ。カリストは、どれだけあなたの手の役をこなしていた？　着替え、整髪、入浴、食事、代筆、他には？」

「……化粧をしてくれていました」

ルシアノは「化粧？　なんのためだ」と眉間にしわを寄せた。

「わたしは十六歳なので、大人の身だしなみをと……」

ふん、と鼻を鳴らした彼は、「なにが大人だ、必要ない」とあざけった。

「あとはなんだ？　用を足す時の補助か？　髪を梳き終えたら連れて行ってやる」

「いやです。ひとりでできます」

唇を引き結ぶアラナを見て、彼は思わず噴き出した。

「あの男ならば、それさえあなたに禁じそうだが。……気づいているか？　あなたは自主性を奪われている。その手は、本来回復しうるものが回復の機会を与えられていないだけだ。あなたはあの男がいなければなにもできないようにされている。依存させられているんだ。もっと言えば、この国の仕組みもそうなのだろう。宰相とカリストの権限が強すぎる。あなたと同様の権限を得ているじゃないか。いや、あなたよりも上かもしれない」

ルシアノは、この小さな女王が彼らに丸めこまれているとしか思えなかった。彼女が死を望んでいるのだから余計に。彼女が夭折して一番利があるのは、他でもない、彼らだ。

「俺から見れば、あなたは居室に閉じこめられているようにしか見えない。いや、城自体が鳥かごか。おまけに、あなたはカリストの情婦になっていた。女王が聞いて呆れる」

アラナはじっとルシアノを見つめた。

「カリストを悪く言わないでください。わたしの側近です」

「よこしまな思いを持つ側近だ。あなたの夜着にはそれがよく表れている。見ろ」

ルシアノは、櫛を側机の上に置き、背後からアラナの胸の下に手を当てた。ぷく、ぷく、とふたつの尖りが生地を押し上げるさまがよく目立つ。

「はっきり言ってやる。乳首の淡い色までわかるだろう。まるだしの胸よりも卑猥だ」

アラナは鏡を見て言葉を失っているようだった。

「外部と接触しないあなたは、これが普通の夜着だと思っているようだが大間違いだ。あ

なたの夜着は、すべてが極めて薄い生地で作られている。男を誘惑するためのものだ」

指摘をしたから恥ずかしくなったのだろう。アラナは胸の上にそれぞれ手をのせた。

「いまあるものはすべて処分する。透けないものを新たに揃えればいい」

首を縦に動かすアラナに、ルシアノは、「色は？　好みがあるだろう」と尋ねた。

「わたしは好みを持ちません。エミリオ、あなたが選んでください。おまかせします」

ルシアノは、カリストがアラナに狂う理由がわかる気がした。誰よりも地位のある彼女に純粋に頼られることは、地位を有する男にとって、その重要性を知るからこそたまらないのだ。しかも、彼女は手の事情から、人に依存しなければならない状況に置かれている。

胸を押さえながらうつむくアラナに、ルシアノは言葉を選んだ。

「けがの後、あなたの手はひたすら甘やかされてきたとしか思えない。人は弱い生き物ではない。もとどおりになるとは言えないが、鍛えれば鍛えるだけ応えるものだ。やらないよりもやるほうがはるかにいい。俺が手助けしてやるから、動くように努力してみろ」

唇をまごつかせるアラナを見ていると、扉が二度叩かれた。ルシアノは、音の方へ目をやった。

「来たな、食事の時間だ。今日は不規則だが、明日からはあなたは決まった時間に起床し、決まった時間に食事をする。体調がよい日までうだうだと寝台にいられると思うな。不規則な生活では、健康な者も体調を悪くする。身体が弱い者はなおさらだ」

話しながら、彼はアラナの手を引いた。

女王アラナは、ルシアノが着せた簡素な白いドレスを纏い、慣れないながらも彼がひとつにまとめた不器用な髪型で、椅子に行儀よく座っていた。彼女は自主性に欠けているため、意見を言わずに言いなりだ。ルシアノは、ああ、これかと改めて思った。

彼女は、白金の髪や白い肌が示しているように、例えるならば『白』なのだ。手をかければ、己の思うとおりの色に染められる。

向かい合わせで見る彼女は、相変わらず表情はなかったが、口角がつんと上がっているため暗い表情には見えない。自己を主張しないからか、側にいても負担にならないし、空気のようにふんわりとそこにいるため、居心地がよく感じられる。おそらく原因は、持ち前の顔の造形だろう。しかし、それこそが失われたセルラト王家のかけらだ。

肩幅がせまく、着痩せして見えるが、膨らんだ胸を知る者にはこのドレス姿はたまらない。自分だけが彼女の秘密を知るのだと、独占欲を刺激され、知らず増幅してしまうのだ。

——危険な娘だ。

魔性の呼び名は、色香を持つ女より、アラナの方がふさわしい。おそらくカリストは、自分が常軌《じょうき》を逸《いっ》しているとは思っていない。彼女は気づかぬうちに人を狂わせる。

アラナを観察していたルシアノだったが、机に並べられつつある食事に目を移したとたん、その面ざしは険しいものに変わった。

「なんだこれは？」

彼が問題としたのは、自分に用意された食事のことではなかった。アラナの前に運ばれた食事だ。十粒程度の豆と、ぐちゃぐちゃになにかが混ざった不気味なスープに、申しわけ程度の干からびた塩漬けの魚。そして、りんごを砕いたものが添えられている。実にまずそうで、見ているだけで食欲が失せるほどだった。その上、どれも量が少なすぎる。

「これはぶたの餌《えさ》か？　……おい、この吐瀉《としゃ》物めいた汚らわしいごみをすべて片づけろ」

ルシアノの言葉にとまどう召し使いたちだったが、遮ったのはアラナだった。

「エミリオ、待ってください。これがわたしの食事なのです」

「食事？　これはごみだ。なぜこんなことになっている？　俺に用意されたものを見ろ」

ルシアノの前にあるのは、香辛料がまぶされた骨つき肉と塩漬けキャベツに鶏肉のスープ、豆のペースト、それにパンと木苺《きいちご》だ。それらはいかにもおいしそうなものだった。

「この差はなんだ？　あなたは女王だぞ。いやがらせでもされているのか？」

ルシアノは、アラナのスープに指をつけ、舐めて味見をしたが「まずい」と言い放った。

「見た目も最悪、味も最悪。やはりごみだ。下げろ」

ルシアノは、「片づけろと言っている！」と、召し使いたちを急かし、無理やりアラナの食事を下げさせた。

「わたしは、身体が弱いので」

「弱いのならなおさらありえない食事だ。あなたはなにかを食べて気持ちが悪くなるといった症状があるのか？　禁じられている食材は？　俺にひとつひとつ言ってみろ」

首を振って「特には……」と言う彼女に、ルシアノは「ふん」と鼻を突き上げた。

「あのようなごみを食べていれば、健康な俺でもすぐに死ぬ。ここへ来い」

彼女は従おうとはしなかったが、「アラナ、早く来るんだ」ともう一度呼びつければ、席を立ってルシアノのもとへやってきた。

彼は、椅子に深く座って、自身の脚の間にアラナを座らせた。

「俺のものを食べろ」

ルシアノは、杯に葡萄酒を注ぎながら言ったが、アラナは食べようとはしなかった。

——なんだ？　……ああ、手か。

気づいた彼は、残っていた召し使いに退室を命じ、ふたりきりになってから言った。

「食べさせてやる。まずはこれだ」

彼は骨つき肉の骨をつまみ、アラナの頬のとなりでかじってみせた後、「俺の真似をしろ」と、小さな口にそのままそれを持ってゆく。きょろきょろと目を泳がせたアラナだったが、しばらく考えこんでから、ぱく、とそれにかぶりつく。嚙みちぎれないようだったので、小刀を出し、肉と口の間の伸びたすじを切ってやると、彼女はもくもくと咀嚼《そしゃく》した。

「あなたは肉に慣れていないようだが、普段は食べていないのか？」

「食べません」

「は。毎日あのごみか。気がしれない、だからそんなに細いんだ」

ルシアノは、葡萄酒をひと口飲んで、アラナにも杯に口をつけさせた。

「俺と食べる時はなんでも食べろ。食事は選《え》り好みするべきではない」

彼は自身が食べたものを、同じようにアラナにも食べさせた。豆のペーストを指につけ、口に運んでみせれば、アラナにも自身の指につけたものを舐めさせた。パンも、スープも塩漬けキャベツも同様だ。手ずからアラナの口に入れてゆく。彼女の口が汚れれば、指でそれを拭ってぺろりと舐めた。くり返すうちに、アラナは満腹を訴えたが、「だめだ」と肉を食べさせた。最後に木苺を口に押しこめば、アラナは文句も言わずにほおばった。

おなかを気にしている様子の彼女の背を自身の胸に凭《もた》れさせると、アラナは小さく息をつく。そのおなかに手を当てれば、先ほどまではぺたんこだったのに、ぽっこりしていた。思わず微笑みそうになり、ルシアノは、はたと状況を振り返る。自分でも、なにをしているのかわからなくなった。

——こいつは殺す相手だろう。ばかばかしい！

それからの彼は、ひどく無口になっていた。

適当に、アラナに羽根ペンと紙を持たせておいて、自身は長椅子で本を読む。ろくに声をかけずに放っておいた。けれど、アラナは自主的にペンにインクをつけて、紙に向き合いはじめる。つづられたものは、ミミズが這ったような文字で見られたものではなかったが、一生懸命だ。それは、一枚、二枚と増えてゆき、何枚も積まれていった。

残虐なアルムニアの王のくせに、真摯な姿だ。いっそ、書けるわけがないとペンを投げつけ、紙をびりびりに裂かれたほうがよかった。インクをぶちまけ、くだらないものを渡すなと、罵詈雑言《ばりぞうごん》を浴びせられたほうが、はるかにましだった。

慣れない動きにアラナは疲れたのだろう、ぽとりとペンを落とした。彼女がそれをたどたどしく拾おうとした時、ルシアノは、自身の額に手を当てた。

彼は読んでいた本を放棄した。気づけば背後から、アラナを強く抱きしめていた。


部屋が赤く染まるのを感じ、ルシアノはゆっくり身を起こす。すると、穿っていた楔《くさび》が解けた。目を落とせば全裸のアラナが、はあ、はあ、と胸を上下させている。あれから、衝動のままに彼女のドレスを剝ぎ取って、激しく抱いたのだ。その白い肌には、赤い痕がさらに増えていた。

ルシアノは、自分の身に起こっていることがいまだに信じられないでいた。抱いたばかりにもかかわらず、腰の奥がうごめいて、またつながろうと力を取り戻そうとしている。

――一体なんだ？　どうしたんだ俺の身体は。止まらない。

過去、彼が相手にしてきた女はすべて行きずりだ。同じ女を二度相手にしたことはない。女は等しくぶただった。しかし、現在ひとりの娘だけを求めている。理性は崩れて粉々だ。

服を脱ぎ、他人と肌を合わせる。これは彼にはありえないことだった。裸になるだけでもセルラトでのおぞましい地獄が否でも応でもよみがえり、吐き気と頭痛に襲われるのだ。

だが、いまはどういうわけか、自ら裸になっていた。アラナと肌と肌とをすり合わせ、隙間なく重なった。後ろからではなく、前から抱きしめ、彼女の顔を見つめていた。あまつさえ、だらりと下がった彼女の両手が、自分の背中に回ればいいとまで考えていた。

混乱していて、頭の整理が追いつかない。けれども彼は、これだけは知っていた。早く彼女を殺さなければ、取り返しがつかないことになる。

銀色の髪をくしゃりとにぎり、頭を抱えると、アラナは言った。

「エミリオ？」

ぐっと固く目を閉じる。額で玉になっていた汗が、肌をすべってぽたりと落ちた。

――ばかが、エミリオなどと……。俺はルシアノだ。ルシアノ・テオ・ベルナルディノ・ペルディーダ・ミラージェス・ナバ・セルラト。おまえとこの国を滅ぼす男だ。

その小さな手が、おそるおそる自身の腕に触れた時、ルシアノは、かっと目を見開いた。

「アラナ、水を飲め」

――俺は、狂うわけにはいかない。父上、母上、ミレイア。こんな、女ごときに。

寝台から下りたルシアノは、自身の上着を手に取った。そのポケットのなかの小瓶をにぎりこむ。桜色の液体が入ったそれは、側近レアンドロから渡された毒だった。

対象が吐血するまで毎日飲ませれば、後は服用させずとも、二週間ほどで亡くなるという。彼は、水差しの水を杯に注いで、薬を少量垂らした。

かぐわしい薔薇の香りが広がった。どく、どく、と心臓がいやに音を立てていた。

「いい、においですね。わたしは、薔薇が好きです」

知らず唾を飲みこんだ。見れば、いつの間にか身を起こしていたアラナは、背すじを伸ばして座っていた。夕暮れ時の光に照らされて、彼女は淡く発光して見えた。

「のどが渇きました。そのお水をいただけますか？」

手を伸ばしながらこちらを見つめる瞳は、いつものうつろなものではない。それは忘れもしない二年前、はじめて出会った時に見たものだ。強さと深さを合わせ持つ緑色。こちらを見透かすような瞳がまなうらに焼きついて離れなかったのだ。当時、これに萎縮した。

――この目だ。そうだ、この目を見たくて俺は……。

胸がしめつけられて痛みを覚える。その時、ふいに手が軽くなる。立ち尽くしていた彼の手から、アラナが杯を取ったのだ。彼女は両手でそれを持ち、口に運んで傾けた。

「…………やめろ。やめろっ！」

止めた時には遅かった。ルシアノは、慌てて杯を奪ったが、半分以上は減っていた。視界が急速ににじんでいった。


ルシアノは、鬼気迫る勢いでアラナを担いで空の浴槽まで歩き、無理やり水を飲ませようとしたが、唇を引き結んだアラナはかたくなに飲もうとしなかった。杯を口にあてがっても、いやいや、と首を振る。「アラナ！」とどやしつけてもだめだった。だらだらと口の横から水が垂れてゆくだけだ。

「飲め！　頼むから、飲んでくれ！」

強引に頬を押してやっと口を開けさせたが、彼女が子どものようにもがくから、水が口内に入らない。入ったとしてもすぐに外へ流してしまうためふりだしに戻ってしまう。

互いに裸のままで濡れながら格闘した。アラナのこの激しい抵抗は予想外のことだった。正直なところ、ルシアノは心底驚いていた。焦りだけが積み重なってゆく。

彼女のおなかに手を回し、後頭部を押さえつけ、体勢を整えようとしていると、ひやりと首に金属の冷たさを感じた。刃、だと思った。

人一倍鋭い彼だが、アラナに気を取られて気づかなかった。

「てめえ、ふざけるな……女王になにしてやがる」

低く、嗄れた声だった。ルシアノが真っ先に気になったのは相手が男だということだ。答える前に、アラナの後頭部を押さえていた手で彼女の両胸を、そして、おなかにある手で秘部を隠した。

「……何者だ」

「答えるわけねえだろ。死ねよ殺人鬼」

横に飛び退こうとアラナを抱え直した時だ。彼女が言った。

「ベニート、やめて……夫を、傷つけないで」

「は？　嬢ちゃん、冗談きついぜ。性交以外で裸でもみあうなんざ、異常事態だろうが」

ルシアノがずるずるとアラナごと身をずらせば、男はこちらを覗きこむ。栗色の髪はぼさぼさだ。童顔なのか若く見えるが、自分よりもずいぶん歳は上だろうと思った。

「銀髪の兄ちゃん、あんた、近くで見るとなんて顔だ。びっくりするほど美形だな。そんなあんたとこの嬢ちゃんが釣り合うわけがねえだろ。あんたには幼すぎだ。乳のばかでけえ妖艶な女にしておけよ。いるだろ、近くに。あんたにぴったりなすけべ女がよ」

男は、アラナの身体に散る赤い痕を目で追って、からかいまじりに言った。

「あーあー嬢ちゃん、放蕩《ほうとう》者にたっぷり食われちまったな。すげえや。ところで兄ちゃんよお、嬢ちゃんの乳、隠しきれていないぜ？　かわいそうに、右の乳首がこんにちはだ」

ルシアノは、すぐさまアラナの胸をわしづかみにし、「見るな！」と男から隠した。

「はあ？　見るなっつっても見ちまうもんだろ。それより兄ちゃん、なんで嬢ちゃんを水責めにしてんだ？　答えによっちゃあ殺す。あんた、いま丸腰だからな。おれが有利だ」

その言葉で、優先するべきものを思い出したルシアノは、頭を切り替えた。

「手伝え。アラナが飲んだものを吐かせたい」

「吐かせる？　嬢ちゃん、あんたなにをやらかした？　変なものでも飲んだのか？　まったく自暴自棄のガキが、世話が焼けるぜ。――兄ちゃん、そのまま身体を押さえてろ」

男はアラナの拒絶を無視し、「辛抱しな」と、言い聞かせるように小さなあごをつかむと、手馴れた様子で彼女の口のなかにぐっと指をつっこんだ。

無理やり体内のものを吐かされたアラナは、疲れきってしまったのだろう、ぐったりして、そのまますうと眠りについた。

寝台でアラナごと毛布に包まったルシアノは、立ち去ろうとする男を「待て」と呼び止める。だが、男は振り向こうとはしなかった。

「言っておくが、おれは嬢ちゃんの隠密だ。あんたの言葉に一切答える気はねえ」

「おまえはアラナを自暴自棄と言ったが、わけを話せ」

「だから答える気はねえって言ってんだろ。兄ちゃん、その耳は飾りか？」

ルシアノは、ちっと舌打ちし、かたわらに置く剣に触れた。

「ベニート。腕を一本失うが、それでいいか」

「やりたきゃやれよ。俺に脅しが効くと思ったら大間違いだ。返り討ちにしてやるぜ」

その時突然、ルシアノの側にあるろうそくが燭台ごと割れた。剣の軌道や残像すらも見せることなく、彼は斬ってみせたのだ。ベニートは「はあ？」と目を見開いた。

「当然、片腕ではアラナの隠密は務まらない。王配の権限でおまえを追放するがいいか」

「いいわけねえだろくそったれ！　なにが王配だ、あんた、最低だなっ！」

ベニートは、「かー、やってらんねえ」と、自身の頭をぐしゃりとかいた。

「嬢ちゃんがガキなのはこういうとこだ。おれは名乗る気はさらさらねえってのに、しっかりとおれの名を呼びやがって。普段無口なくせに、大ぽかをやらかすんだ。まったく」

「いいから話せ」とうながすと、ベニートは苦々しい顔をした。

「見るからにそうだろ。嬢ちゃんは自分を大切にしてねえんだよ。城は強固でもこの部屋の警備を見てみろ、がら空きだ。なかからの攻撃にはくそ弱え。暗殺され放題だ。だからおれが出張るしかねえんだよ。あんたがここに来たのは嬢ちゃんを殺すためだろ。まあ、嬢ちゃんは知りながら結婚したんだ。おれはずいぶん止めたが――はあ、ばかな娘だ」

ルシアノは、腕に抱くアラナを見下ろした。眠りが深いのか、ぴたりと閉じたまぶたは動かない。顔色が悪いようだった。温めるべく、彼女を自身の胸に押しつけた。

「王配さんよ、おれとしてはあんたを殺すか追い出すかしてえんだよ。この嬢ちゃんはあんた以外にもけっこう命を狙われてんだ。敵を始末していたのはおれだけじゃねえ、主にカリストだ。なのに、あんたはカリストを追っ払っちまった。余計なことをしやがって」

「命を狙われている？」

「この国の死んだ王子は嬢ちゃんを疎んでいたそうだ。母親が違うらしい。その王子の派閥がいま君主制の廃止を望むなんとか派？　まあ、それになったってわけだ」

ふたたびルシアノがアラナを見つめると、ベニートは言った。

「嬢ちゃんとしてはカリストに守られるってのもきつかっただろうが。あんたも男ならわかるだろ。抑圧されていた童貞が性の喜びを爆発させて娘にがっつけばどうなるか。よく耐えられたと感心するぜ。嬢ちゃんは哀れだ。女王でも女王じゃねえみてえだからな」

ルシアノの顔がみるみるうちに険しくなると、察したベニートは付け足した。

「待て待て待て。あんたにカリストを責める資格はこれっぽっちもないぜ。あんたは数えきれねえほど女を抱いているんだ。もちろん、嬢ちゃんも知っているぜ？　責めんなよ」

「責める気はない。……アラナは、俺についてどれほど知っている？」

「さあな。少なくとも残虐非道な殺人鬼、女を抱きまくる放蕩者ってことは知ってるぜ」

ベニートは去ろうとしたが、ルシアノは、その背中に言葉をぶつける。

「ひとつ答えろ。なぜアラナは死にたがっている？」

問いながら、彼はアラナと交わした誓約を思い出していた。

『必ずわたしを殺してください。けれど、わたし以外のアルムニアの者を殺めるのはおよしになってください。あなたがこの国においてなんらかの野望を抱かれているのであれば、どうか、すべてお捨てになってください。国に関わらないよう望みます』

彼女がアルムニアの者の殺しを禁じたのは、カリストをはじめとする民を守りたいからだと思っていた。しかし、そのなかには自分の命を狙う敵の命も含まれている。当初、ルシアノは国への野望を捨てろと言われたのだと認識していたが、彼女が望んでいるのはルシアノの不干渉。いずれにしても、彼女は自分の死を絶対的なものとしている。

そもそも死を望むアラナが毒を拒否するはずがないのだ。しかし、解せないことがある。彼女はあの時、薔薇の香りを毒だと知っているようだった。はじめから。

「おいおいなんだよ兄ちゃん、にらむなよ。また腕を一本要求か？　ったく……。自分を大切にしねえ嬢ちゃんは、たしかに死にたがりと言えるけどよ。だが知らねえ。おれが知りてえくらいだ。まあ、言えることは、嬢ちゃんは幸せを感じる環境にねえってことだ。身体が弱えし手が不自由。それに目が悪い。ああ、目が悪いってことは誰にも言うなよ？おれだけが知る情報だ。嬢ちゃんを深く知りたきゃ、本人かカリストに聞くんだな」

ベニートは突然その場で「やっぱり勘違いじゃねえな」と、じゅうたんを踏みつけた。

「兄ちゃん、あんた何者だ？　ただの刺客とは思えねえ。若えのになんだその落ち着き、なんだその威圧感は。そこらの貴族でもねえな。よほど位が高いはずだ。……王族か？」

ルシアノは、アラナの髪を撫でながら言う。

「もう行け。おまえを思い出した。俺が殺したはずの男だな。マトス侯爵邸にいたねずみ――矢で射た男だ。まさかアラナの隠密だったとは。彼女は俺を調べていたのか」

では、調べ出したのはいつからか。思いをめぐらせていると、男は鼻息を鋭く出した。

「ふん、おれは嬢ちゃんの隠密だったグスタボの後釜だ。あんた、おれを射たようにかつてグスタボを殺ったんだろう？　おれが嬢ちゃんに仕えたのは二年前、アルムニア王と王子が同時に死んでからだ。グスタボは、息をひきとる前に嬢ちゃんのもとにたどり着いたらしい。なぜ知ってるかって？　嬢ちゃんに頼まれて、おれがグスタボを埋めたからだ。いや、正しくは湖に沈めた。アルムニアでは湖に死体を沈められるのは栄誉らしいぜ？おれたちみてえなごろつきに、騎士に等しい栄誉を与えるなんて、嬢ちゃんはばかだな」

ルシアノが表情をくずしたのは、ベニートが去ってからだった。シーツに手をつき、うつむいた。脳裏をよぎるのは、雨が降りしきる街道だ。アラナの父と兄を殺した日――。

合計、五つの死体を前に、ルシアノは、剣を鞘に収めてから言った。
《このぶたどもを馬車とともに崖から突き落とせ。周囲の土砂を崩すのも忘れるな。目撃者がいれば残らず始末しろ。——フリアン、指揮はおまえだ。それからレアンドロ。隠れていた男が十二時の方向に逃げた。アルムニアにたどり着かせるな》
レアンドロは、自信たっぷりに《すみやかに片づけます》と請けあった。
そのレアンドロから報告があったのは、ルシアノが宿で見知らぬ女を抱き、己を鎮めてほどなくしてからのことだった。彼は、《処罰を望みます》とルシアノの前にひざまずいた。《申しわけありません。私としたことが致命傷を与えたと油断しました。男は川に落ちたため無事ではすまないと思うのですが、死体を確認したわけではありません》
当時のルシアノは、《もういい》とゆるした。レアンドロの剣を受け、生きていられる者はいままでいなかったからだ。
彼はアラナの頬に指をすべらせる。レアンドロが仕留め損ねたと言っていたその男が、アラナの隠密グスタボだとしたら——彼女は、己の父と兄を殺した男を知っているだろう。目を閉じる。知っているのはそればかりではないのだ。彼女は、ルシアノがあまたの女を抱いたことを知っている。女を四つ這いにさせ、ごみのように扱ったことを。
ルシアノは、アラナごと寝台に横になり、彼女を抱きしめる。その頬を手で包み、ぷくりとした唇を指の腹でやさしく撫でた。それから彼女の胸に顔をうずめて、その柔肌に頬をすり寄せる。小さな尖りが動きに合わせてけなげに揺れて、彼はそれを口にした。右と同様、左の薄桃色も食む。平等にしたかった。

　ひとしきり愛撫を終えて、胸に耳をあてがえば、規則正しい鼓動が聞こえてくる。アルムニアの王族や、王と王子を殺したことは後悔していない。テジェス国の王族を殺したことも同様だ。罪悪感はみじんもない。穢らわしい血すじが滅ぶべきなのは変わらない。この手で絶やすことは、覆らない決定事項だ。

　では、最後のアルムニアの王族、アラナは――。

　ルシアノは、アラナの身体をますます自分にくっつけた。

　彼女になにを知られていたとしても、どうでもいいと思った。彼女の気持ちすらどうでもよかった。嫌われても蔑《さげす》まれていても、どうだっていいのだ。

　彼は、アラナの髪を何度も撫でて、その後頭部に手を差し入れた。そして、顔を近づける。ちょんと指先で鼻を押し、上唇と下唇をゆっくりなぞる。その手を彼女の頬に移動させ、至近距離で息を感じた。彼は、何度かためらいを見せた後、おそるおそる唇を、彼女の唇に寄せてゆく。やがて、ふに、と感じた柔らかさ。彼は知らず、瞳をうるませた。

　相手が寝ているから無効だけれど、彼にとっては真実だ。それは、はじめての永久の誓いだ。厳密にいえば、犯された時、女たちに奪われ尽くされているが、それでも、はじめてのものだった。

　これは呪いだ。未来永劫続く枷《かせ》。

　――生涯、俺に囚われろ。

六章

ルシアノが回廊を歩いていた時だった。前方から赤毛の女がしゃなりしゃなりと猫のように歩いてきた。彼はいかにもめんどうそうに顔をゆがめたが、女は妖艶に笑んでいた。

「まあ、バルセロ男爵ではないの。奇遇ね、お元気だったかしら？　わたくしは、夫が会議に出るというものだから、王城に連れてきてもらったのよ。義娘《プリシラ》の様子も気になるのですもの。彼女はうまく女王にお仕えできているのかしら？」

ルシアノは女をぎろりとにらんだ。

「マトス侯爵夫人、俺はいま王配ですよ。気安すぎるのでは？　多少の礼儀は必要かと」

「んまあ、怖い。わたくしたちの仲ではないの。ね？」

女はルシアノにすり寄った。そして扇を口もとに当て、小さな声で言った。

〈ルシアノ、いったいいつあの女を殺すの？　レアンドロに毒を渡していたはずよ。あの毒がいくらしたと思っているの？　飲ませ続ければ勝手にあの女は死ぬのだから、早く〉

〈だまれフラビア。ここでセルラト語を使うな。うすのろが〉

〈なによ、プリシラに聞いて知っているのよ？　あなた、一日中あの女の側にいるそう

じゃない。まぐわっているとも聞いたわ。どういうこと？　ゆるさないわ説明して〉

詰め寄るフラビアに、ルシアノは皮肉げに片眉を持ち上げた。

女王の召し使いたちが――プリシラが、ルシアノたちの交接を知るのは当然だ。彼女らは、ろうそくや水差しを替えるために入室するし、ルシアノは、抱きたくなればかまわずアラナを抱くからだ。遠慮する気は少しもない。

〈ふん、プリシラに言っておけ。よその夫婦の情事を盗み見し、わざわざ告げ口をするような性根だからこそ、カリストに相手にされないのだと〉

〈夫婦ですって？　聞き捨てならないわ。あなたと夫婦になるのはわたくしよ。あなたは近ごろ人を殺していないじゃないの。勃つわけがないわ。性交なんて嘘よ。否定して！〉

〈じきにわかる。今後、気安くしゃべりかけるな〉

ルシアノは、その後もフラビアに呼びかけられたが答えなかった。

彼が自身に与えられた居室にたどり着くと、室内では側近のフリアンとレアンドロが剣の稽古をしていた。彼らはルシアノに気づくやいなや手を止めて、一礼する。

ふたりは退屈だったのだろう。なぜならルシアノはアラナをはじめて抱いてからというもの、めったに居室に戻らない。あれから一週間経つが、服を着替えるために寄るだけだ。

まず、ルシアノに〈報告してもかまいませんか？〉と進み出たのは、フリアンだった。

〈黒髪の者ですが、現在城にいる者だけで六十二名。しかし、日々入れ替わるため、数は安定していません。特定の貴族以外、長期の滞在をゆるされていないようです。それから、一枚岩に見えるアルムニアですが、勢力は多岐に分かれています。大きく分けると女王派と反女王派。反女王派の貴族は城の滞在を認められません。しかし、彼らは間者をしのばせつつあるようで、ルシアノさまが手を下さずとも事が起きるかもしれません〉

ルシアノは、続いてレアンドロに向けてあごをしゃくった。

〈報告します。ロレンソの石を追うのは無理がありました。なぜなら、貴族はロレンソの石を栄誉と捉え、見栄を張りたいがために、持っていると嘘をつくのです。彼らの話を聞いても、とてもではないが宝石の価値を持つほどの希少な菓子とは。女を数人抱いて確認したのですが、揃って、ロレンソの石は見栄に使われる道具であると認めました〉

レアンドロの話が終わるのを待って、フリアンは言った。

〈ルシアノさま、今朝方コンラドからの鳩が飛来したのですが、現在アルムニア領であるセルラトの土地は、こそこそとテジェスに削られつつあるようです。いまだにアルムニアは気づいていない様子。我らにとってはどちらも害虫ですが、食い合うのも一興かと〉

ルシアノは長い髪をかきあげた。セルラトが滅びた後、アルムニアとテジェスはその領地を分け合った。七割をテジェスが支配しているが、残りはアルムニアだ。不可解なことにアルムニアが手にしたのは、不毛の大地のリヴァスと、その周辺の土地だけだった。

——アルムニアは、なぜ荒野のリヴァスにこだわる？　ともあれ……。

〈それは使えるな〉

ルシアノは上着を脱ぎ、着替えをはじめる。

〈コンラドに鳩を飛ばせ。テジェスをけしかけ、アルムニアの騎士を殺させろ。アルムニアはやるよりやりかえすことの方に命をかける。倍返しが基本だ。千年帝国としての矜持はあきれるほどに高いからな。まずはセルラト全土をアルムニアの領地に変えさせる〉

〈しかし、それはコンラドひとりには手に負えません。いくら工作するにしても〉

〈わかっている。足の速い者を十名向かわせろ。指揮をするのはミゲルだ。二か月以内に小競り合いにまで発展させ、ゆくゆくはアルムニアにテジェスをつぶさせる〉

太い眉をひそめたレアンドロは、ふたりの会話に割りこんだ。

〈ルシアノさま、なぜ二か月以内なのですか？〉

すべての服を脱いだルシアノは、濡らした布で自身の身体を拭いてゆく。

〈ぐずぐずしていては女王の身体に変化が起きるからだ。女王に異変があってみろ、アルムニアは亀のごとく守りに入る。攻めには出ない。この城の現状を見ればまるわかりだ〉

〈女王に毒を使うのですね？　たしかに、女王が衰弱すればこの国は動けなくなります〉

合点がいった様子のレアンドロに、ルシアノは〈違う、毒は使わない〉と否定する。

〈アラナを孕ませる。アルムニアの女王は、セルラトの直系の子を産むんだ〉

ふたりの側近が目を瞠るのは無理もなかった。彼らはルシアノの凄惨な過去を知っているし、性において不能であることも知っている。国が滅ぶ前から女に興味がなかったことも、性的な興奮に至ったことがないのも知っていた。彼の女ぎらいは筋金《すじがね》入りなのだ。

〈それは失礼ながら……あの女王相手に子種を？〉

〈言うまでもなくそうだ〉

〈女王を生かすおつもりですか？　あの娘をセルラトの国母にすると？〉

ルシアノは、いかにも反対といったふたりをにらみつける。

〈アラナを殺したいか〉

〈当然です。あなたもそう考えておられると我々は認識していますが〉

〈俺はアラナを抱いている。すでに孕んでいる可能性もある。いま女王を殺すことは、俺の子を殺すことだと知っておけ。俺は、俺の子を殺さないし、殺させない〉

〈ですが……〉

無茶苦茶だと言いたいのだろう。実際、ルシアノも無茶を言っているのはわかっている。もっとも、自身の衝動にいちばん驚いているのは、このルシアノだ。己の心境の変化を、内心あざ笑ってもいる。それでも、アラナを殺させないために言葉を止めない。

〈フリアン、おまえは女王に、我々と会ったことはあるかと尋ねたが、理由は？〉

それは、フリアンがアラナにはじめて会った日の問いかけのことを指している。

〈女王を、あの顔を……どこかで見た気がしたのです。それが、思い出せず……〉

〈聞け、アラナの母親はアモローゾ国のベタニア王女だ。つまり、彼女はセルラトの血を引いている。俺の祖母の妹、それがベタニアの母親だ。父上とベタニアはいとこだった〉

内容はどうあれ、父、の言葉を出せばだめだった。ルシアノは、彼らに気取られないよう顔を背け、手早く衣装を纏う。城の壁に吊されていた時の父の顔、母の顔。妹の遺体を挟み、絶望に満ちたあのふたりの面ざしが忘れられない。そして、ミレイアのあわれな姿が忘れられない。本来、女王などこの手で八つ裂きにして、復讐を果たすべきなのに。

――父上、母上、ミレイア。アラナを生かすことを、ゆるしてくれ。俺は……殺せない。

袖で目を拭えば、群青の生地の色が濃くなった。

フリアンとレアンドロは、ルシアノの話の内容に困惑を隠しきれない様子だったが、各々うつむき、こちらを見ていなかったのは幸いだった。

〈アラナに汚れた野蛮な血が流れていても、その半身には、セルラトの血が流れていることだけはたしかだ。俺の子の母にはふさわしい。それが俺の判断だ。千年帝国の女王を、死ぬまで俺の子を産む道具にする。休みを与えず、毎年腹で償《つぐな》わせる。これは復讐だ〉

顔を上げたフリアンとレアンドロに、ルシアノは語気を強めて言った。

〈黒髪と、ロレンソの石はもういい。それよりも優先事項がある。アラナは、死んだ王子の派閥に命を狙われている。俺の子を殺させるな。もっとも、おまえたちが俺の言葉に納得できないのであれば、いいだろう、その時はアラナを殺しに来い。ただし、生きていられると思うな。俺には子を守る義務がある。俺が相手だ。アラナを殺せるのは、俺を殺せた後だ。皆に伝えろ。従うか、背くか。各々が決めろ〉

ルシアノは言い切ると、マントをばさりと羽織って剣を持ち、部屋を後にした。

「バルセロ男爵。いえ、エミリオどの。僕になんの用ですか」

にべもなく告げたのはカリストだ。ルシアノは、居室を出てすぐに彼のもとを訪れた。招かれざる客だとわかるがどうでもよかった。訪ねたいから訪ねた、それだけだ。幼少のころより傅かれるのが当然なルシアノは、自らの希望は、相手の意志にかまわずとおす。

カリストの居室は相変わらずだった。部屋の内装は豪華だが、家具は簡素で殺風景。使いこまれた剣が造作なく立て掛けられていたり、本が積み上げられている様子は二年前と変わらない。違いをあげるならば、無理に置かれたような瀟洒《しょうしゃ》な机の上に、化粧道具と香水の瓶が並べられているところか。彼の妻のプリシラが、勝手に配置したのだろう。

断りもなく椅子に座ったルシアノは、ふてぶてしく脚を組む。相手はルシアノが気に入らないだろうが、彼とてこの男が気に入らないのだ。精悍な顔つきで男性的であり、魅力があるからこそ余計に。この男の手や身体がアラナに触れたと思うと気分が悪い。

「カリスト、あなたに問いたいことがある」

不快であっても、ルシアノは王配という立場上、カリストが配慮しなければならない相手だ。それはわきまえているようで、カリストはいやいやながらも聞く姿勢を見せた。

「アラナについてだ。なぜ、彼女の手は動かないんだ？　六年前のけがが原因だとアラナは言ったが理由を言おうとしない。俺は、彼女の異母兄、第二王子のファニートが関係していると思っている。ファニートは六年前に行方知れずになっているが、なぜだ？」

「エミリオどの、彼女が語らないのであれば僕も語ることはありません。お引き取りを」

「俺が引き下がるのはアラナが命を狙われていない場合にかぎられる。そうでない以上、背景を知らねば守れるものも守れない。あなたは彼女を死なせるつもりか。死んでもいいと思っているのなら話は別だが。くれぐれも、死んでから俺にあれこれとものを言うなよ」

「……あなたは、アラナの命が狙われていることを知っているのですね」

カリストは長いため息の後、机に杯をふたつ用意した。それに酒を注いでゆく。

「僕は長年、アラナの婚約者でした。アラナが生まれてからずっと、王と王子が同時に亡くなるまでの十四年。これは、その僕から見た彼の——いいえ、彼らの印象ですが」

ルシアノの前に杯が置かれて、ふたりはそれぞれ杯を持ち、同時に軽く持ち上げる。そしてひと口だけ飲んだ。りんご酒だ。

「僕は、ライムンド王子もファニート王子も軽蔑していました。彼らは残虐で人の心を持っていない。彼らのせいで命を落とした者は数多くいます。長くなりますので割愛《かつあい》しますが、まさに悪魔の所業でした。そんな彼らは、異母妹のアラナをも虐待していました」

立っていたカリストは、ルシアノの真向かいの長椅子に腰を下ろした。

「僕が騎士として訓練をはじめたのは、アラナを守りたかったからです。はじめは兄のような気持ちで小さな女の子を守りたい一心だった。当時、彼女の味方は僕と父だけでした。ふたりの王子は暴虐のかぎりを尽くし、王は愛人のもとへ入り浸り、そして、貴族たちは王子たちの顔色をうかがってばかりいた。政を行う父は国にいないことが多く、大人は頼りにならない。アラナを守れるのは僕だけでした。彼女のための行動は、恋を意識させ、それはやがて愛に変わりました。自覚したのは、アラナが六つ、僕が九つの時です。この時から僕はアラナを未来の妻とみなしました。あなたにはこの気持ちがわからないでしょう。命がけで守ってきた女の子を取られる気持ちが、わからないでしょう」

やけになったのか、カリストは口に運んだ杯をぐっとかたむけた。

「――返してもらいたい」

「無理なのはわかっているはずだ。王侯貴族の離縁は禁じられている。死なないかぎり」

ルシアノは顔を動かすことなく、どん、と置かれた杯を目で追いかける。

「ええ、わかっていますよ。だが、納得していない。僕はアラナを妻にしたいがために、王とライムンド王子の所業をすべて黙認してきたのですから。必死に目を逸らしてきたんだ。アラナを守るために、楽《らく》を排除し苦を重ね、誰にも負けぬように血を吐くほどの努力をしてきた。彼女だけが生きがいだった。僕が育てた、僕だけの、僕好みの女の子だ」

ここまで聞かされては、通常、人は心が動くのかもしれない。が、ルシアノにはまったく響かなかった。冷淡に彼を一瞥しただけだ。

「あなたは己の妻にするために、アラナを王にしたくなかった。だが、彼女は即位した。その後、彼女を抱いて孕ませ、自分こそが夫だと認めさせようと企てた」

「ええ、僕は子ができればいいと思っていました。まさかプリシラと結婚させられ、あなたが現れるとは思っていませんでした。僕の父は融通がききません。国のきまりだからと、僕に相談することなくアラナとの婚約を無効にした。恨みました。王族でもないあなたにアラナを譲るくらいなら、僕でいいではないですか。おかしいと思うのは当然だ」

カリストは小さく悪態をつき、椅子の背もたれに、ぎし、と背を預けた。

「いまや、それも後の祭りですが……。僕はあの日、アラナとあなたの行為を見て自暴自棄になり酔ってしまった。目覚めれば僕の上で裸のプリシラが笑っていました。最悪だ」

ルシアノは、彼の身に起こったことが容易に想像できた。プリシラは、フラビアに協力を仰いで薬を手に入れ、カリストに盛ったのだろう。かつてルシアノが犯されたあの薬を。

「……エミリオどの、アラナはどうしていますか？　体調をくずしていませんか？」

「近ごろはよく食べるようになった。肉が好きらしい。木苺も好んでいるな。顔には出さないが魚は苦手なようだ。好物とそうでないものは食いつき方が違う。ところで、なぜあも家畜のえさのような食事をしていた？　まるでごみだ。香辛料がなく、味もない」

カリストは、信じられないとばかりに目を見開いた。

「それはおかしい。アラナは肉が苦手で魚が好きなはずです。果物もりんご以外は好まなかった。……いえ、アラナは四年前に味覚が変わりました。食事を拒否し、ようやく食べてくれたのがいまの食事だった。当時は衰弱死してしまうのではと危惧したほどです。以来、内容を変えていません。新たに出しても食べてくれませんから。特に肉はひと片《かけ》も」

ルシアノは、その言葉に眉をひそめた。アラナは基本、拒否せずなんでも食べるのだ。しかし、思い当たるふしもある。たしかにアラナは、自分の手では食事をとろうとしない。ルシアノが手ずから口に運んで、ようやく食事を開始する。

――どういうわけだ？　甘えか？　たしかにまだ十六歳の娘だ。しかも異母兄ふたりに虐待されていた。心的外傷か、それともなにか理由があるのか？

思いつくのは彼女が死にたがりという事実。食事を拒否し、自らを衰弱させてわざと死に近いところに身を置いていたのかもしれない。いずれにしても、過去を知るのは重要だ。

「話が逸れたが、ライムンドとファニートを軽蔑していた理由をくわしく聞かせてくれ」

「彼らの人格は異常です。ライムンド王子は性的嗜好が常軌を逸していました。老若男女、近親者もすべて性の対象です。父親とも寝るほどですから。おぞましいことに、屍姦《ネクロフィリア》を好んでいた。王子は十歳の時、アラナの亡くなった母を死姦したそうです。僕が身体を鍛えるきっかけとなったのは、王子が図書室でアラナに襲いかかり、服を剝いでいたからです。アラナは殴られ、顔を腫らしていました。父に訴えなければどうなっていたか……。父は苦肉の策でしたが、王子のために女の園を作りました。いわゆる娼館です。それから王子は園に入り浸ってくれたため、アラナが毒牙にかかることはなくなりました」

ライムンド――。

どく、と心臓がいやな音を立て、ルシアノは吐き気を覚えた。りんご酒をのどにやる。

セルラトの終末。記憶はあいまいだが、大勢の女に犯され続けたルシアノは、気づけば両の腕と脚の骨を折られて動けない状態にされていた。おそらくは、ライムンドのしわざだろう。自身の身体が、やつの毒牙にかかっていたかはわからない。とにかく、はっきりしているのは、この身が骨の髄《ずい》まで穢されたということだ。

――くそ、あの男。一瞬で殺らずに皮を剝ぎ、両目をえぐり出してやればよかった。

あの時は、自分の手があの男たちにわずらわされることが我慢ならなかったのだ。ごみは一秒たりともこの世にいる資格はないと、さくっと終わらせた。ルシアノは息をつく。

「……ファニートは？」

「ファニート王子はアラナに強い恨みを抱いていました。彼は白金の髪をしていましたが、瞳は灰色だった。王は、彼を『再来』にしようと考えていたようですが、結局、アラナが生まれて彼女を選びました。……ああ、我が国では、アラナのような白金の髪に緑の目を持つ王族は『再来』と呼ばれます。つまり、賢帝ロレンソの再来。ロレンソと同じ色を持つからです。再来は、この百年でふたりのみです。ファニート王子は、元々資格がなかったにもかかわらず、アラナのせいで再来に選ばれ損ねたと思いこみました」

――ロレンソの再来？　過去の栄光にしがみつく、千年帝国はつくづくくだらないな。

ルシアノは、長い脚を組み替えた。

「虐待は、ライムンドは性的なもの、ファニートは暴力的なものというわけか。ごみめ」

「ファニート王子のそれは特に陰湿でした。王子は、人がいる時はアラナにやさしく接しますが、ひとりになれば違います。僕も気づくのが遅れたほどです。王子は、アラナが血を吐くまで、殴る蹴るの暴行を加えていました。生爪を剝がされていたこともあります。虐待――いいえ、彼女は拷問を受けていたのです。王子は顔は殴らないのですが、身体を。青あざがひどい状態でした。あの白い肌が、痛々しくすべて変色していたほどです」

カリストは深々と息をつく。

「アラナの手が動かないのは、このファニート王子の拷問が原因です。僕が王子を殺さなければアラナは殺されていた。——ええ、僕が彼を殺したのです。しかし、アラナが罪をかぶりました。王族殺しは、なにがあろうと無条件で処刑です。同じ王族でないかぎり。僕は、処刑を覚悟の上で手にかけましたが、アラナは王に自分が殺したと進言しました。そして、ドレスをめくり、暴行された身体を王と僕の父に見せたのです。王の下した決断は、『すべてをなかったことに』でした。拷問はなかった。ファニート王子も殺されていないし、死んでもいない。当然、アラナのけがもない。結果、王子は離宮に行ったまま行方不明と処理され、以来、僕はアラナの手になりました。それが、六年前の出来事です」

ルシアノは、だまって口に杯を運んでかたむけた。

アラナの隠密、ベニートの言葉を思い出す。

『嬢ちゃんは幸せを感じる環境にねえってことだ。身体が弱えし、手が不自由。それに目が悪い。ああ、目が悪いってことは誰にも言うなよ？　おれだけが知る情報だ』

——なぜ、目が悪い？　顔を殴られたからか？

ルシアノは、酒を飲みきり、机に置いた。

「カリスト、アラナは目が悪いようだが気づいているか？」

「目？　悪くないはずですよ。アラナはそんなことはひと言も……」

言いかけて、彼は肩が動くほどの息を吐いた。

「……ええ、彼女はなにも言ってくれません。むかしから口数が少なく、僕が先回りして気づかなければならなかった。問えば答えてくれるのですが、問わなければ決して語りません。彼女は賢帝ロレンソの再来ですから、感情が薄いのです」

ルシアノは、その言葉に違和感を覚えた。アラナは誓約を望むほど明確に死を願っている。毒を飲んだ時、水で流したくなくて、強く抗ったほどだった。感情が薄い者ならばそうはならない。なんとなく生き、なりゆきまかせで死にゆくだけだろう。

ルシアノは、無性にアラナのもとに戻らなければならないと思った。

アラナの居室は六つの部屋で構成されている。すべての部屋は意匠を凝らした彫刻が隅々まで施されていて、部屋ごとにテーマが決められているようだった。しかし、アラナにこだわりがある様子は見られない。彼女は家具や内装に興味を抱いていないようだった。

彼女は六つの部屋すべてを使っているわけではなかった。広すぎると思っているのか、三つの部屋しか見向きもしない。残りの三部屋はルシアノが勝手に使っているが、それについても、気に留めていないようだった。自己を表現しないおとなしい娘だが、共に生活していると、細かいことにはこだわらない、大雑把で気取らない気性なのだと気がついた。

アラナは、起きていれば寝室の手前の部屋にいる。けれど、今日は疲れてしまったのか、長椅子ですやすやと眠っていた。その両手は布を丸めた球状のものをそれぞれにぎりこんでいて、それに気づくやいなや、ルシアノの目が細まった。

彼は、アラナに手を動かす訓練をさせるため、昨夜その球体をこしらえた。指示したわけでもないのに、隠れてにぎっている姿に、こみ上げてくるものがある。

ひざをついたルシアノは、屈んでアラナの顔をのぞきこんだ。食事の量が増えたおかげか、普段よりも肌の色つやがいいようだ。彼女のまるい頬をつんと押しても反応しないため、彼はその唇に、自分の口を近づけた。

規則正しい呼吸を感じる。唇に触れたものは、変わらず柔らかくてあたたかい。前よりも少しはましにくちづけられた気がして、もう一度、わずかに離してからくっつけた。

それでも、彼女は目を覚まさなかった。

アラナが起きた時に、訓練をやる気にさせる言葉をかけたいと思ったが、思い浮かぶものはどれも自分らしくない気がしてだめだと思った。そもそも自分らしいとはなんなのか。幼少のころから優秀だと言われてきたが答えがまったく行方不明だ。なにより彼女への接し方がむずかしかった。木を調べたところで正解がわかるたぐいのものではないのだ。

ルシアノは身につけたマントを外して椅子にのせると、アラナのひざに手を差し入れて抱き上げた。寝台に連れて行き、横たわらせれば、まだ昼下がりだというのに自身もそのとなりに寝そべった。ただ寝そべるだけなのに、彼女のとなりはなぜか心地よく感じた。

〈アラナ、あなたの手はきっと動くようになる。だから、あきらめずに続けろ〉

故国の言葉でつぶやいてみたが、これを実際に伝えて、彼女がやる気になるかはわからない。彼は、女性に対して配慮したことがないのだ。

——虐待か……。

いまごろになって、カリストの語った話が胸に重くのしかかる。まさか千年帝国の女王が、そのような扱いを受けていたなど思ってもみなかった。

頭をよぎるのは、ライムンド王子の醜悪な言葉だ。

『ルシアノ王子、悪いようにはしない。私にも妹がいて、これでも妹思いの兄でね。偶然にもミレイアちゃんと私の妹は歳も同じだ。とても他人事とは思えない』

——くそ、なにが妹思いだライムンド！

身体が弱く、母親はいない。味方はわずかにかぎられる。そんな娘が異母兄たちを避けられるわけがない。虐待されて、拷問されて、手がろくに動かなくなり、目も悪い。父と異母兄が亡くなり、突然女王に即位することになった。婚約者は他の娘を娶り、いま、側にいるのは、己を殺しに来た刺客。その男を夫にした上抱かれている。

まだ、十六歳の娘だ。無口で、感情の表現が不得手なのは、抑圧された過去がそうさせるのだろう。死を望むなというほうが、残酷なのかもしれない。

〈隠密の言ったとおりだ。あなたは、幸せを感じられる環境にない〉

ルシアノとて過酷な過去を背負っているが、家族には恵まれて幸せを知っている。だからこそ恨みや悲しみは深く、復讐に突き動かされる。しかし、アラナにはそれすらない。

〈幸せを知らない娘だ。こんな不憫《ふびん》な娘を、俺は殺しにきたんだ〉

天井に向けて言葉を吐くと、かすかに衣《きぬ》ずれの音が聞こえた。

「……それは、どこの国の言葉ですか？」

となりを見れば、緑の瞳がこちらを見ていた。澄んだ瞳だ。

「気になるか？　これは、ここから離れた遠い国の言葉だ。俺の、父と母の国の言葉だ」

「きれいな言葉ですね。もう少し、聞いてみたいです」

「聞いてどうする。意味がわからないだろう？　――まあ、いい」

彼は短く息をつく。だが、自然と口の端が上がった。

〈あなたは無茶なことを言うな。いきなり聞きたいと言われて、なにを言えばいいのかわからない。俺は器用じゃないんだ。不器用で、肝心なことはなにも言えないだめな男だ〉

「いま、なにを話したのですか？　よければ教えてください」

ルシアノは、こちらを見ているアラナの長い髪を耳にかけてやった。

「俺のいない間、手の訓練をしていたのだろう？　あきらめずに続けろ。そう言った」

「着替えに、食事に、入浴に、いつも手を貸してくださりありがとうございます。迷惑をかけてしまっていますが、あなたの負担になるべきではないと思っています。少しでもこの手が動けばいいと思います。エミリオ、今日は新月ですね。覚えていますか」

新月――。胸に、ずきりと痛みが走った。

「……覚えている。あなたは、新月に死にたいのだろう？」

「はい。わたしが死ぬ日は新月であってほしい。そう思っています」

「希望は叶えてやる。だが、まだだ。あなたが死ぬ日は今日ではない」

アラナは金のまつげを伏せた。そのしぐさは、さも悲しげに目に映った。

〈誓約を守るつもりがないと言ったらあなたはどうする？　俺はもう、あなたを殺すつもりがない。それを知ればどうする？　落ちこむか？　悲しむか？　憤るか？〉

その先は聞かずとも想像できた。話したとたん、アラナは夫を追放し、反女王派に自分を殺させるようにするだろう。彼女は、人の手を借りて自死を目論《もくろ》むに違いない。

〈隠密を雇ってまで俺を調べていたあなたは知っているはずだ。俺は残虐で、穢れていて、人の心を持たない。あなたは父王と異母兄を殺したのが俺だと知っているのだろう？　はじめはあなたもやつらのように殺すつもりだった。俺は殺すためにここに来たんだ。だが、あなたのせいだ。なぜ傲慢でいない。なぜ、俺を虫けらのような目で見ない。なぜ俺を避けない。なぜだまって抱かれる。なぜ、俺の心を変える。なぜ……ただの男にするんだ〉

アラナが見ている。汚れを知らないような緑色の瞳が、ひたむきにルシアノを捉える。

〈その目だ。あなたはなぜそんな目で、いつも俺を見つめるんだ。そんな目で見るからだ。俺は、あなたを抱かずにいられなくなる。生かしたくなる。もう、殺さない。殺したくないんだ。死んでほしくない。俺は、あなたを妻だと思っている〉

ルシアノが手を伸ばすと、アラナは、ぴく、と肩を揺らした。表情はなく、なにを考えているのかわからないが、みるみるうちに、緑の瞳がにじんでゆくのが見て取れた。

「どうしたアラナ」

「……あなたの異国の言葉を聞いていると、なぜか、泣いてしまいたくなります。涙が出ても、どうか、ゆるしてください」

「あなたは、俺の言葉をきれいだと言ったな。いくらでも話してやる。来い」

彼女が来やすいように腕を広げれば、アラナはためらう様子を見せた。けれど、ふたたび「アラナ、来るんだ」と言えば、彼女はにじり寄ってきて、ルシアノの胸に納まった。

「泣いていい。あなたは俺にもまして不器用なようだ。感情を表すすべを知らない。泣きたい時は泣けばいい。俺の服が濡れても、汚れても気にするな」

アラナは涙をたたえてこちらを見たが、頭を撫でれば、まなじりからしずくが伝った。

〈もしもアルムニアがセルラトを騙すことなく、親書が正しいものだったとしたら、俺は、あなたと違う出会い方をした。この数日、そう考えることが多くなっている〉

アラナの頬につく涙を指で拭うと、彼女は何度も目をしばたたかせた。

〈カリストからあなたの話を聞いた。もしも、小さなあなたと出会っていたら、俺は守ることができたと思う。こう見えてもけっこう強い。……俺は、ノゲイラ国のバルセロ男爵と名乗っているが、本当の名前はエミリオではない。ルシアノだ。ルシアノ・テオ・ベルナルディノ・ペルディーダ・ミラージェス・ナバ・セルラト。これでもれっきとした王族だ。アラナ、あなたがアルムニアの法を変えずとも、俺は婚姻の資格があったんだ〉

ルシアノは、アラナの後頭部を支え、彼女の顔を自身の胸にうずめさせた。

〈俺の国は花の国と呼ばれた。一年中花が咲いているからその名がついた。だが、俺は男だからか花に興味はない。それよりも見ものは夜空だと思っている。新月の夜は手でつかめると思うほどの星空が広がる。小さなころ、実際につかもうと手を伸ばしたこともある。あなたにもいつかセルラトの星を見せてあげられたらと思うが、目が悪いのだったな〉

　ぐす、と洟をすする音がしたため、ルシアノは、より彼女を抱きしめた。

〈俺の父は、良くも悪くも平和主義。騙されやすい人だった。しかし、尊敬していた。母はひたすらつつましやかで、けれど、笑顔がすてきな人だった。妹のミレイアは、元気で、好奇心が旺盛で落ち着きがない。俺と似て不器用で、しかし、よく笑い、いるだけで周りを明るくするような、太陽のような子だった。きっと、あなたも俺の家族に会っていたなら元気になれた。虐待する者などいない。それに、妹とあなたは同じ歳だから、友にもなれたはずだ。……あなたも笑顔を知れただろう。感情を、表現できただろう〉

　ルシアノは、アラナの髪に指を絡ませる。最近毎日手入れを欠かさないからつやつやだ。

〈俺はあなたを生かす。必ず生かしてあなたを孕ませる。孕めば、ひとりの命じゃなくなるのだから、生きるしかなくなるだろう？　あなたはまだ幼いが、それでも産んでもらう。あなたは俺のような悪人ではないんだ。子を殺せないはずだ。母になれば、子を置いて死のうなどと思えなくなるだろう？　あなたが死なないと言うまで、毎年産ませる。ミレイアのようによく笑う子を大勢育てて、あなたに二度と暗い考えを起こさせないようにする。死にたがりのあなたが長く生き続けること。それが俺の、アルムニアの女王への復讐だ〉

　息をついたルシアノは、アラナの身体を仰向けに横たえた。彼女は涙をこぼしている。

そのしずくに舌を這わせて舐めとれば、しょっぱい味がした。

「ふん、まだ泣いているのか。脱がせるぞ？　ドレスがしわになる」

問う前に、彼は彼女のドレスのひもを解いていた。ボタンを外してくつろげれば、つん、と張った胸が現れる。すぐにアラナは、両の頂に手をのせて、見えないようにした。

「なぜ隠す？　いままで恥ずかしがっていなかったじゃないか。俺に隠すな」

言いながら、アラナのドレスを剝ぎ取った。全裸になったアラナは、毛布に隠れようとしたけれど、彼はそれを取り上げた。

「どうして恥ずかしい？　言え」

「……わたしは、裸です」

「俺も脱げば恥ずかしくないか？」

そういうことではないと言いたいかのようにアラナは唇を引き結んだが、彼は服を脱ぐことなくアラナに覆いかぶさった。彼女の胸をまさぐり、尖りを強く吸ってから口にする。

「隠すからこうなる。あなたは甘いな、俺は悪人だ。隠そうとすればするほど暴きたくなるに決まっている。か弱いあなたは、俺の力には敵わない。それがわからないのか？　懲《こ》りたなら二度と隠すな。わかったな？」

アラナが一旦まぶたを閉じれば、頬に涙が伝ってゆく。それでも彼女は無表情だった。

〈頼むからなにも隠すな。見せろ。見なければ、あなたがわからない〉

セルラト語でささやいた彼は、アラナの涙をふたたび舐めとった。

七章

　エミリオと結婚してひと月が過ぎていた。彼は眠るアラナの秘部を毎日舐めてくる。アラナが起きしなに果てるのはいつものことだった。身じろぎすらできないほどに固定され、刺激から逃れるすべをつぶされる。何度も官能を刻まれて、どろどろに蕩《とろ》けさせられる。

　息も絶え絶えで苦しくて限界を感じていると、視界に銀色の髪が現れて、情欲を宿したすみれ色の瞳にのぞかれる。それは、肌が粟立つほどの美しさだ。アラナはせつなくて、やるせなくなり、大きくあえぐ。泣きそうになる。けれど、こらえる。

「ほしくてたまらないか？　アラナ、ほしければほしいと言え」

　唇を引き結ぶ。ふう、ふう、と胸を動かしていると、彼に汗まみれの額を撫でられた。

「あなたは、俺を不浄だと思うか？　穢らわしいか？　憎いか？　……アラナ、言え」

　おなかの奥に一気に猛りがねじこまれ、鼻先を上げたアラナは震える。なかは飢えているのか、しきりに蠢《うごめ》き彼に吸いついた。まるで切望していたかのようだった。長く、深く、ぽっかり空いた穴を、彼の熱で必死に塞ぐかのように、身体がいやしくもがくのだ。

「――――は。俺をほしがり過ぎだ、あなたは」

すぐさま律動がはじまる。強く叩きつけるように、けれど、奥の奥を的確に突かれる。それは、彼が射精するまで終わらない。毎回容赦がなく、手をゆるめることはなかった。

彼が熱く精を吐けば、アラナのなかはいっそう彼をしぼり取ろうとするかのように、収縮をくり返す。身体が歓喜しているようだった。彼を求めているのだと思い知らされる。

心と身体は別だった。身体は気持ちがいい、気持ちがいいと激しくうずく。けれど心は、やめて、やめて、と拒絶している。快楽を得る資格はないのだと。

しかし、理性はすぐに弾けて消える。この時間がずっと続けばいいと考える。

彼に、ぎゅうと強く抱きしめられれば、ぼやけた景色がさらににじんで見えなくなった。まなじりからこぼれてゆくものがある。彼に見られてはいけないと思った。

「……なぜ、泣いている？」

やさしくない武骨な手つきで目もとを拭われる。涙を止めようというのか、ぐいぐいとこすられる。そんな強い力で扱われては、止められるものも止められない。女性に慣れている人だと思っていたのに、実際は少しも慣れていないのだ。

彼はアラナを抱えたままで上体を起こした。そして、頭を撫でてきた。それを、アラナは複雑な思いで受け止める。

彼をうかがえばその目が細まった。薄い唇が笑んでいるような気がして混乱してしまう。

アラナは彼の口もとを見ていたが、彼もまた、アラナの口を見つめているのだと気がついた。思わず手で隠せば、その手をにぎられて、ゆっくり横にどけられた。

「俺が、憎いか？」

「あなたを憎む理由がありません」

「そうか。しかし、まだ泣くかあなたは。困った人だ」

しきりにまたたけば、アラナのまつげについていた涙が飛び散った。

「泣きやめばドレスを着せて髪を梳いてやる。邪魔にならないように結んでやる。その後は食事だ。あなたに話したいことがある。その手に試してみたいこともある」

彼の視線は依然としてアラナの唇を捉えていた。伸びてきた指に、ふに、と押されて下の歯をのぞかれる。視線は上にずれてゆき、アラナの瞳の方へ。すぐに目があった。

「早く泣きやめ。泣きやむまで、気持ちの良いことをしてやる」

彼は、アラナの身体を寝台に沈めて組み敷いた。上からのぞきこまれて、息をのむ。すみれ色の瞳に自分が映っている。彼は、アラナだけを見ていた。

愛人を許可したから、城内の多くの女性と関係するのだと思っていた。少なくとも、隠密の報告のなかでの彼ならばそうだった。けれど、城に来てから彼が今日まで抱いているのはアラナだけ。たちが悪いことに、それをうれしく思う自分がいる。

早く消えなければならないのに。生きる資格も、価値もないのに。

「あ」

胸を甘噛みされて身悶える。彼は、すっかりアラナの感じるところを把握しているのだ。

アラナはわななきながら目を閉じた。かつて見た、満天の星を思い出そうと思った。

伝え聞く物語には家族愛を謳ったものが多いが、アラナは家族の愛がなにかを知らない。母は、アラナを産んですぐに儚くなったし、父は、多くの愛人のもとを渡り歩いていたからだ。両親に抱き上げられたことはなく、あたたかな手のぬくもりを感じたこともない。もしも違う家族のもとに生まれていたのなら、どんな人生だったのだろうとアラナは思う。選べるのだとしたら、父がいて、母がいて、触れられる、そんなあたたかな生がいい。

＊　＊　＊

物心ついたころから感情の薄い子だと言われていた。人の心の機微がわからない子だとも言われた。その理由を、周りの大人は『賢帝ロレンソ』という言葉で片づけた。彼と同じ白金の髪、緑の瞳のアラナはロレンソの再来なのだと言う。

ロレンソは優れた指導者だったが、感情が薄く、人の心の機微がわからなかったとされている。知識に感情は邪魔だ。それはアラナが大人たちから言われていた言葉。信心深いアルムニアの人々は、いつの時代もロレンソの再臨を切望し、彼の奇跡を盲信している。

とはいえ、再来はアラナだけではなかった。だが同じ髪と目を持つ先々代の王——アラナの祖父も、感情が薄く人の心の機微がわからないと言われていた。正しくは、アラナも祖父も、生まれながらに持つ性格を剝奪され、時間をかけて、人々の望む「ロレンソの再来」になるように塗り替えられたのだ。

ロレンソの再来は、図書室で過ごす義務を課せられる。アルムニア城の地下にある、第七層にまで及ぶ巨大な図書室のうち、六層と七層が再来たちの部屋に指定されていた。

アラナがそこに閉じこめられたのは、まだ三つのころだった。幼いアラナにつけられたのは、なにも語らない召し使いがふたりと、きびしい五人の教師のみ。監視のもと、一日中本を読ませられていた。アラナははじめのころは抵抗したり、だだをこねたり、泣きじゃくった日もあったが、すべてが無駄だと悟ると、徐々に行儀がよくなった。そんな、外界から隔絶され、孤独のなかにある子どもが、感情豊かになるなど土台不可能なことだった。

地下深くの再来の生活は三歳から十三歳までと決められている。その間は、賢帝ロレンソに倣《なら》い、できうるかぎりの知識を頭に叩きこむ。けれど、アラナは祖父とは違い身体が弱かった。そのため、特別にひとりの側近をつけられた。それがカリスト……未来の宰相、そして、アラナの婚約者と定められた少年だった。彼だけがアラナとの私語をゆるされた。

カリストは、アラナのために尽くしてくれるやさしい人だった。こっそり飴を持ってきては、アラナにそっとにぎらせた。けれど、訪ねてくる人は彼だけではなかった。招かれざる客が来る時もある。それは異母兄たちだった。ライムンドとファニートはたびたび襲ってきたが、衛兵や教師、召し使いたちは王子ふたりをまったく止められず、アラナは早々にあきらめた。抵抗するにはアラナの力は弱すぎた。すべてが無駄だったのだ。

『近いうちにきっときみを図書室から出してあげる。だから、いい子で待っているんだ』

カリストが、たびたびそう告げてきたのは、アラナをあわれに思っていたからだろう。

いい子――大人たちも言っていた。しかし、アラナはいい子がどんな子なのかわからない。『いい』の基準は時代によって変わる。『いい』は勝者のものなのだ。けれど、意志を持たずにだまっているのが正解なのだと思った。答えを放棄しているともいえるが、相手に都合よく捉えてもらえる。アラナは、幼いながらに黙秘を選んだ。

人は、アラナの置かれた状況を地獄と呼ぶかもしれない。けれど、彼女はそれに名をつけないし、認識するつもりはなかった。もとより考えないことにしていた。

結局アラナの図書室での生活は、ファニートが死んだ六年前――十歳で終わりを迎えた。


「きみは、行ってみたい国はある？」

カリストがそう尋ねたのは、アラナがひどく寝こんで生命が危ぶまれていたころだった。アラナは十二歳。薬は効かず、日に日に弱ってゆく一方だった。

つきっきりで看病してくれるカリストは、「愛している」や「好きだ」、「結婚したい」としきりに告げてきたけれど、アラナには愛も好きも結婚もわからない。それは幼《おさな》さのせいというよりも、感情が乏しいため興味がない、というのが正しかった。

アラナは、このまま目を閉じて、夜明けがなくてもかまわないと思っていた。死を、少しも恐れていなかったのだ。それでもカリストが、必死にアラナを生かそうとしているのはわかっていた。だから、彼が望む、生きたいと思っている自分を演じた。

「……東にね、ペルディーダという国があるの。いまの時代の名前は、ナバ・セルラト」

特に行きたい国はなかったけれど、図書室で見た数々の古代の本を思い浮かべて言った。

「ナバ・セルラト？　セルラトか。なぜ行きたいと思うの？　特になにもないところだ」

アラナは、天井に彫られた葡萄と蛇が絡む模様を眺めた。

「この世界には黒い土と黒い水が存在しているの。わかっているだけでも五箇所……その、最大の場所がナバ・セルラト。リヴァスという土地があって、そこにたくさんあるの。どの国でも、それらがある場所は荒れていて、作物の育たない不毛の土地とされているわ」

黒い土と水について詳細に記述されている本はない。古の時代の本は、誇張されていたり、神話と結びつけられていたりして根拠がないものばかりだ。けれども、そこにもわずかな真実が織りこまれているから、アラナは数々の本の知識をつなぎ合わせて話していた。

「黒という色が災いしているのね。呪いの土、悪魔の水と呼んでいるところもあるわ。けれど違う。それらはいまの技術で扱うのはむずかしいけれど、いつか世界を手に入れられるほど価値のあるものになる。実際に、この目で見られたらいいと思うわ」

一気に話してしまったため、アラナは激しく咳をした。カリストは背中をさする。

「ありがとう。未来のアルムニアはどうなっているのかしら。もしかしたら、ナバ・セルラトの属国になっているのかもしれないわね。それほどの可能性を秘めているものなの」

「属国だって？　千年帝国であるうちが？　ありえないよ。僕たちにはロレンソの知恵がある。それに、その黒い土と水は、探せばアルムニアにもあるかもしれないじゃないか」

カリストは話しながら水差しを杯にかたむけ、それをアラナに差し出した。

「さあ、薬の時間だ。今日は新しい薬を用意したよ。きっと熱が下がるはずだ」

水の後に渡されたのは、青い液体が入ったきれいな小瓶だ。凝った装飾がなされている。

「きみは最近、どんな薬も効かないから、父がアルド国の薬師に依頼してみたんだ」

アラナは、自分に薬が効かない理由を知っていた。ようは薬の飲みすぎなのだ。人は順応する生き物であるため、薬そのものに慣れてしまい、効果が現れなくなってしまう。

「新進気鋭の薬師のものらしい。その人は、本来毒を得意としているんだって」

「毒と薬は表裏一体だものね。宰相にお礼を伝えておいて。いただくわ」

アラナは小瓶のふたを開け、薬を口に運んだ。五十種ほどの薬草に甘い味つけがされていた。その空の小瓶を受け取ったカリストは、寝台に寝そべる手助けをしてくれた。

「アラナ、先ほどの話だけれど、黒い土と水のことを父にも言っていい？　アルムニアの北部には荒野があるでしょう？　少し、可能性があるんじゃないかな」

この時のアラナにとって、黒い土と水の話は、世間話にすぎないものだった。カリストの話に合わせて言っただけであり、さして興味もなかった。

「いいけれど、でも、見つけられたとしてもわたしたちには過ぎたものだわ。手に負えない無用の長物……。百年？　いいえ、もっと経たないと活用できないかもしれない」

もう、起きているのは限界だった。話しながらもアラナのまぶたは勝手に下りていった。

白金の髪は、カリストの手で黒色に染められた。身体に纏うのは彼の小さなころの服だった。それにマントをつけてもらって、帽子を被れば、アラナは一見男の子に見える。男の格好をした理由は、アルムニアの城から出るためだった。それは、昨晩聞いたカリストの言葉がはじまりだ。居室を訪れたカリストは、扉を開けるなり言った。

『アラナ、大変だ。王とライムンド王子がセルラトへ行くらしい』

黒い土と水の話はカリストから宰相に伝わった。けれど、ひと月も経たないうちにその話は人伝いに尾ひれがついて、父と兄にも広まった。彼らは黒い土と水をリヴァスの土地ごと手に入れるべきだと考え、テジェス国と新たに結ぶ同盟を利用しようとしていたのだ。

『どういうわけか、黒い土と水の扱いが変わっている。手に入れた者が覇者になると』

『お父さまは、手にすればかつての千年帝国の繁栄が戻るとでも考えているの？』

『そうだと思う。王はロレンソの再来であるきみの祖父と比較され、ただでさえ劣等感を抱いている。だが、黒い土と水を手にし、千年帝国の復活を謳えば、先代王の功績をはるかに凌駕《りょうが》できる……そう考えたんだろう。その上ここ最近、王はライムンド王子とともにアンセルマに入り浸り、淫蕩《いんとう》に耽っている。いま、国民や貴族たちへの彼らの心証は最悪だ。王はそれを気にしているようで、リヴァスで汚名を覆い隠したいのだと思う』

アンセルマとは、異母兄ライムンドからアラナを守るために、宰相が作らせた女の園だ。

兄の好みの女を集めた、兄専用の娼館。にもかかわらず、父も園に夢中になっていた。

『お父さまは、テジェス国をナバ・セルラトに攻め入らせるつもりね？』

『テジェスは元々セルラトを狙い続けていたらしい。話にのるのは当然だ』

『どうにか止める手立てはないかしら？　わたしがお父さまに直接――』

言い切らないうちに、『だめだ』と彼にさえぎられた。

『明日先発隊が出るんだ。止めるにはもう遅い。すべてが動き出している。父も僕も今日までこのような動きがあるとは気づかなかった。王も王子も隠れて事を進めていたんだ』

アラナは『お兄さまね』とつぶやいた。父は野望はあっても政治にうとい。宰相に任せっきりだった。なにごとも自分で判断できずに人に頼っていたほどだ。これは、兄の入れ知恵だろう。宰相が気づいたところで、引き返せないところまで秘密にしていたのだ。

『その先発隊にわたしも加わるわ。カリスト、仕度をおねがい』

アラナが告げれば、カリストは目を剝いて、『断固反対だ』と言った。

『きみの身体は旅になど耐えられない。しかも、まだ病は治っていないんだよ？』

『それでも行かなければならないの。宰相に気取られてはだめよ？　お父さまやお兄さまに知られてしまう。わたしは戦いになる前にナバ・セルラト王に会わなければならない』

この時アラナはすでに、セルラトは滅ぶだろうと思っていた。テジェスだけを相手にするならまだしも、アルムニアと組まれたら、軍事力の差は歴然としている。しかし、やるべきことは必ずある。そして見つけたいと思っていた。

『カリスト、あなたに紹介しておきたい人がいるの。――グスタボ、いるわね？　出て』

本棚に向けて問いかければ、いきなり仕掛けが動き出し、なかからこげ茶色の髪の男が現れた。王女の前に出るにはおよそふさわしくない、すすけたマントにズボン姿のごろつきだ。その落ちくぼんだ瞳は、いかにも剣呑そうだった。

カリストは、『なんだこの男は』と目をまるくした。アラナは、異母兄ファニートに襲われた際、命がけで自分を守ったカリストを憂慮して、隠密を雇っていたのだ。

『このグスタボはとても腕が立つの。守ってくれるわ。わたしたち三人は先発隊がナバ・セルラトに到着するまでに一行に入りこむ。使者になりきるの』

『三人で？　冗談じゃない、少なすぎる。……でも、きみは止めても行くのだろう？』

こくんとうなずけば、彼は額に手を当てた。

『まいった……。グスマン男爵に声をかけるよ。彼はきみのためならどんなことでもするだろう。彼ほど忠義に厚い人はいない。あとは、医師も連れて行くよ。否定は聞かない』

こうして、アラナは髪を黒く染め、少年のなりをした。なぜなら、父に城外へ出ることを固く禁じられているからだ。セルラトへ行くには変装が必須だ。

そして、アラナは生まれてはじめて外の世界へ踏み出した。

アラナが城の外を楽しむことは一瞬たりともなかった。雄大な大地を見ても、なんの感慨もない。感情の薄さがそうさせたのもあったが、アラナは先の展開のことで頭がいっぱいだった。これは、滅びゆく国に対して、自分になにができるかを探る旅だ。

アルムニアを出て、ノゲイラ国を経由し、アレセス国をまたいでその先がセルラト国だ。

セルラトへの道行きは困難を極めた。山を越えなければならないし、アラナの体調が思わしくなかったからだ。道が悪く馬車が揺れる箇所も多々あった。山賊がはびこる地域では、小競り合いになりもした。時間を取られ、なかなか先発隊に合流できなかったが、将軍でもあるグスマン男爵の機転のおかげで、なんとかアレセス国入りする前に追いついた。

結局、アラナを守るために三十五人も参加することになった。隠密のグスタボと医師の他は、すべてグスマン男爵の配下の騎士たちだ。

アラナとカリストは、変装していればただの貧弱な子どもだ。当然敬意を払う者はなく、合流した先発隊に「ガキは邪魔だ」と邪険にされた。

「くそ、やつらめ。この僕を完全にしもべだと思っている。……僕は未来の公爵だぞ？」

ぶつぶつと文句を垂れるカリストは、普段はきっちりと整えている黒髪を下ろしていて、名前も『セリノ』と変えていた。アラナもまた、カリストの弟に扮していた。名前は『ルペ』だ。いずれも、使者に扮した隠密のグスタボが適当につけたものだった。

「セリノさんよ、くれぐれもそのプライドをこじらせて、へましねえでくださいよ？」

「わかっているさ。だがグスタボ、言っておくが、僕はきみを信用したわけじゃない」

「信用しねえでいいですよ。おれは雇われ。主人はこのおちびちゃん、ルペだ」

アラナは、ルペ、の言葉にグスタボをちらと見た。

「グスタボ。あなたはセリノとルペのお兄さんよ。言葉と態度を変える必要があるわ」

「それを言うなら、ルペ、あんたもだ。女臭さしかしねえ。男になりきらねえとな」

アラナはカリストに、「僕の口調を真似ればいいんだ」と言われてうなずいた。

「グスマン男爵と僕たちは知り合いではないことにしている。だからア——いや、ルペ、彼はきみを無視するだろうが気を悪くしないでほしい。僕たちは使者といっても貴族ではないんだ。……そうか、ならば少し粗野にするべきだな。グスタボを参考にしよう」

グスタボは、「ばかか」と大口を開けて笑った。

「セリノ、おれはただのごろつきだ。正真正銘下品だろ。ごろつき三兄弟になる気か？」

「たしかにきみの言葉は下品極まりないが……。では、僕たちは少しずつ慣れていくしかないな。グスタボは上品を心がけ、僕とルペは粗野を心がける。よし、やってみよう」

カリストの言葉に、アラナは少年ルペになりきってうなずいた。

花の国、セルラトに入ってからは、アラナはくまなく地形を見た。右の車窓から川を眺め、左の座席に移って、道や崖を確認する。いつもはじっとしている彼女が活発なのが不思議なようで、カリストは「なにをしているの？」と言った。

「この国は滅びるよ。誰にも止められない。テジェス国の軍勢に力で圧倒されるだろう。どのくらい助かるかわからない。けれど、できうるかぎり脱出の経路を作りたいんだ」

アラナは景色を眺めていたが、視線は流れるようにカリストを捉える。

「セリノ、あなたにもグスタボにも、グスマン男爵にも動いてもらう。ぼくを守るのではなく、誰かを生かす行動をとってもらう。ぼくは利用できるものはすべて利用する」

　アラナはすっかり変わっていた。力のない瞳から、覇気を宿した瞳へ。体調は思わしくなかったが、気力で背すじを伸ばしていた。そんな彼女に切り出したのはグスタボだ。

「明日には王と王子がセルラトに到着するんだろ？　百人だったかアルムニアの騎士もやってくる。城は歓迎の宴ざんまいになるって話だ。そうなりゃだいたいのやつらが飲んだくれて隙ができる。テジェスが攻め入るまでには時間があるよな？　ってことはその間にセルラトのお偉いさん方に知らせればいいわけだ。まあ、なんとかなるんじゃねえの」

　彼なりにアラナを励ましたかったのだろう。しかし、すかさずカリストが否定した。

「そう簡単にはいかない。事は複雑なんだ。きみはもちろん僕もルペも身分を持たない使者だからね。セルラト王に謁見の希望は通らない。貴族にすら話しかけることは不敬にあたる。それに、テジェスが攻め入るまでの時間はあるといっても一週間。圧倒的に時間が足りない。しかもセルラトに突然危機を伝えるのは不用意だ。彼らは混乱に陥るだろうし、アルムニアに牙を剝く者が必ず現れる。表向きは同盟の調印で滞在するんだ。アルムニアからひとりでも死者が出れば、アルムニアは報復するしかなくなる。これは避けたい」

　グスタボは、「ならどうすんだ？」と眉間にしわを寄せた。

「この国が滅ぶ前に、ぼくは、イスマエル王に会うための努力を惜しまない」

　覚悟を秘めて唇を引き結ぶアラナに、グスタボは確認するように言う。

「滅ぶとわかってる国の王にわざわざ会ってなんになるんだ？　さっぱりわからねえが、つまりおれたちには計画などない。行き当たりばったりってわけだな？」

　それに答えたのはカリストだ。

「とにかく、僕たちの最優先はルペの安全だ。それ以上に重要なものはない」


　順調に走っていた馬車は、もうすぐ城にたどり着く、というところで止まり、動かなくなっていた。確認のために馬車を出たカリストによれば、先にある橋が壊れているらしい。おかげで先発隊は立ち往生していた。

　アラナも外に出ようとしたけれど、力のない手では扉も開けられない。察したカリストが外から扉を開けてくれた。とたん、甘いにおいを含んだ風が鼻腔をくすぐった。

　馬車を降りれば花畑が広がっていて、草を食む牛がぽつりぽつりと目に入る。木々には葉が茂り、その向こうに広がるのは煉瓦作りの建物や教会群。自然と人工物が、うまく調和して見えた。さらに先には檸檬色の城が顔を出している。あれが、セルラトの王城なのだろう。青空にくっきりと映える繊細な尖塔は、感動を知らないアラナでも、美しいと思えた。だからこそ、立ちはだかる闇が濃く、おぞましく見えるのだ。

　この国にとって、アルムニアは穏やかな日常を蝕《むしば》む害虫だ。そして、アラナは死神だ。

「おい、質問に答えろと言っている！」

突然聞こえてきたのは男の声だった。先発隊のうちの誰かが、セルラトの民をどやしつけているのだ。滅ぼす相手だからか居丈高《いたけだか》に振る舞っているのだろう。アラナがそちらの方を目指して歩くと、カリストとグスタボも従った。

途中で見かけたつぶらな瞳のポニーには、仕立てのいい馬具がついていた。つながれている二頭の芦毛の馬も悪くない馬具だった。絡まれているのは良家の者たちだと推測できる。

カリストは思うところがあるのかアラナの行く手をさえぎり、近くのグスマン男爵に向けてあごを突き上げた。応えた男爵は、がっしりとした体軀を揺らしながら歩いていった。

「愚か者。我々はアルムニアを代表してここにいる。国を貶《おとし》める振る舞いをするな！」

男爵は威圧的に言った後、がらりと声色を変化させ、「大変失礼した。さあ、こちらへ」とセルラトの民を先発隊から遠ざけた。誘導したのは、アラナたちがいる方向だ。

セルラトの民は、大人がふたりに子どもがひとり。いずれも女性だ。大人たちは、乗馬服を纏う少女を守っているようだった。金の髪の少女はすっかり縮こまっている。

「あの者たちにはきつく言っておく。金輪際、あなたがたには無礼がないようにする」

と、男爵は言ったが、異国の言葉が通じていないのだろう。一様に首をかたむけている。

見かねたアラナは、カリストに止められたけれど、かまわず近づいた。

〈彼はアルムニアの将軍、グスマン男爵です。あなたがたへの非礼をおわびしています〉

セルラトの言葉を発すれば、こわばっていた彼らの顔から、少しだけれど安堵が見えた。

〈ぼくからもおわびします。どうか、ぼくたちの無礼をおゆるしください〉

アラナは少女の前に歩み寄り、片ひざを折った。アルムニアの王女である彼女がひざまずくのははじめてだった。だからだろう、近くに控えるカリストが息をのむ。

力のない小さな手で、相手の小さな手を取った。気取られないようにしていたけれど、ぎこちない手の動きから、少女はアラナの手の様子に気づいたようで、アラナがその甲に額をつけやすいよう手を動かした。どうやら少女は、傅かれ慣れた身分の高い者だろう。

うつむき、彼女の甲に額をつけて、ゆるしを乞うた。

〈あなた、手が不自由なの？　たいへんね〉

顔を上げれば、少女の瞳が目に焼きついた。めずらしい、鮮やかなすみれ色。けれど、少女もアラナの瞳を見ていたのだろう、〈きれいだわ。みどりの瞳なのね〉と言った。

〈わたしはアルムニアの瞳を見ていたの。アルムニア語が不得意なの。彼らはものすごい迫力で早く話すからまったく聞き取れなかったわ。怒っているみたいだったし、怖かった。でも、セルラト語を話せるあなたがいてよかった。あなたはセルラトの人？　それともアルムニアの人？〉

〈ぼくはアルムニア人です。使者としてナバ・セルラトに来ました〉

〈そうなのね。もうひざまずかないでいいわ。とっくにゆるしているから立って〉

少女に手を引かれて立ち上がると、すぐに彼女の瞳が細まった。目線の高さから、ふたりの身長は同じくらいなのだとわかる。だからだろう、距離が近く感じられた。

〈ふしぎね、はじめて会った気がしないわ。この感覚はなにかしら。どきどきする〉

少女は胸に手を当てて、ひとつ深呼吸をした。

〈わたしね、だまってお城を出てきたから問題を起こすわけにはいかなかったの。お兄さまに怒られちゃうからどうしようって。ところで不機嫌な彼らはなんて言っていたの？〉

少女は表情がくるくるとよく変わる。人懐こいのだろう。アラナはこれほど感情豊かな人に接するのははじめてだったが、とまどいはなかった。むしろ心地よく感じられた。

〈彼らはこの先にある橋が壊れているため、あなたに迂回路を尋ねようとしていたのです。けれど、対応を大いにまちがえました。後でグスマン男爵に叱られるでしょう〉

〈そうだったの。でもごめんなさい、彼らをかばえないわ。だって、ほんとうに失礼だったもの。わたしね、あんなに怒鳴られたのは生まれてはじめて。大声って怖いわ〉

少女は肩をすくめて付け足した。

〈あのピナルの橋は壊れているのではないわ。新しく建てかえるために一昨日壊されたの。右へまっすぐ行くとサンスの橋があるから、そこからお城へ行くといいわ〉

〈親切にありがとうございます〉

アラナは自身のポケットに手をやった。カリストがくれた飴が入ってぱんぱんだった。それをひとつ取り出して、少女の手の上にのせる。

少女は首をかしげてから包み紙を開いたが、飴を見た瞬間、目をぱあっとひらめかせた。

〈なあに、これ。すごくきれい……玉虫色ね。宝石みたいだわ〉

空にかざした少女に、アラナは〈その飴は、賢帝ロレンソの石といいます〉と説明した。

すると、〈食べるのがもったいないけれど〉とつぶやきながら、少女は飴をほおばった。

〈甘くておいしい。そうだわ、後であなたにセルラトのお菓子を届けてあげる。わたしね、いまからはじめて牛の乳しぼりをするの。お兄さまは農夫の仕事だと反対していたけれど、乳しぼりはわたしの夢。とてもわくわくするわ。後であなたに会いに行くわね〉

風に吹かれて、少女の金色の髪が揺れていた。陽に照らされてきらきら光る。

アラナたちが城にたどり着いた後、約束どおりに揚げ菓子とミルクを届けてくれた少女は、アラナにそっと〈わたしはね、セルラトの王女なの。おどろいた？〉と打ち明けた。

〈ここに来たことは内緒にしてね？　お兄さまにアルムニアには深入りするなって言われたの。見つかれば怒られてしまう。でもね、わたしはあなたと仲良くなりたいわ。ねえ、あなたのお名前は？　お歳はいくつ？　なんでもいいから、あなたのことを教えて〉

〈ぼくはルペと言います。歳は、十二で――〉

〈やっぱり同じ歳なのね。わたしたち、お友だちになりましょう？　ルペ、おねがい〉

これが、アラナの最初で最後の友だち、ミレイアとの出会いだった。

セルラトでアラナが滞在することになったのは、城の敷地内にある館だ。貴人に用意されたものではないから質素な部屋だった。にもかかわらず、王女のミレイアは〈友だちだもの〉と頻繁にやってきた。夜、いっしょに眠る時もあったほど、滞在時間は長かった。召し使いの格好をしていることから、しのんで来ているのだろう。

ミレイアはよく笑う人だった。よく泣く人だった。なぜ、彼女が笑いながら泣くのかわからなかった。なぜ、ぷんぷんと怒っているのかわからなかった。アラナは物心がついたころから、笑ったことも泣いたこともないからだ。怒ったこともない。異母兄に虐待されて、死の間際まで追い詰められても、一滴も涙をこぼさなかったほどだった。

感情のないアラナほどつまらない人間はいないだろうに、しかし、ミレイアは心底楽しそうにする。こんなに気が合う人ははじめてなどと言う。それがアラナには不思議だった。

〈ここへ来てもだいじょうぶなのですか？〉

〈ええ、だいじょうぶよ。あなたの国の王さまと王子さまが来てから、お城のなかはずっと酒宴だもの。おかげでわたしのことに誰も気が回らないの。わたしの召し使いたちも協力してくれているし。ねえ、それよりもお話を聞かせて？　あの妖精のお話がいいわ〉

ミレイアはすぐに世界の童話を聞きたがる。特に奇譚《きたん》に登場する妖精エートゥがお気に入りのようだった。話に耳をかたむけ、登場人物に共感し、いっしょに怒ったり悲しんだりしては物語に浸るのだ。それがなによりも楽しいらしい。アラナにはわからない感覚だ。

〈やっぱり、わたしのお兄さまは妖精みたいだわ。妖精エートゥはお兄さまっぽいもの〉

ミレイアは自慢げに、すん、と鼻を持ち上げた。

〈わたしのお兄さまはね、すごくきれいですてきなの。ルペはびっくりすると思うわ。お兄さまは妖精エートゥと同じ銀色の髪をしていてね、瞳はわたしと同じすみれ色。……もう、なんであんな性悪なフラビアと婚約しているのかしら？　わたし、あの人大きらい〉

眉間にしわを寄せてから、ミレイアはアラナにぴたりとくっついた。

〈大きらいって言っちゃったけれど、普段のわたしはこんなことは言わないのよ？　誤解しないでね？　わたし、ルペが大好きだから悪口を言う子だと思われたくないわ〉

アラナは声を発しようとしたけれど、ミレイアに鼻先を指で押されて止まった。

〈ねえ、あなたってひみつが多いのね。お母さまは、そういうのは『ミステリアス』と言うのよ、って言っていたわ。……で、どうしてルペは男の子の格好をしているの？〉

まっすぐこちらを射貫く瞳は、アラナを見透かそうとしているかのようだった。

〈ごめんね。わたし、あなたに毎日抱きつくでしょう？　お胸があるって知っているの〉

まさか気づかれているとは思わなかったが、アラナは表情を変えずに言った。

〈ぼくの……いえ、わたしの本当の名前はアラナです。男だと偽らなければ、アルムニアを出られませんでした。どうしてもこの国、ナバ・セルラトに来たかったのです〉

〈そうなのね。偽らなければここに来られなかったなんてたいへんね。だったら、偽ってくれてありがとうと言いたいわ。わたしね、あなたに出会えてとってもうれしいの〉

ミレイアは、〈アラナ〉と小さくつぶやいて、頬にちゅ、とキスをしてきた。彼女を見ると、彼女はほのかに頬を赤らめた。

〈ねえ、アラナはキスをしたことがある？〉

〈ありません〉

〈じゃあわたしがはじめてなのね。わたしもなの。あのね、お母さまが大好きな人ができ

たのなら、勇気を出してキスしなさいって言っていたわ。もっとしてもいい？〉

アラナは深く考えずにうなずいたが、ミレイアが口をすぼめてくちづけたのは、アラナの唇だった。直後、ミレイアは〈しちゃった〉と恥ずかしそうにまつげを伏せた。

〈わたしね、あなたが好きよ。声も顔も黒髪も手が動かないところも、細い身体も無口なところも。つまりはね、ぜんぶ好き。あなたといっしょにいると胸がぽかぽかしてきて幸せだなって思えるの。いま、キスしてみて思ったのだけれど、やっぱりすごく幸せだわ〉

アラナには、幸せがなにかわからない。茫然とミレイアを見つめていると、彼女はまたアラナの口にキスをした。二回、三回、四回、五回。数が増えてゆくにつれ、アラナはだんだん、彼女に幸せになってほしいと思うようになっていた。

〈もっとしてもいい？　たくさんキスがしたいわ〉

彼女が幸せになるのなら。アラナは首をこくんと動かした。

ちゅっ、ちゅっ、と音が立つ。ミレイアは、何度か重ねた後にうっとりと笑った。

〈……うん、お母さまが言ったとおりだわ。なんて幸せなの。ねえアラナ、明日は服を持ってくるからわたしの居室に行きましょう？　あなたともっといっしょにいたいの〉

この時、アラナは打算的にうなずいた。彼女の父、セルラトの王に会えるかもしれないと思ったからだ。けれど、そんな自分に寒気がした。いつもそうなのだ。カリストに愛を告げられても、ミレイアに好きと言われても、心は動かず、傍観者でしかいられない。冷静に相手を分析し、次の展開を考える。

持って生まれた性格は、人らしい感情は、この小さな身体に残っていない。からっぽだ。

それこそが、余計なものを排除して作られた『ロレンソの再来』なのだろう。


檸檬色の城に花はよく似合う。城内には花が盛られた花瓶が頻繁に登場し、城に色どりを添えていた。ミレイアに案内される回廊は、桃色の花で統一されていて、金色の髪をふわふわと揺らして歩く彼女が引き立つようだった。桃色にふさわしい女の子だ。

ミレイアがアラナに用意したのは、自身と同じ地味な召し使いの服だった。彼女は服が着られないアラナに慣れない手つきで着せてくれた。そして、彼女に導かれるまま、アラナは城のなかに行った。

酒宴が開催されていると聞いていたが本当らしい。衛兵は注意力が散漫になっていて、大人たちは昼間から飲んだくれているようだった。柱の下でごろりと寝そべる人もいる。見つけるたびに、ミレイアは〈いやになっちゃう〉と相手を蔑んでいた。

〈いつものお城はこうではないのよ？　お父さまやお兄さまは規律を好むのに〉

憤るミレイアの陰で、アラナはセルラトの貴族たちの様子をうかがった。だらしない表情やしぐさは、酔っているにしては、なにかが変だと思ったからだ。

——阿片ね。

アルムニアのしわざかもしれないと思った。城内の者を堕落させてしまえば、テジェスが攻めこむのがさらに容易になる。考えこんだアラナは、ふと回廊の外へ目をやった。視線の先にはなまめかしい女たち。それは、兄を慰めるために調教されたアンセルマの娼婦たちだった。わざわざセルラトまで連れてくるとはどういうことだと思ったが、しかし、すぐに答えを出した。娼婦を使い、セルラトの者たちを淫蕩に耽らせるためだ。

隠密のグスタボにくわしく探らせようと思っていると、ミレイアに腕をつかまれた。

〈アラナ、こっちへ来て。たいへんなの、お兄さまが来るわ。見つかれば怒られちゃう〉

とっさに屈み、壺を磨くふりをするミレイアに、〈まねをして〉と言われたアラナは、同じように拭いているふりをする。足音は、次第にこちらに近づいてきた。三人分だ。

〈フリアン、レアンドロ、おまえたちはその用事を終えたらすぐにリヴァスへ向かえ〉

アラナは『リヴァス』の言葉に反応して鼻先を持ち上げる。黒い土と水がある場所だ。目前を青色のマントが横切った。顔を上げれば、人間離れした端整な横顔が目に入った。刃物を連想させる鋭い表情だ。妖精エートゥと同じ銀の髪――彼がミレイアの兄だろう。

〈しかし、ルシアノさま。あのような荒れ地になにかがあるとは〉

〈とにかくアルムニアがかの地に出入りするとは不自然だ。目的があるはずだ。探れ〉

途中、ルシアノの部下と思われる者が柱の下で寝ている男を蹴り上げて、〈このようなところで寝るな。王子の御前《ごぜん》だ愚か者!〉とどやしつけていた。大股で歩く彼らが、通りすぎるのは速かった。一瞬と言える出来事だ。

アラナが目で彼らを追っていると、後ろから、ぽん、と肩に手を置かれて振り返る。

〈ふう、危なかったわね。さあ、いまのうちに急いで行きましょう〉

アラナはミレイアに従いつつも、意識は先ほどのルシアノ王子に向かっていた。


〈ねえ、アラナは星は好き？〉

星を好きだと思ったことはない。けれど、アラナはミレイアをがっかりさせたくなくて、〈好きです〉と嘘をついた。セルラトの結末を知るからこそ彼女に嘘をつくのだ。胸をちくちくと刺す痛み。この正体はなんだろう。

〈アラナは笑わないのね。笑ったら絶対にかわいいのに、もったいないわ〉

唇に柔らかなものが、ふに、とついた。ミレイアはキスが大好きなのだと言っていた。アラナにキスの意味はわからない。口と口を合わせることにどんな意味があるのか、どの本にも書いてなかったからだった。どうしてこれが、幸せに結びつくのかわからない。

ミレイアの居室には、出入り口がふたつある。ひとつは回廊に続くもの。もうひとつは、国王と王妃の居室に続くもの。アラナは、ミレイアが眠りについたらその扉を開けようと決めていた。

夜、アラナはミレイアに誘われ、手をつないでテラスへ出た。空気は澄んでいて、鼻の奥まで突きとおる。促されて空を仰ぐと、雲はなく、空いっぱいに星が広がっていた。

〈明日は新月だからこんなものではないのよ？　もっともっとたくさんの星が見えるわ〉

いっしょに見ましょう？　と付け加える彼女の顔は、きらきらしていてまぶしかった。

〈誰かが誰かの死を願うごとに、星はひとつずつ姿を消してゆくのですって〉

はじめて聞いた話に首をかしげると、ミレイアは微笑んだ。

〈お母さまが言っていたわ。でもね、お話を聞いてから一年が経っても二年が経っても、三年、四年が経ってもまだたくさんの星がある。だからね、思うの。このたくさんの星は誰かが誰かの生を願っている証なのではないかしらって。きっと、誰かが死を願うよりも、誰かが生を願うほうが数が多いの。だから消えたりしないのよ。増えてゆくのだわ〉

アラナが星を目で追っていると、ミレイアは、〈ほら〉とひときわ大きな星を指差した。

〈あの星は、わたしがアラナの生を願っている証拠。ずっと、永久にあなたとお友だちでいたいから。だからアラナ、死んではだめよ？　置いていかないと約束してね〉

言葉を返したい。けれど返せなかった。アラナは命をかけるためにこの国へ来たのだ。きっとそうしなければ誰も救えない。またたけば、彼女はアラナの腕に腕を絡ませた。

〈出会った時から思っていたの。あなたって儚くていまにも消えそう。だから怖いの〉

〈わたしは死を怖いと思っていません。ミレイアは、怖いと考えますか？〉

〈それは怖いわ。いやよアラナ、あなたも怖がって？　死んではだめ。ぜったい〉

小指を立てた彼女に、小指を立て返すと、ふたりはそれぞれ指の先をちょんと当てた。約束のしるしだ。友だちだから、応えないわけにはいかないと思った。

〈お約束します。死は等しく皆の上に降りかかるものですが、わたしはわたしを殺しませ

ん。つまり、自死はしません。生きているかぎり死がふたりを分かつまで、わたしはあなたの友です〉

その文言が気に入ったようで、ミレイアも復唱した。

〈約束するわ。わたしもわたしを殺さない。生きているかぎり、死がふたりを分かつまで、わたしは永久にアラナのお友だちよ〉

ミレイアはかすかにあごを突き出した。キスを求める彼女がよくするしぐさだ。アラナは彼女が望むとおりに目を閉じる。唇にあたたかなものが重なったのはすぐだった。

やはり、キスの意味はわからない。けれど感じるぬくもりは、『信頼』なのだと思った。


ミレイアが深い眠りについたのは、時計が十一時過ぎを示していた時だ。体調が思わしくないアラナにも睡魔は襲ってきたが、なんとか気力で乗り切った。気力がなければ、とっくに寝こんでいたはずだ。意識していなければ、倒れてしまいそうだった。

アラナは白い扉を二度叩く。すると、ほどなく鈴がちりりと鳴らされた。セルラト王、もしくは王妃が入室を許可したのだ。娘ではない者が入室すればどうなるか。想像しなくもなかったが、会わないという選択肢はなかった。このためだけにここに来たのだ。

アラナは手で扉を開けようとしたものの、力が入らず開けられない。両手を使っても無理だった。がさがさと扉をいじっていると、〈ミレイア、どうした?〉と向こう側から扉が開く。精悍な顔立ちの、少しミレイアと似たところがある男性だ。王だと思った。

〈……きみは誰だ？〉

王は、長椅子で眠るミレイアに気づくと、〈こちらへ来なさい〉とアラナに言った。召し使いの姿にもかかわらず邪険にしない。王は、王妃もいる部屋へとアラナを案内した。

椅子を勧められたが、アラナはふたりに深々と礼をする。作法に則ったものだった。手を軽くにぎって額に人さし指の爪をつけ、左肩、右肩へもつけてゆく。最後に手を広げて両腕を胸の位置で交差させ、アラナは床にひざまずく。アルムニア式の、貴人に敵ではないと示す服従のしぐさだ。かつて千年帝国の一部だった国でこれを知らない者はない。

王は目を見開いて驚いている様子だ。

〈顔を上げよ〉と声をかけられたが、アラナは床を見つめたままでいた。

〈あなたは、私の母に似ている。母は双子だったのだ。その片割れがアモローゾ国に嫁ぎ、子を産んだ。名はベタニア。あなたの母は、ベタニアなのではないか？〉

アラナが小さくうなずくと、王は深く息をした。

〈やはりアラナ王女か〉

〈はい。はじめてお目にかかります。ナバ・セルラトのイスマエル王、ならびにカルメリタ王妃。わたしはアルムニア国の第一王女アラナです。先ぶれもなく突然現れた無礼をおゆるしください。けれど、火急《かきゅう》にお伝えしたいことがあり、失礼を承知で参りました〉

〈お身体が弱いと聞いている。顔色が悪いではないか。床は冷える。椅子に座りなさい〉

〈お気遣いありがとうございます。けれど、平気です。お話ししてもよろしいですか〉

アラナは、王の了承を受けて語り出した。自身が語ってしまった黒い土と黒い水のこと。アルムニアが持ちかけた同盟が偽りであること。裏にテジェス国が控えていること。すでに時は動き出していること。道中、テジェスの騎士と思しき者を見かけたこと。

〈あなたの国、ナバ・セルラトは終わりを迎えます。わたしの軽率な発言が招いてしまった結果です。この場で切り捨てられても当然だと受け止めています。ですが、この身は盾になることができます。とはいえわたしには力がなく、残念ながら確実にお救いできるのはひとりだけでしょう。イスマエル王、もしもわたしを少しだけ生かしていただけるのならば、あなたの大切な方をひとり守らせてください。命をかけてお守りすると誓います〉

気難しい表情をした王はなにも答えなかった。王妃は口もとに手を当てている。ろうそくの芯の燃える音が聞こえるほどに静かだ。そのなかで、アラナはさらに身を沈めて、額を床にこすりつけた。

〈アラナ王女。あなたは、我らが皆殺されると思っているのだな〉

〈はい。残念ながら助かる道はないと考えています〉

〈あなたはセルラトをナバ・セルラトと呼ぶ。かつての遠い呼び名だ。いま、我が国をそう呼ぶ者はない。セルラトに敬意を抱いてくれているのだな〉

アラナの肩に大きな手が乗った。歩み寄ってきた王が、屈んでアラナの肩に置いたのだ。

〈なにがあろうとも、王族がひれ伏すものではない。ましてや、あなたはロレンソの再来。

そして、私の初恋の娘の子だ。ひとりの男として言うが、これ以上はよしてくれ〉

アラナはまつげをはね上げた。この地でロレンソの再来と言われるとは思わなかったからだ。それに、初恋の娘の子だとも。アラナには、母の記憶がかけらもなかった。

〈誰にも話していないが、ベタニアとはむかし恋仲だった。わずか、三日の恋だが〉

王は王妃を見て、〈あなたとはまだ出会っていない過去の話だ。ゆるせ〉と微笑んだ。

〈ベタニアの忘れ形見が気になっていたのだ。間者を送り調べさせたこともある。身体が弱いこと、ロレンソの再来として幽閉されていたことも知っている。婚約者がいることや城から出られないことも。そんなあなたがいま、無理を押して私の前にいる。死の使いのまねをさせてすまない。これは大人の不手際だ。ゆるせ、小さなあなたには酷なことだ〉

アラナの華奢な身体が王によって起こされる。王は、アラナの瞳を見つめた。

〈アラナ王女、あなたの髪は白に近い金色のはずだが、ここへ来るために染めたのか〉

〈はい、染めました〉

〈そうか。そうまでして、危機を伝えに来てくれたのだな。あなたが罪悪感を抱く必要はない。違うのだ。これは、あなたには関係なく、遅かれ早かれ起きたことだ。我々は、テジェス国と小競り合いを重ねてきた。我らの領地は年々削り取られてきたのだ〉

王の面持ちからはあきらめが伝わってきた。彼は、抵抗が無駄どころか相手をより猛らせ、火に油を注ぐ行為になると捉えているようだ。おそらく王は、城が蝕まれている現状も把握しているし、監視の目があることにも気がついている。運命を受け入れているのだ。

〈全責任は私にある。騙されたのは私だ。弱いのも私だ。愚かな王のために苦労をかけた。だが、私は死を恐れてはいない。国とともに潔い死を望んでいる〉

〈アルムニアとの同盟が、ナバ・セルラトを救う手段になるとお考えだったのですね〉

調べたところ、セルラトの貴族の勢力は長きにわたり二分していた。王家よりも力のある貴族がいたほどだ。あろうことか、テジェスと通じていた者もいる。王は、息子のルシアノをヴェント公爵の娘と婚姻させることで、貴族を束ねようと画策していたようだった。

〈否定はしない。セルラトは衰退の一途をたどっていた。国の未来を聡い息子にかけていたのだが……せめてあと一年、いや、半年の時があれば。……だが、後の祭りだ〉

王は顔を上げ、ミレイアの居室に続く扉をせつなげに眺めた。

〈できるなら、息子と娘は生かしたい。ふたりには未来を見てほしい。しかしそれはあなたの犠牲の上にあってはならない。あなたにも生きてほしいからだ。よって、アラナ王女。悪いがあなたの提案を受け入れることはできない。ここは危険だ。明朝、国を去りなさい〉

王はアラナの頭上に手を置いた。カリストに置かれたことはあるが、大人からははじめてだ。その手は力強くてあたたかい。そして、ゆっくりと撫でられる。

〈いくら再来とて……アルムニアは、あなたに子どもであることをゆるさないのだな〉

小さく言った王は、アラナの腕を引き寄せて、ぎゅっと身体を抱きしめた。アラナは目をまるくする。

〈アルムニアの王は、子に愛を注ぐ性質ではないのだろう。あなたに感情を教えた者はいなかったようだ。私に残された時間はさほどないが、いまは父だと思いなさい。あなたは、賢帝ロレンソの再来である以前に、まだたった十二歳の少女なのだから〉

アラナはとまどっていた。なにが起きているのかよくわからないのだ。親の愛を知らない彼女にとって、想定していないことだった。父と思う、それがなにを意味しているのか。

真正面から王に抱きしめられていたのに、ふと、背中からもぬくもりを感じた。王妃が後ろから王ごとアラナを抱きしめたからだった。

どう応えていいのかわからない。けれど、たしかな真心が感じられる。

頬が熱く濡れてゆくのがわかった。おかしいと思った。感情はないはずなのに。人の心が理解できないはずなのに。再来だから、小さなころから泣いたことはないのに。

止めようと思っても止まらない。身体がぶるぶるとわななないた。

なぜ、一度もなじられないのだろう。この国を滅ぼすアルムニアの娘だ。なぜ、抱きしめられるのだろう。憎い敵国の王女だというのに。

「う。……うう……」

アラナは、知らず声を上げていた。悲しい、苦しい、つらい、死なせたくない、生かしたい、生きてほしい。でも、どうすれば？

頭のなかがひどくさわがしい。アラナは、ぼたぼたと涙を落としながら気がついた。

これは、人の感情だ。

新月の空はミレイアが言ったとおりに、『こんなもの』ではなかった。黒を幾つも重ねたような漆黒の空には、びっしりとあまたの星々がきらめき、手で触れられそうなほど間近に迫ってくる。異界にでもいるような錯覚に陥った。

無限を感じる夜空を前に、自分の小ささを思い知る。いまにも吸いこまれてしまいそうだった。アラナは、涙を止めることができないでいた。

空をきれいだと思えば思うほど、美しいと思えば思うほど、つらさが増してゆく。苦しくて、胸が痛かった。長く繁栄していた国は、これから跡形もなく消えるというのに、この壮大な星空は、永久に残り続ける。地上でなにがあっても、変わらずかがやき続ける。

いまだにアラナの身体には、王と王妃がくれたぬくもりが熾火のようにくすぶっていた。感情をくれた人たちだ。それがうれしくて悲しかった。まるで決してつかめぬ星を求めるような感覚だ。現実離れした夜空がその思いをより強くする。彼らはアラナに危険だから国を去れと言ったが、去ろうなどと思えなかった。せめて、ふたりの願いを叶えたかった。

――できるなら、息子と娘は生かしたい。ふたりには未来を見てほしい。

〈ねえアラナ、泣いているの？　どこか、痛いの？〉

つないだ手の力が強まった。ぎゅっとにぎられた手から彼女の気持ちが伝わってくる。心配させたくないからこれ以上は泣きたくないのに、うまく感情を支配できない。

〈いいえ、痛くありません。空があまりにも美しいから、きっと涙が出てしまうのです〉

〈ふふ、アラナったら感動しているのね。アルムニアの空よりも美しいの？〉

これまでも空を見上げたことがあったと思うが、アルムニアがどんな空をしていたかまでは覚えていない。興味がなかったからだった。けれども、今日のこの夜空は、まぶたを閉じても、いまだ無数の星のまたたきが見えるほどに鮮明だ。

〈はい。いままで見たことがないほど、すばらしい空です〉

〈アラナ、いつかわたしにも、アルムニアの星を見せてね？　あなたの国に行きたいわ〉

〈……はい、必ずお見せします〉

視界がにじんで星が見られなくなり、袖で目もとを拭った。

まつげを上げれば、ちょうど流れ星を見つけた。願いをこめれば叶うとカリストは言っていた。だから、アラナは祈る。

——どうかナバ・セルラト王を、王妃を、ルシアノ王子を、ミレイアをお救いください。彼らに幸運を。叶えてくださるのならこの命を捧げます。ですから、どうか。

〈ミレイア！　こちらに来い。身体が冷えるだろう、城へ入るんだ〉

突然、声が響いた。低いけれど、ずっと聞いていたくなるような澄んだ声だった。

〈やだ、お兄さまだわ。もうちょっと星を見ていたいのに〉

中庭へ続く戸口に背の高い人がいる。銀の髪の王子だ。彼は腕を組んで立っていた。

ミレイアはドレスを着ているが、アラナは召し使いの服装だ。彼の目にはアラナの存在は一切認識されていないだろう。しかし、それでいいと思った。自分は知られなくていい。

やはり鳥肌が立つほどの美貌を持つ彼は、アラナを見ようとしなかった。

銀のまつげは長く、鼻すじはきれいに通って、先がすっと尖っている。薄い唇は、一見冷たく見えるが、妹に微笑むと、たちまちあたたかみを帯びる。美しい、しか言葉が出ない。アラナは、感情が芽生えたばかりで心を表す語彙《ごい》は少ないのだ。

〈まったくおまえは。どれだけ星が好きなんだ。いつもいつもよく飽きないな〉

〈お兄さまも好きだったでしょう？　よく見ていたのに、いつから興味を無くしたの？〉

〈俺がいつ好きだと言った。空を見上げるひまがあるなら、他にやることがある〉

兄妹同士のたわいのない会話だ。アラナにも異母兄はいるけれど、彼とは対照的だった。

——父がいて、母がいて、兄がいる。あたたかく守られている。そのなかで育った人。

ミレイア、だからあなたはこんなにもまぶしいのね。

ふいに、カリストが頭に浮かんだ。ミレイアと彼は似ていない。しかし、彼もアラナにとってはまぶしい人だ。

——このまぶしく感じる思いはなにかしら。もしかして、人をうらやむ気持ちなのではないかしら。わたしはミレイアとカリストをうらやましいと思っているのではないかしら。

もっと、さまざまな思いを感じてみたい。感情を知りたい。こんな時でなければ。

〈ミレイア、いいか、まっすぐ居室に戻れ。俺の手をわずらわせるなよ？〉

強く言い置いたルシアノが立ち去った後、ミレイアは小声でアラナにささやいた。

〈決めたわ。アラナをお兄さまに紹介する。あのね、お兄さまはきびしいけれど、誰よりもやさしいの。とても不器用だからやさしい言葉が言えないだけ。あなたもお兄さまに接したら、それがすぐにわかると思うわ。誤解されやすい人だけれどそうではないって〉

——ミレイア。あなたは、あなたの兄と結婚した罪深いわたしを、どう思うだろうか。

＊　＊　＊

楽しんではいけない。喜んではいけない。悲しんではいけない。泣いてはいけない。怒ってはいけない。人らしくあってはいけない。生きていては、いけない。

それは、セルラトが滅びてから、毎日アラナが思うことだ。今日も無表情に徹している。

しかし、その決意を根底から覆す人がいる。

「女というのはつくづくめんどうだな。髪、化粧、そして爪だ。不自由な靴を履き、わけもなく腰を締める。それがなんになるというのだ。目的が男に見せるためならば愚かだ」

昨夜、アラナの名代で彼は晩餐会に出席した。そこでなにか不快なことがあったのだろう。彼は、「あなたにはばかげたことはさせない」と言う。

「アラナ、決して男を誘うな。あなたに誘われてしまえば男は断れないし、断らない」

「わたしは誘ったことはありません」

「わかっている。だから誘うなと言っている。夫がいることを忘れるな」

アラナの手を持ち、爪を磨いてくれている彼は、王子のころは短い髪をしていたが、四年を経て妖精エートゥそのものになっていた。普段は腰まで届く銀の髪を下ろしているが、いまは邪魔なのだろう、乱雑にひとつにまとめている。

「エミリオ、わたしの爪など磨かなくてもいいのです。どんな爪でもかまいません」

「どんな爪でもいい？　得体の知れないなにかが詰まった黒い爪がいいとでも？　いいわけがないだろう。あなたは女王である前に俺の妻だ。誰よりも整っていて然《しか》るべきだ」

「でしたら、召し使いに頼んでください。あなたがこんなことを――」

「断ると言ったはずだ。あなたは命を狙われている。不用意に他人を近づけるな」

アラナは、いまだにこの美しい人が自分の夫になったという事実を受け入れられていなかった。信じられないのだ。なぜ、この人がアラナの世話をしているのか。敵国の女王だ。にもかかわらず、なぜ、目を見つめるのか。なぜ、何度も抱くのか。なぜ、殺さないのか。

もう、やめてほしかった。触れられるたびに幸せを感じてしまうから。アラナには、幸せになる資格はないのに。強欲な自分は、心地よさに、ずるずると死の期限が延びればいいと考えている。側にいられたらいいと思う。ゆるされるわけにはいかないのに。

アラナはつやつやになった自身の爪を見下ろした。経験の差からか、カリストの方が手際がよくてうまかった。爪も、髪も、着付けも。しかし、ルシアノがしてくれるから、アラナの心は満たされ、熱くなる。気高い人が、小娘相手になにをやっているのだろう。彼は女性のこういった扱いに慣れていないようで、そもそも不器用なようだ。でも、だからこそ努力してくれている。それがなによりうれしかった。

　アラナは手をかざし、もう一度爪を眺める。ぴかぴかだ。

「とても、きれいになりました。ありがとうございます」

「礼などいい」と武骨に言った彼はアラナの身体を軽々と持ち上げて、自身の脚の間に座らせる。手の関節を柔らかくするため、毎日、隅々まで揉んでくれるのだ。容赦なく揉むから痛みを伴うけれど、彼のぬくもりが気持ちいい。右手が終われば次は左に取りかかる。

　彼が世話をしてくれるようになってから、アラナの一日は変化の連続だ。顕著なのは食事だろう。これまでおいしいと感じることを避け、わざと無味で苦手なものを食べていた。しかし、ルシアノに口に運ばれると、口を開けずにはいられない。彼が与えてくれるから、おいしくてもゆるされる気になった。彼が食べるから、アラナも食べる。しかも、食の好みが合うらしい。それもアラナを高揚させる。異国で育ちながらも、共通点があるのだ。

「朝、あなたに話があると言ったが当然覚えているな？　これからあなたを医師に見せる。おかしな男ならば首を刎ねてやるから安心しろ」

　背後で話す彼の息が吹きかかり、アラナは緑の瞳を細くする。

「体調は悪くありません。最近は、倒れたりはしていません」

「そうではない。ここだ」と、ルシアノは、アラナの小さなおなかに手を当てる。

「あなたには、ひと月以上俺の子種を与えている。子がいるかもしれないだろう？」

　――いるわけは、ないのに。

薬を飲んでいるのだから。わかっていても、それでも、アラナはうなずいた。

医師は懐妊していないと告げた。とたん、ルシアノは居室から人を追い出した。肩をつかまれ、引き寄せられて、彼に強く抱きしめられる。横にだらりと下がったアラナの両手がぴくりと動いた。

いつも思うのだ。彼の背に手を回し、この手でぎゅっと抱きしめ返せたら、どれほどいいだろう。けれど、それは幸せの象徴だ。アラナがしていいことではなかった。

寝台に倒され、覆いかぶさる彼の重みを感じる。先を期待してしまう。アラナは、そんな自分を嫌悪する。抱かれる資格はないにもかかわらず、抱かれたいと願っているのだ。どうするべきかわかっているのに、この身体は喜びにあふれて、されるがままになっている。理由をつけて、幸せを享受し続けている。ずるくていやしい。

じわじわと視界がにじみ、頬にこぼれてゆくものがある。それは舌で掬《すく》われた。

「朝からよく泣くな。まったくあなたは。アラナ、俺の背に手を回せ」

まつげを跳ね上げると、ルシアノの唇が弧を描く。それは、彼がミレイアに見せていた表情だ。それが自分に向けられるなど、信じられなかった。

「俺の背に手を回せと言っている。俺を抱け。早くしろ」

抱きしめてもいいのだろうか――。身体が震えた。アラナは、おそるおそる腕を持ち上げ、そっと彼の背中に指をつけた。さらり、とくすぐるのは彼の髪。その下にしのばせる。

「それは『手を置いた』だ。ふざけているのか？　俺は夫だ。抱きしめろ、早く」

アラナは可能なかぎり、腕に力をこめる。

「なぜびくびくする。これからは毎回こうしろ。俺が抱いたら抱き返せ。わかったな？」

得体の知れないなにかが熱くこみ上げてきて涙をこぼすと、彼がふたたび頬を舐めた。

「女王のくせになんだ？　アルムニアらしくない。堂々としろ。俺を支配してやるという気概でいればいい。つつましいあなたは、それくらいがちょうどいい。もっと自分を出せ」

彼は、涙に舌を這わせていたが、アラナの鼻先も舐めた。それは下りて唇へ。じっくりとアラナの様子をうかがいながら、形に沿って舐めてゆく。舐められるたび、口の形が変わるほどだった。けものに舐められているかのようだ。

「いまからあなたにキスをするが、俺を拒むな」

アラナはまたたいた。いま、キスをされていると思っていたが、どうやら違うらしい。

彼は至近距離でアラナを見つめている。

「おい、そう見られていてはやりにくい。目を閉じろ」

言われるがままままぶたを閉じれば、しっとりと、彼の唇がアラナの口に重なった。

彼は、かつてのミレイアのように、二回、三回とついばむようにキスをくり返す。十回を超えた時には、より強く口が押し当てられて、強引に唇を割られた。

肉厚の舌が侵入してきてびっくりしたけれど、驚きよりも、うれしさの方が上回る。舌を舐められていると、深いところでつながり合っているような気になれた。

彼が顔を上げると、ふたりの舌が銀糸でつながり、ぷつんと切れた。

「あなたのなかは熱いな」

それは、彼もだ。

ルシアノは、性急な手つきでアラナのドレスのボタンを外すと、自身の服のボタンも外し出す。ドレスや着ていた服を次々と床に落として、互いを裸に変えてゆく。肌がすぐに重ねられるから、少しも寒さは感じない。

彼は、全裸になった時には、ひとしきり口と手でアラナの胸を愛撫する。真面目な人なのだろう。胸に対して、一定の手順があるようだった。

甘い吐息をこぼすアラナに、彼は、「気持ちいいのか?」とささやいた。

ふたたび唇同士が音を立ててくっついたが、舌を吸われた後に、彼は深く息をつく。

「言いにくいが、あなたに試してほしいことがある」

首をかしげると、アラナの髪に手を絡ませた彼は、悩ましげに言った。

「しゃぶってほしい。舐めるだけでも……いや、手で触れるだけでいいんだ。穢れているから無理なら断れ。その場合は二度と言わないしさせない。目にも触れないようにする」

意味がわからなかったが、彼に手を取られ、下に誘導されて言わんとしていることに気がついた。手のひらにつけられた熱い塊は、彼の性器だ。

アラナが触れやすいように身を起こした彼は、クッションに凭れた。

そそり立つものにアラナは驚いた。これがおなかに入っているとは信じがたい大きさだ。

「気持ち悪いか？　いやならやめていい。断れ」

アラナが首を横に振れば、身を乗り出した彼はアラナの唇にくちづける。

「見ているから、できる範囲でしてみてくれ。あなたの好きなように」

彼の視線を感じる。一挙手一投足を見つめられている。それを思うと胸が高鳴る。

のそのそと彼の股間に手を置いたアラナが、ためらいなく先端を口に含むと、手を伸ばした彼が、落ちかかったアラナの髪を耳にかけてくれた。言われたとおりにしゃぶりたかったが、アラナの小さな口ではむずかしい。あごが痛いのだ。だから、全体的にせっせと舐めて、ふたたび先を口にする。彼がいつもアラナの胸を吸うように、ちゅくちゅくと吸いつくと、息をつめた音がした。続いて彼を真似して甘噛みすれば、彼はぷっと噴き出す。屈託なく笑った。その笑顔は、奇跡のようだった。

「噛むな。そこは見た目以上に繊細なんだ。まったく、俺と同じであなたも下手だな」

アラナの頬に手を当てた彼は、撫でながら言った。胸を打つ、やさしいまなざしだ。

「カリストには、これをしていないんだな。すぐにわかった。俺のものが平気なこともわかった。たまにでいい。時々、少しでいいからいまのようにしてくれないか？」

その言葉に、アラナはふたたび彼の性器をほおばった。彼が、幸せそうに見えたのだ。

「アラナ、もういい。口を離せ」

アラナには、幸せになってほしい人がふたりいる。それは、ルシアノ王子とカリストだ。

とはいえ、この行為はなにが正解なのかわからない。けれど、アラナは必死に愛撫した。伝えられない、禁じられた思いをぶつける。くちづけをして、もぐもぐと唇で食み、歯が当たらないように気をつけた。じゅ、と強く吸いつけば、彼はびく、と反応する。

――ルシアノさま。ルシアノさま。

アラナは、彼の屹立を手で支え、なるべく口の奥へやる。苦しいけれどがんばった。

――わたしは、いつの間にかあなたを好きになりました。好きになってしまいました。

後から後から涙がこぼれる。とうとう思いを形にしてしまい、打ちひしがれる。

やがて、彼の猛りが脈打ち、アラナの口のなかで破裂する。あふれる熱いものをどうしたらよいかと一瞬とまどったが、無理やりごくりとのどへやった。にがい味が広がる。

唇にこぼれた残滓を舐めていると、すぐに、彼にかき抱かれた。

見えたのは一瞬だったが、彼の瞳が濡れている気がした。

「このばか。飲むやつがあるか……。穢れていると言っただろう？　なのにあなたは」

後頭部にあった彼の手が、髪の乱れもかまわず、アラナの頭をくしゃくしゃと撫でた。

彼の唇が耳に押し当てられる。何度も当たる。ぱくりと食まれて、舐めしゃぶられた。

「……アラナ………あなたを抱きたい」

せつなげに長いまつげを伏せて、彼の顔が近づいた。銀色の髪がアラナに落ちる。

ふに、と唇同士がくっついた。また、離れてくっついた。今度は舌がねじこまれ、口のなかを舐めつくされる。

身体は汗でどろどろだ。下腹もあふれた液でべとべとだ。

彼は、行為をやめるつもりはないらしい。精を吐けば、深いくちづけや胸への愛撫に切り替えて、己が回復するのを待った。

アラナの手は彼に取られて、十指が絡まっている状態だ。おなかのなかには、ずっと彼が居座っていた。すべてがつながり、まるでふたりはひとりになっているかのようだった。はじめから、彼に抱かれるのはいやではなかった。むしろうれしくて幸せだった。いつとははっきりしないけれど、四年前、出会った気高い彼に憧れ、惹かれていた。

本には人の気持ちは理屈で動くものではないとあったがそうなのだろう。胸にうずまくのは説明できない想いだ。憎悪を向けられる対象にもかかわらず、心を止められなかった。

およそ四年間、彼の動向を探りながら、彼の訪れを待っていた。早く大人になりたいと背伸びをしている自分がいた。なぜ、成長を急いていたのかわからなかったが、心のどこかで彼とつり合いが取れるようになりたいと思っていたのだろう。彼に殺される時、せめて記憶の片隅にでも、残りたかったのだと思う。こんな娘がいたのだと。

彼のくちづけを受けながら、アラナの目からまたしずくが伝う。

もう、じゅうぶんだ。過ぎた幸せだ。これ以上を望むには、自分の罪は深すぎる。

八章

空気すらも就寝しているのではないかと感じられる夜半。それでも、彼は起きていた。

毎夜、ルシアノは眠っているアラナと交接する。単なる欲望ではなかった。子ができてこそ、彼女は子に守られる。もはや、『腹に子がいるかもしれない』では弱いのだ。

セルラトにとってアラナは憎い敵だった。家族を殺したアルムニアの女王だ。

なんて愚かなことをしたのだろうと思った。なぜ、セルラトの者を全員城に引き入れたのか。ルシアノの思いが変わっても、部下の心までは自由にならない。恨みは消えない。

彼は、何度か部下を追い出そうと試みた。しかし、誰ひとりとして出る者はなかった。実質、城は孤島だ。アラナを狙う者を内包している檻だった。

危機感を強く持ったのは、側近のフリアンとレアンドロから不穏なものを感じたからだ。

彼らは皆、大切な人を失っている。つい三日前にも、セルラトの者がアラナを暗殺しに来たが、強い殺意を抱いていた。数人ぐらいなら対処できても、纏まった数で来られては、いくらルシアノとて守りきるのは不可能だ。

アラナが危険を知らせてくれればいいが、決して彼女は知らせない。セルラトの者がしのびこんだ時も、彼女は悲鳴を上げるでもなく、椅子に座ったまま、死の訪れを待っているだけだった。ルシアノが気づかなければいまごろは死んでいた。

死にたがりなこともあり、想像以上に彼女は弱い。刺客の手にかからずとも、彼女の手の役目をする者が消えれば、食事を摂らず勝手に餓死《がし》するだろう。いつ彼女が失われるかわからない。アラナは、寿命を短くするための行動を選び取っているとしか思えない。

彼女を見ていると、なぜ命を大切にしないのかと、やるせなさを覚える。

ルシアノはアラナを叱ってやりたかったが、できないでいた。彼とて、元は彼女の殺害を企てていた刺客なのだから。それがもどかしい。

彼は、汗ばむアラナの頬を包みこみ、その口にキスをする。

永久の誓いは済ませたが、それが、彼女を生かす上でなんの役に立つだろう。

呪いを残したまま、ルシアノを置いていくだけだ。

――くそ、早く孕んでくれ。頼む。

ルシアノは、以前は大切な家族を守れず、血のにじむような耐えがたい地獄を味わった。

しかし、今回ばかりは手段を選ばず、絶対に守ると決めたのだ。


「隠密ベニート、聞こえるか。出てこい」

ルシアノは、金の細工の施された本棚を蹴りつけた。以前、隠密が消えた場所がここなのだ。案の定潜んでいたようで、ほどなく仕掛けが動くとともに、ベニートは現れた。

「おい兄ちゃん、ふざけんなよ？　かんべんしてくれ。おれはな、嬢ちゃんの隠密で、あんたに呼ばれる筋合いはねえんだよ。おれの主は女王さまだ。気安く呼ぶんじゃねえ」

ルシアノは話をするつもりはないとばかりに無視をして、ベニートに剣を押しつけた。

「御託《ごたく》はいい。おまえの力が見たい。本気でかかってこい」

「は？　なんだよ、わけがわからねえ。それに剣？　なに考えてんだ」

「だまれ。腕を一本失いたくなければ従え。俺を殺す気でこい」

突如、アラナの居室に金属音が響き渡る。腹を立てたベニートがルシアノに斬りつけたからだ。しかし、ルシアノは片手でいなす。切っ先のぎりぎりで身体をずらして剣すじを避け、自身の剣でベニートの剣を受け止めた。

「だからあんたはいらつくほど強えんだよ。何度おれが死にかけたと思ってんだ。くそ」

「もういい。ベニート、やめろ」

「なんだってんだ！　あんたって男はおれをいらつかせる天才だな！」

「おまえに聞きたい。このひと月、反女王派の刺客を何人葬った」

「ああ？　八人だ。あんたはのんきに嬢ちゃんと乳くりあっていたがな」

ルシアノが葬った刺客は、セルラトの者が三人に、反女王派の者がふたりだ。

「そうか、セルラトの者はむずかしくても、反女王派はおまえひとりでやれそうだ」

「だからなんだってんだよ！」と、いらいらと床を踏むベニートを尻目にルシアノは思案する。計画を実行するにはベニートの協力が不可欠だ。そして、あとひとり協力者がいる。

「少し外す。命がけでアラナを守れ」

「だから、あんたに命じられたくねえんだよ！　言われなくても守るに決まってんだろ」

ルシアノは、答えることなくアラナの居室を後にした。

続いて向かった先は、近くの部屋だった。扉を叩けば、すぐに相手は応対した。

「……エミリオどの。僕になんの用ですか」

ルシアノは、この黒髪の青年にセルラトのことを話しておくか一瞬迷ったが、結局話さないことにした。彼が事情を知れば、自動的にアラナに伝わる。彼女がセルラトのことを知れば、死にたがりに拍車がかかるだろう。それはもっとも避けたいことだった。

「カリスト、あなたに伝えたいことがある」

ルシアノが口を開いたのは、カリストに椅子を勧められてからだった。

「俺は世襲貴族ではない。ノゲイラで武功を立てて男爵になった。知っているか？」

カリストは、ふたつの杯に酒を注いで、ひとつをルシアノの前に置く。

「存じています。ですが、はっきり申し上げて、僕はあなたを信用していません」

「俺は、あなたに信用してほしいわけではない」

「あなたは、賢帝ロレンソの研究者と言ってみたり、武功を立てて男爵になったなどと言う。その細い身体で一体なんの武功なのですか？　参謀としてということですか？」

ルシアノはめんどうだと思ったが、身体を見せたほうが早いと思い、纏っていたマントを外した。そして上衣を脱いでゆく。筋肉がほどよくついた裸身をカリストに晒した。

「細身でも一応は騎士だ。このとおり毎日鍛えている。望むならあなたと戦ってもいい」

「いいえ、これは大変失礼を。僕も騎士の端くれ、その傷や身体を見ればわかります」

ルシアノは、雑に服を着てから言った。

「本題だが。俺の生国はノゲイラではなくアレセスだ。つまり、両国に情報網があると言っていい。そこで、最近気になる話を聞いた。テジェス国についてだ。あなたはアルムニアとテジェスが滅ぼしたセルラトについて知っているか」

カリストは、セルラトという言葉に反応し、杯を口に運ぶ手を止めた。

「知っています。個人的な意見になりますが、あの国は大変気の毒な国です。公には言えませんが、セルラトの滅亡は我が国の先代国王最大の罪です。あれは功績のひとつと捉えられていますがそうは思いません。僕は、亡くなった先代の王には、霊廟《れいびょう》アルモドバルの塔はふさわしくなかったとさえ思います。アラナが死後、彼のとなりに眠ることになると思っただけで耐えられません。ぼくが宰相になった暁には、ぜひ法を変えたいです」

ルシアノはいまの話をくわしく聞きたいと思ったが、バルセロ男爵としてこの場にいるため自重した。

ごまかしに杯をつかみ、酒をひと口飲むと、蜂蜜酒の味がした。苦手な味だった。

「滅亡したセルラトの土地はアルムニアとテジェスが分けて治めているが、そのアルムニア領をテジェスが狙い、日々削り取っている。俺の部下が実際に見た話だ」

「テジェスが？　リヴァスを狙っているのですか？」

ルシアノは片眉を持ち上げた。不自然だからだ。なぜ、カリストは不毛の大地リヴァスの名を真っ先に口にするのか。アルムニアがテジェスと分けた土地は他にもあるのに。

「そうらしい。リヴァスは荒野のはずだが、あなたがたはなにを取り合っている？」

「取り合っているのではありません。うちが守っているのです」

――守る？　なにを？

のどまで言葉が出かかったが、いまは関係のないことだ。ルシアノはぐっとこらえた。

「では、あなたがたはなおさらテジェス国を放っておくわけにはいくまい。俺の生国アレセスもノゲイラも、テジェスには日々脅かされている。加えてセルラトはアレセスと隣国だったこともあり、俺はアルムニアの騎士よりも土地勘がある。そこで提案したい。俺が直に出征し、部下を指揮したい。俺を部下ごとあなたの力で派兵に加えてくれないか」

「あなたは派兵を前提に話をしていますが、決まっているわけではありません」

「だが、これからあなたは提案するのだろう？」

「王配を戦地に送るなど、考えられません。アラナが許可しないでしょう」

「アラナの許可があれば、あなたは俺を推《お》してくれるか」

カリストは酒を飲みながらうなずいた。

「ええ、推しますが……しかし、なぜあなたは自らが向かおうとするのですか？」

危険なことは下の者に任せればいいという考えからの言葉だろう。

「俺は騎士だ。あなたにはわからないかもしれないが、たまに戦地が恋しくなる。それに、俺に情報をよこした部下たちも参加したがっている。ぜひ武功を立てさせてやってくれ」

「武功か。しかたがないですね。では、あなたの護衛にグスマン男爵にも声をかけます」

――グスマン男爵だと？

くまのような大男だ。まずいと思った。いま、ルシアノの髪は長いからすぐには気づかれないだろうが、男爵とは四年前、セルラトの城で直接、何度も言葉を交わした。

――油断した。舞踏会にも晩餐会にもあの男はいなかったようだが。

「グスマン男爵は、彼の亡き父の思いを継いで、立派に役目を果たすでしょう。彼はまだ若いですが頼りになります。若いと言っても、僕よりも三つ年上なのですが」

その言葉に安堵する。どうやら男爵は代替わりしたらしい。ルシアノは、外していたマントを身体に巻きつける。

「派兵が決まれば、俺が留守の間、カリスト、あなたにアラナの手の役目を頼めるか」

見るからにうれしそうに、「もちろんです」と請けあう彼に、ルシアノは眉をひそめる。

「決してよこしまな思いを抱くなよ？　下世話な話だが、女の身体は男の形を覚える。俺の形から変わってみろ、あなたの命はない」

「見くびらないでください。僕はいまの立場をわきまえています。僕はアラナの臣下で妻がいる。そしてアラナには夫がいます。もっとも、あなたが生きているかぎりですが。あなたが夭折すれば、僕は妻を殺してでも夫になります。これは、知っておいてください」

「ふん、俺が死ぬはずがないだろう。愚かな夢を抱くな」

ルシアノは蜂蜜酒を自身の側から遠ざけて、机にこぶしをどんと置いた。

「カリスト、俺がアラナを守れない期間、その命をかけて彼女を守ってくれ」

「ええ、もちろん承ります。アラナのことはなにも心配ありません」

ルシアノは、書物机に目を留めて、カリストがしたためていたのであろう書類を見やる。

「アラナの代筆か」

「ええそうです。今更筆跡を変えるわけにはいかないという父の判断です。エミリオどの、本来我々の会議の決定権はアラナにあります。婚姻後の三か月間、彼女は休むと言っていましたが、早めの復帰を伝えてください。できれば明日から。戦になれば想定外のことも起こりうるでしょう。より彼女が必要です。父も、いえ、宰相も待っていると」

カリストの居室から出たルシアノは、『三か月間』の言葉が気になった。それは、アラナがあらかじめ定めていた命の期限ではないだろうか。そんな予感がしてならなかった。


ルシアノは、一旦自身の居室に戻ったものの、その後、走り出しそうな勢いでアラナの部屋へ急いでいた。自身の居室に部下のフリアンとレアンドロの姿がなかったからだ。

セルラトの残党のなかでも、ルシアノは自分が強者の筆頭だと自負しているが、フリアンとレアンドロ、そしてフラビアに心酔しているアマンシオは別格だ。ルシアノは、特にこの三人を警戒していた。

回廊を大股で歩いている間、過去、アラナが彼らにかけた言葉を思い出す。

『フリアン、レアンドロ、もし機会がありましたら、あなたがたのお話を聞かせてください。わたしは、外の世界に興味があります。衛兵には通すように伝えておきますから、自由にいらしてください』

――ばかな娘だ。なぜあんな許可を出した。外の世界だと？　そんなもの、知りたければ俺がいくらでも教えてやる。くそっ、死にたがりめ！

つまり、女王の部屋へと続く回廊は、人の行き来を厳重に管理されているにもかかわらず、フリアンとレアンドロは白昼堂々と自由に出入りができるのだ。

――あの隠密などでは敵わない。くそ！

彼は、地を蹴り駆け出した。すれ違う者は皆、なにごとかと目を瞠ったが、どう思われようともどうでもよかった。貴族の間で自分の出自が怪しいとうわさの種になっていることは知っていた。貴族らしからぬことをしたからといって今更だろう。

回廊を風が吹き渡り、視界が髪に遮られる。長い髪が邪魔だった。身につけたマントもずっしりしていて、至極意味のないものに思えた。

――無事でいろ！　アラナ。

彼は、自分は片時もアラナから離れたくないのだと自覚する。本当は、城を空けたくない。セルラトの方まで行きたくないのだ。

息を切らしてアラナの居室の扉を開ける。覚えのある大きな影をふたつ見つけた。

彼らはルシアノに気がつくと、ぴたりと会話を止めた。それが、気にくわなかった。

「なにをしている！」

振り返るフリアンとレアンドロに目もくれず、ルシアノはアラナの方へ向かう。

先ほど隠密に声をかけるまで眠る彼女を抱いていたから、夜着を纏っていても、事後のなまめかしい艶がある。そう、夜着だ。夫以外に見せるものではないのだ。

長い白金色の髪はそれぞれ胸のふくらみを隠しているが、それが余計に淫らで腹が立つ。

ルシアノはマントを外して、アラナの身体に巻きつけた。

「エミリオ、あなたの側近のフリアンとレアンドロが会いに来てくれました」

かっと頭に血がのぼる。まるで、逢い引きをされているような気になった。

ルシアノはアラナの後頭部を持つと、ぷくりとした小さな唇にがっついた。彼女の口の形が変わるほどの激しいくちづけだ。繰り広げられる光景に、フリアンとレアンドロは唖然としている。セルラトで重すぎる意味を持つそれを、ルシアノが見せつけているのだ。

彼は、熱く息をこぼしてから言った。

「フリアン、レアンドロ。あとでおまえたちに話がある。この場で待っていろ」

直後、アラナの口内に舌までねじこんだルシアノは、彼女を寝台まで運んだ。そして、乱暴に下ろすと、ふたたび彼女にむさぼるようなキスをする。

途中、アラナを見つめたが、彼女は相変わらずの無表情で、その思いは測れない。

ルシアノは、寝台を囲む薄布をきっちり閉じて、ぎゅっとアラナを抱きしめた。

「勃っている」と彼女にささやけば、アラナは目をまるくしてこちらをうかがった。

「このままでは部下に示しがつかないと思わないか？　アラナ、俺を助けろ」

彼は、話しながら彼女の夜着をちぎるように剝ぎ取った。


銀色の髪にすみれ色の瞳の彼は、全体的に淡い色をしているが、アラナほどではなかった。白金色の髪に緑色の瞳、そして白肌のアラナは、彼の目にはより淡く儚く映るのだ。あらわになった、みずみずしい胸の先の色まで薄い。彼はそれらが赤く色づくまで放さない。真っ赤につんと尖れば、彼は自身の服を乱すことなく、全裸のアラナをかき抱いた。

ルシアノは、わざとアラナが声を上げる方法を選んでいた。彼女の脚を押さえこみ、容赦なく口で性器を蕩けさせた。じっくりと時間をかけて責め立てて、震えるそこに楔を穿てば、アラナはより高く鳴く。薄布の外に人がいるなど忘れるほどに狂わせた。

アラナの白い肌は茹《ゆ》だって真っ赤になっていた。「俺を抱け」と伝えなくても、アラナは彼の背中に手を回す。力がないなりに、一生懸命ルシアノの服をつかむのだ。それがより彼を猛らせ、周りの世界を霞ませる。けもののようにうめいて精を吐き出せば、アラナはけなげに反応する。ルシアノは、彼女の口に自身の口をつけ、その唾液を舌で掬いとり、また、彼女に自身のそれを流しこむ。

アラナとの交接は、彼にとって、彼女に生を植えつけ、生を実感させるためのものだった。ひとつになれば幾重にも重なった深い闇が薄れてゆく。悪夢で塗りつぶされた時間を必死に取り戻すかのように、彼は彼女の熱を求め、息づかいや声を聞く。アラナが無口で表情が乏しいからこそ直に触れ、快楽を与え、与えられる時間が、なによりも大切だった。

「……アラナ、俺が戻るまで休んでいろ」

アラナはこちらを見つめていたが、毛布で身体を包んでやると、まぶたを閉じた。

額の汗を雑に拭い、くつろげた下衣を正した彼は、ようやく部下のもとへ向かった。

フリアンとレアンドロは椅子に座っていたが、ルシアノを見るとすぐに立ち上がる。

「……エミリオさま」

ルシアノは、小さな声で言う。それは、ふたりにしか届かない声だった。

〈おまえたちが勝手にここへ来たことは不問にする。理由もいらない。だが、二度目があってみろ。おまえたちは、敵だ〉

彼は、フリアンとレアンドロが反応を見せる前に口にする。今度は普通の声だった。

「おまえたちに話というのは、俺たちの出征の件だ。仕度をしておけ」

「出征、ですか？」

「ああ。以前コンラドから報告があっただろう。あれだ。すでにミゲルが動いているが、俺たちも向かう。近日中にだ。全員に伝えておけ」

指をさし、「必ずだ」と念を押すと、フリアンが困惑ぎみに言った。

「エミリオさま、あなたも向かわれるのですか？」

「おかしなことを言う。先ほどからそう言っている。俺が向かわなければ話にならない」

髪をかきあげたルシアノは、さらに身を乗り出して、小声で続ける。

〈これはセルラトを取り戻す戦いだ。参加を拒否する者がいればわかっているな？〉

真っ先に答えたのはレアンドロだ。

〈もちろんです。そのような輩……役立たずは誰ひとりとして生かしておきません〉

〈あなたの命に背く者など、もはや我らには不要です〉と、フリアンも口添えする。

ひとつうなずいたルシアノは、「話は以上だ。去れ」とあごをしゃくった。

＊　＊　＊

国を亡くしてから、離れがたいという感覚とは無縁になったと思っていた。だが、いざ、出征が決まれば胸がきしむほどつらかった。彼女を戦地に連れて行きたいと願うほど、片時も離れるのがいやだった。アラナが涙をこぼしているからなおさらだ。

なぜ泣いているのか聞いても、「すみません」とアラナは首を横に振るだけだ。涙を唇で吸っても追いつかず、時々、舌をつけて舐め取った。

別れは寝台の上だった。彼女が風邪を引いたのだ。見送ろうとするアラナに身を起こすことを禁じれば、彼女は素直に従った。

どうにかその涙を止めようと、やさしくしたり褒めてみようと思ったが、言葉はのどの奥につかえて出てこない。なにを言おうかと悩むうちに時間が経った。

ルシアノは、出立する間際までアラナの口にキスをした。

「いってらっしゃい」と、泣きながら小さな手を振る彼女が目に焼きついた。一度離れたものの、耐えられずに大股で戻ってまた彼女を抱きしめた。

目の端に、困惑ぎみの騎士が見えたが、無視をした。

「エミリオさま、お時間ですが」

「わかっている！　……アラナ、すぐに戻る。あなたにそうさみしい思いはさせない。俺がいない間、しっかり食べてしっかり寝ろ。約束だ。わかったな？」

違う、さみしいのはルシアノの方だ。部屋を出て扉を閉めて、アラナの姿が見えなくなったとたん、すぐに孤独やせつない思いがどっとあふれてきた。

ばかげていると、以前の彼ならあざけるだろう。女に狂うなど愚《ぐ》の骨頂だ。しかし、いま、自分をあざける気にはなれない。彼女がいないと思うと胸に穴が空いたようだった。

湖に大きな船が浮いていた。王族専用の黄金仕立ての船は、鷹と蛇の模様で構成されたアルムニア式のものだった。乗りこむ直前に、カリストが帽子を外し、前に進み出た。

「父は現在フェーゲ国に向かっていますので、代わりに僕がお伝えします」

宰相は立ち会わないと聞いていた。ルシアノにとって見送りなどどうでもいいことだったが、カリストがいるのはむずがゆい。鼻先を上げれば、彼と視線が交わった。

「エミリオどの、旧セルラト領のリヴァスの地は現在ムニス侯爵が、他の地域はアレバロ伯爵が治めています。その他、我が国の騎士は二千がかの地に滞在しています。先日の会議で取り急ぎ隣国のアレセスに騎士を二千送ることが決まりました。彼らは国境に控えます。あなたとともに行動する騎士、千を合わせ、総勢五千がテジェスとの会談までのうちの戦力です。その後状況に合わせ即座に十万の騎士の投入も可能です。そして、アレセス国からは二万、ノゲイラ国からは一万、ナルバエス国からも一万。……テジェス国との会談ですが、あなたもご出席ください。纏まるもよし、決裂するもよし。アルムニアは古来より決して怯むことはありません。敵を前に退路などは存在しない。前進あるのみです」

つまり、会談の決裂はテジェス国との全面戦争を意味しているのだろう。

それはルシアノにとっては僥倖《ぎょうこう》だった。ようやく家族の仇を討てるのだ。が、彼は驚きを隠せなかった。急に決まったことなのに、アルムニアの動きは早すぎる。

「アルムニアに敵が多いことは知っている。遠方での戦いだ、城は手薄にならないのか」

ここには身体の弱いアラナがいる。それが気がかりだったが、カリストは鼻を鳴らした。

「心配は一切ご無用です。うちの守りは屈強な騎士により、鉄壁といえます。アルムニア内の地形はすべて計算されており、万が一敵が攻め入っても、この城どころかうちの砦ひとつすら落とせないでしょう。それから、これは僕個人としての意見ですが」

そう前置きして、カリストは言った。

「僕はあなたを戦力として捉えていません。いまの言葉を誤解しないでください。我が国はテジェスとの争いであなたを失うわけにはいかないのです。実際、父はあなたの出征を大変渋りました。うちがテジェスに勝ってもあなたを失った時点で負けです。無理はせず生きて帰ってきてください。希望を言えば、会談後、戦争になってもあなたは参加せずに戻っていただきたい。あなたは騎士である前に、千年帝国の女王アラナの王配です」

ルシアノは、カリストの肩に手を置いた。そして、誰にも聞こえないよう、彼の耳に口を近づける。カリストは眉をひそめたが、目配せしてから言った。

「アラナは肉が好きだ。かじらせるか細かく切って口へ運んでやってくれ。だが、羊肉と脂身と鳥の皮はよせ。あれは嫌いらしい。魚もだめだ。一度、骨で大変なことになったことがある。俺がいないところではやめてくれ。ミルクも体質に合わないようだ。あとは、そうだな。毎日、彼女の両手を湯で温めてやってくれ。その後揉んでくれないか。最近は字を練習しているから、インクをこぼさないように気をつけてやってくれ。それから、俺はやはりあなたに彼女の裸を見られたくない。着替えと湯浴みは女に頼んでほしい」

カリストは目を瞠ったが、「承りました」とうなずいた。

ルシアノがきびすを返して乗船すると、合図とともに船が出る。

彼は、湖から白亜の城を仰ぎ見た。光を浴びていっそうきらめく、神々しいアルムニア。以前見上げたときは、どす黒い思いに支配されていた。アラナを殺すと決めていた。

――そうだ。あの時俺は……。

『どうぞ、ここへ来て』

命を摘《つ》もうと息を潜めて近づけば、隠密行動には自信があったのに、彼女に気づかれた。

『せっかく人払いをしたのに、どうしていままで近づいてこなかったの？』

驚愕しながら聞いていた。アラナは、自分を誰かと勘違いしていたのだ。

『今夜はめずらしいのね。ここはテラスではないし灯りがあるわ。新月でもないのにあなたはここにいる。正直に言えば、あなたと再会するのは年を経てからだと思っていたわ』

――あの夜、アラナは俺を誰だと思っていたんだ？

ずいぶん抱いたからか、彼女を知ったような気でいたが、ろくに知らないのではないかと思えてきた。しかし、問いたくてもいまは戻れない。不安がふつふつ湧いてくる。

目を閉じれば、泣きながら手を振る彼女が脳裏に浮かんだ。

彼は、額に手を当て息を吐く。

相変わらず城の跳ね橋は上げられたままだった。警備は依然強固なもので、不落の城だ。

船が進めば次第に見えてくるものがある。始祖ロレンソが建てた塔だといわれるアルモドバルだ。白い塔だとされているが、風化して、黄ばんでいる上、彫刻は不鮮明になっていた。アルムニアの王は――アラナは、死後、あの塔に入るという。

その場面が頭をよぎって首を振る。絶対に、いやだと思った。

アルムニアを出国した後は、ノゲイラ国を通り、アレセス国に到達した。突き進めば、ほどなく故国セルラトだ。道中は、なにかの罠ではないかと疑うほど順調だった。宿や食事、衣服、替えの馬まできっちり用意され、快適すぎると言っていい。

ルシアノが、グスマン男爵と会話をしたのは、セルラトを目前にした時だった。馬上で景色を眺めていると、彼に話しかけられたのだ。

「エミリオさま、あなたの護衛を申しつかっているグスマン男爵ドロテオです。幼少のころより父にきびしく鍛えられていますから、腕には自信があります。お任せください」

男爵は、父親とよく似ている男だった。彼もまた、くまのように大柄だ。十九歳のカリストよりも三つ年上とのことだが、貫禄があり、三十と言われてもおかしくないほどだ。

「ところで用意周到だな。これほど早くセルラト領に到達するとは。計画したのは宰相か？　それともカリストか。見事な采配だ」

「いいえ、あなたの妻でいらっしゃる我らが女王ですよ。アラナさまの采配です」

「は？」と、思わず間の抜けた声を上げてしまった。しかし、グスマン男爵は我がことのように胸を張って言う。

「アラナさまは賢帝ロレンソの再来ですからこのような計画は造作もありません。エミリオさまが出席される会談が和平に向かっても決裂に向かっても、幾通りもの筋書きがすでに用意されていますのでご安心を。テジェスと全面衝突になろうとも、あちらの国での行軍も細やかに用意されていますから、なにが起きてもうちの勝利はほぼ確定でしょう。それに、このたび参加している騎士は皆、選ばれし精鋭です。アラナさまはよほどエミリオさまを失いたくないのでしょうね。このたびの計画はいつも以上に緻密ですから。あなたは特別アラナさまから気にかけられているのです。再来とは感情を持たない存在のはずなのですが、あなたはアラナさまの殻《から》をお破りになったのでしょう。すばらしいことです」

ルシアノは放心しそうになっていた。頭が処理しきれないのだ。アラナはぼんやりしている娘だと思っていた。自分がいないと、なにもできない娘だと――。『ロレンソの再来』のことはカリストも話していたが、さして興味がなく聞き流していただけだった。

「待て、グスマン男爵。賢帝ロレンソの再来とはなんだ？　くわしく教えてくれ」

「エミリオさまは他国の方ですからご存知ないのですね。話は長くなるのですが」

続いて聞いた説明に、激しいめまいを覚えた。

「つまり……アラナはわずか三歳の時から十三歳まで地下に幽閉されていたのか」

「幽閉とは人聞きが悪いですが、まあ、そうなります。ですが、王族の最高の栄誉は賢帝ロレンソの再来になることですから、アラナさまは不幸ではありません」

「どこが不幸ではないんだ？　表情がないのはそういうわけか。不幸そのものじゃないか。国の犠牲者だ。それに、地下に閉じこめられたままでは……それは身体も弱くなる」

加えてアラナは虐待を受けたと聞いている。知らず、ルシアノのこぶしに力がこもる。考えるのをやめたいほどに最悪の状況だ。自分はあらゆる不幸のなかにいる彼女を脅し、惨殺しようとしていた。のんきに彼女の笑顔を見たいと思っていたが、遠すぎる。

グスマン男爵は、「身体が弱くなる……それは、もっともです」と認めた。

「再来は皆、短命だと伝えられています。アラナさまの祖父、先々代の王もロレンソの再来でしたが、二十三歳で夭折しておられます。再来はすばらしい王となられるのですが、我が身に興味が持てないのです。先々代の王は、弟君に湖に突き落とされたそうですが、助けを求めずお亡くなりになりました。人に頼ることを知らなかった方なのです。祖母が言うには、寝食を忘れて治水と砦の建設に取り組まれたので、過労もまた原因のひとつだと。カリストさまが無理を押してアラナさまの側近になられたのは、先々代の王のことがあったからだと聞きます。それに、カリストさまの働きでアラナさまは十歳で地上に出ました。あの方はアラナさまが先々代の王のようになるのを恐れたのです」

グスマン男爵は、声をひそめて言う。

「当時の王妃の懐妊も困難を極めたそうです。先々代の王は感情が希薄な方でしたから」

だまりこむルシアノに、男爵は慌ててつけ足した。

「しかし、アラナさまは違います。カリストさまもおっしゃっていましたが、アラナさまは変わられました。以前は生きていらっしゃるのに死んでおられるような方だった。それはロレンソの再来でしたら当然なのですが、いまはその当然には当てはまりません。血色もよく目もきらきらとされていて、少々ふっくらとされたでしょうか。お幸せそうです。エミリオさまとの婚姻は正解だと私は、いえ、女王派一同、皆、考えています。四年前のアラナさまはひどいものでした。私も父を失い、つらい時期だったのですが」

四年前——アラナは十二。それ以上に思うのは、セルラトが滅亡した年だということだ。

ルシアノは、グスマン男爵の父親を思い浮かべた。

「四年前になにがあった」

「……お伝えする前に、速度を上げてもかまいませんか？」

男爵はきょろきょろと辺りを見回した。周りでは騎士たちが馬を並み足で走らせている。人払いしたいのだろう。同意したとたん男爵は馬の腹をかかとで蹴って、騎士と距離をとった。彼はなにかを決意したような表情だ。ルシアノが側に馬をつければ話しはじめた。

「エミリオさまは王配ですからお話しさせていただきます。しかし、決して他言なさらないでください。もちろんアラナさまにも……。あの方の傷をこれ以上広げたくありません。そして、エミリオさま。どうかこの先もアラナさまをお支えください。アラナさまは、私の父の死もあってか、生きたがられていないのです。あの方は死を望まれています」

この男が知るのは、アラナの死にたがりの原因だ。ルシアノは、逸る気持ちを抑えきれず、前のめりになった。

「父は四年前、セルラトに向かいました。アラナさまとカリストさまの護衛のためです。そして、セルラトの城が落ちた際に命を落としました。父の遺骸は還らず、残されたのは剣のみでした。それも、テジェスの古物商が売っていたのを見つけたのです。……アラナさまは父の剣に祈りを捧げ、祝福のくちづけをしてくださいました。そして、カリストさまが手ずから剣を湖に送り出したのです。これは、アルムニアの騎士、最上の栄誉です」

「待て。アラナがセルラトへ？　どういうことだ。彼女はアルムニアの城を出たのか」

「はい。これは護衛だった父をはじめ、限られた者しか知らない事実です。宰相も把握していません。その縁で、我がグスマン男爵家は特別にアラナさまに拝謁を許可されています。アラナさまとの会話をゆるされているのは、王配のエミリオさまと宰相、側近のカリストさまだけだと知られていますが、私もです。アラナさまが望んでくださいました」

ルシアノは、手綱を放しそうになったが、あわやのところでつかんだ。熱くもないのに、こめかみから汗が滴る。唾を飲めば、ごくりと音がする。ひどい動悸もした。

「グスマン男爵。あなたの知ることをすべて話してくれ」

「もとよりそのつもりです」とうなずく男爵は、長い話をはじめた。


帰りたくてしかたのなかった祖国にたどり着いたというのに、ルシアノの気分は重苦しいものだった。テジェス国との会談は、一週間後に予定されているという。しかし、気もそぞろなため、説明を受けたにもかかわらずうろ覚えだ。

王配をはじめとするアルムニアの貴人たちは、旧セルラトの砦フエンテスに滞在している。その砦はかつて父と訪れたこともある懐かしい場所であるというのに、感慨深さよりもグスマン男爵の話の方が頭をめぐっていた。

ルシアノがいる居室は、砦内でもっとも上質な部屋だった。かつて父も使ったことのある部屋だ。寝台に座っていた彼は、セルラト式の文様が刻まれたうわ掛けをなぞり、ごろりと寝転んだ。うわ掛けに鼻をこすりつけても、当然、父のにおいはしなかった。

部屋の扉が叩かれた。しかし、ルシアノは反応しない。もう一度叩かれた時、身を起こした彼は「入れ」と許可をした。現れたのは、部下のフリアンとレアンドロ、そして、まるまると肥えたコンラドだった。彼らは、ルシアノの前にひざまずく。

〈ルシアノさま、我々は今後の指示をいただきたいと思っています〉

〈その前に、おまえたちに話がある。……コンラド、戸口に立て。人を近づけるな〉

ルシアノは扉に向かうコンラドの背中を横目で見やり、フリアンとレアンドロに言った。

〈……俺たちの国が滅んだ時、妻は——アラナはこの国にいた。アルムニアの王の企ては……すべての発端は、アラナの言葉からはじまった〉

眉をひそめたルシアノはうなだれた。そして、グスマン男爵から聞いた言葉を語った。

フリアンもレアンドロもなにも言わなかった。ルシアノは、すべてを話し終えてから息をついた。赤く染まりつつある部屋は、吐いたため息がうるさく聞こえるほどに、静寂に包まれていた。そのなかで、最初に切り出したのはレアンドロだった。

〈ルシアノさまは女王を恨んでおいでですか？　黒い土と黒い水。それを語った女王を〉

ルシアノは、ぎろりとレアンドロをにらんだ。

〈恨む？　おまえはこの俺が、そのような考えなしの愚かな男だと思うのか？　すべてはアルムニアの王と王子の独断だ。十二歳のアラナは、まだ子どもだというのにセルラトを助けようと国に来た。手が動かないくせに。そんな娘を、俺が恨めるはずがないだろう〉

彼は低くうめいて、ぐしゃぐしゃと銀の髪をかきむしった。

〈どうすればいい？　おまえたちに意見を聞きたい。俺は人を傷つけるのは得意だが慮《おもんぱか》ったことはない。アラナは、セルラトが滅びた全責任は自分にあると思いこんでいる。死にたがっている。どうすれば彼女を思い直させることができる？　アラナは俺の手で殺されることを望んでいるんだ。この先、ひとつも間違えることはできない。なにが最善だ？〉

〈ルシアノさま、セルラトのすべてを話してみてはいかがですか。ゆるすとひと言――〉

〈簡単に言うな。ゆるすなど……俺は、アルムニアの王族を殺した。王と王子を殺した。いまだにアルムニアに恨みは消えない。一生消えるものか。俺はアラナにとって滅ぼした国の被害者であり、そして復讐者だ。俺の素性を知って、アラナはこれまでどおりに妻でいると思うか？　俺はそうは思えない。少しも変えたくない。いまを失いたくないんだ〉

ルシアノは肩を震わせた。雑に目を袖で拭えば、青い生地に染みがつく。

〈くそ……。はじめから、アラナの過去を知っていれば、俺はつらくは当たらなかった〉

かつての冷たい言葉や態度が頭によみがえる。すべてが後悔の対象だった。

〈……そうでしょうか？　私は、あなたがつらく当たっていたようには思えませんが〉

ルシアノは、顔をゆがめてレアンドロを見上げる。彼はちょうど逆光のなかにいた。

〈あなたはすっかり変わられました。淡白な方だったのに、イスマエル王のように愛を知られたのでしょう。あなたの交接は、性欲処理のための行為と、愛のための行為との違いをまざまざと見せつけるものでした。私にとってくちづけはおぞましい呪いですが、あなたはそう感じてはおられない。以前、女王に子を産ませると宣言したときのあなたは、正直なところひどく言いわけじみていて、私は愛の告白としか思えませんでした〉

すみれ色の瞳から涙がひとすじ垂れてゆく。ルシアノはそれを拭おうとはしなかった。

〈我々は、あなたを腑抜《ふぬ》けに変えた女王を問題視しました。あなたが籠絡されたのだと考えたのです。なにせ彼女は仇敵アルムニアの女王です。残虐性は計り知れない。ですから、ふたりで女王を消そうと相談しました。けれど、我々が女王の部屋へ行ったとき、女王はなにも語らずうつむき、自らひざまずきました。そして胸の前で腕を交差させたのです〉

それは、従うという意思の表れ。レアンドロたちの殺意を理解し、服従を示す行為だ。

〈このとき私は思いました。女王はあなたを王配に迎え、我々すべてを城に引き入れた。そして我々が現れた際、抵抗なく殺されようとしました。それは、はじめから我々の正体を知っているかのような行動だと。とたんに手が震えて剣を振り下ろせませんでした〉

続いて、これまで沈黙していたフリアンが参加した。

〈ルシアノさま、以前私が女王に、会ったことはないかと尋ねたことを覚えていらっしゃると思います。私は、ずっと彼女に既視感を抱いていました。女王が我らの前にひざまずいた時、ふと、思い出したことがあるのです。それを彼女に尋ねました。少々強引に問い詰めてしまいましたが、あの方は認めました。その後、すぐにあなたが現れたのです〉

ルシアノは、〈なにを認めたんだ?〉と言ったのち、手のひらで涙を拭った。

〈我々は、セルラトで彼女に会っていたのです。彼女は髪を黒く染め、ルペという名の少年に扮していましたが……。彼女は、我々の恩人でした。彼女に助けられなければ、我々は誰ひとりとして生きていません。無論、あなたもです〉

続くフリアンの言葉を、ルシアノは耳を研ぎ澄ませて聞いていた。

フリアンとレアンドロをはじめ、セルラトの騎士たちは、城がテジェスに攻められたとき果敢に戦っていたらしい。大半が息絶えたが三百名ほど生き残り、地下牢に入れられたという。彼らは川の水を引き入れられて、一気に殺される手筈になっていた。

だが、彼らの前に現れた者がいた。それが黒髪の少年、ルペだ。ルペは、男に背負われていて、その男に牢の解放を命じた。ルペは、顔をぼこぼこに殴られていたが、印象的な緑色の瞳をしていたそうだ。フリアンは、その瞳が目に焼きつき忘れられなかったらしい。

〈当時、ルペは瀕死に見えました。それでも我々にこう言いました。いまはテジェス国に立ち向かわずに王子を連れて城から脱出してほしい。いつか復讐の機会は必ず訪れるから、いまは王子の命を優先させてほしいと。どうか生きてほしい、そう懇願されました。そして、ルペのあとに現れた男がぐったりとしたあなたを背負っていたのです。あなたは、傷の手当てをされていました。我々の会話はセルラト語でしたから、てっきりルペは我が国の下僕だとばかり……。けれど、違いました。ひざまずいた女王を前に、私はまたルペの面影を思い出し、女王にセルラト語で問いかけたのですが、完璧に聞き取っていました。彼女は私たちに、約束を守って、生きていてくれてありがとうと言いました〉

ルシアノは勢いよく立ち上がり、フリアンの胸ぐらをつかんだ。

〈なぜだ。なぜ俺にそれを言わなかった。愚かな……なぜ言わなかったんだ！　なぜ俺がいまその話を知らなければいけない？　もっと、早くに知っていれば変われた！〉

〈まさかあの少年が女王だとは思いもよらなかったのです。そして、女王の前にひざまずいた我々は固く口止めをされました。そのわけを決して語ることはありませんでしたが、彼女は命の恩人です。騎士として守らずにはいられません。あの日、あのあと、あなたが女王に永久の誓いをし、抱いていた時の我々の気持ちがわかりますか？　あなたの選んだあの方が、あのときの少年ルペで、あなたの子を産む。神はいるのだと確信しました〉

レアンドロも言った。

〈あの日以来、女王に刺客はいないはずです。刺客は我々がすべて仕留めていました。セルラトの騎士は皆、手分けをして二十四時間、あの方の警護にあたっていたのです〉

ルシアノはフリアンの胸を押して、彼を解放した。

〈俺だけが知らなかったのか。…………アラナに、会わなければならない〉

〈ですが、残念ながらあなたには会談が〉

会談までの一週間が、恐ろしく長く思えた。ルシアノは、ぎりぎりとこぶしをにぎる。

〈くそ、わかっている。……おまえたち、俺をひとりにしろ。——早く〉

ルシアノは、フリアンとレアンドロが退室した後、寝台に転がった。

まなじりから、涙があふれるのはすぐだった。

——アラナ……あなたに会いたい。

九章

アラナ、元気にしているか？　体調を崩していないか？　あなたは無口だから心配だ。少しでも異変があるのなら、素直に側近のカリストに言うように。

しかし、夫がある身だということは肝に銘じておいてくれ。

これから会談に臨む。悪いが、テジェスとの会談は決裂させてもらう。

あなたなら、理解してくれると信じている。

戦に勝利した後、あなたに話したいことがある。聞きたいこともある。

毎日あなたを思っている。早く会いたい。


女に手紙をしたためたのははじめてだった。自身の筆跡を気にしたのもはじめてだ。威圧的にならないように、やわらかく見せたくて、何度か書き直したりもした。けれど、性格は文字に表れてしまうものらしい。二十枚書き直したところで修正をあきらめた。

あと一時間ほどで会談だった。鷹と蛇の模様のついたマントを羽織り、アルムニアの王族然としているルシアノは、紙を丁寧にまるめて、鳩の足の小さな筒に押しこんだ。

真っ青な空に鳩が飛んでゆく。その鳩の姿が消えるまで見送った。アラナの手もとに届くのはいつになるだろうか。

ルシアノは鏡の前に立ち、銀の長い髪を整えた。テジェスとの戦いの後、髪を切ろうと思った。かつての、憎悪に支配されていないころの、セルラトの王子に戻りたいと思った。はじめから、やり直したいと思った。

――それとも、あなたは俺の髪が長いほうがいいか？　これはミレイアの好みなのだが。殺戮のかぎりを尽くしていた俺が妖精のまねごとをしていたなんて、笑えるだろう？　ああ、でも、あなたは長いほうがいいと言いそうだ。

ルシアノが姿見に向かってアラナに思いを馳せていると、慌ただしい足音が聞こえた。

「エミリオどの。失礼する！」

扉が勢いよく開かれた。リヴァスの地を管理しているムニス侯爵だ。

「そんなに慌ててどうしたんだ」

はあ、はあ、と侯爵の肩は揺れている。重そうな身体ながらも、走ってきたのだろう。

「エミリオどの……アラナさまがお倒れになったと、カリストさまから知らせが――」

「なんだと？　どういうわけだ」

「くわしくはわかりませんが、至急帰国するよう伝えてほしいと書かれていました」

愕然と目を見開くルシアノを、侯爵はせっついた。

「国にお戻りください。この一大事……会談をしている場合ではありません。後のことは私どもにおまかせを。滞りなく事を運びます。考えたくもないことですが、アラナさまに万が一のことがありますと、エミリオさま、あなたが我が国の王です。テジェスに知られてしまいますと、とんでもないことに。やつらに利用されかねません。さあ、お早く」

　思わず首をひねった。

「俺が王？　なんの話だ……」

「ご存知ないのですか？　アラナさまは御子がいない場合の後継に、王配のあなたを指名されているのです。我々にとってロレンソの再来の意向は絶対的なもの。さあ、早く国へ。グスマン男爵一行も支度をはじめています」

　ルシアノは、くずおれそうになる足を叱咤《しった》し、重いマントを剝ぎ取った。


　多くの護衛をつけられていたものの、わずらわしいだけだった。ルシアノは、実質単騎で駆け抜けた。誰も彼の速さについては行けず、ひとり、ふたりと脱落していったからだ。無理もない、ルシアノは亡国セルラト一の乗馬の名手だ。

　三日三晩、不眠不休で馬を駆る彼は、馬を潰しながら次々に新たな馬に乗り換えて、驚《きょう》異《い》の速さでアルムニアの城に帰り着いた。幸い満月に近い夜だったため走りやすかった。

　疲労が溜まってふらふらだった。足先からは血がにじんでいる。途中でひどい風雨に遭い、さらに強い日差しに晒されたため、見事な銀の髪は艶をすっかり失っていた。ひげもあったが、気にしてなどいられない。姿などどうでもいいことだ。

大股で歩いていると、アラナの居室にたどり着く前に出迎えたのは、カリストだった。

「カリスト、どういうわけだ？　アラナは？」

カリストは、ルシアノの出で立ちに驚いているようだった。

「いまは小康《しょうこう》状態で、眠っています。――王配に湯を大量にご用意しろ。あとは食事だ」

ルシアノは、召し使いに指図するカリストの首もとをひねりあげた。

「俺の湯や食事などどうでもいい！　俺を呼んだということは相当悪いのだろう？　おまえがついていながら……おまえは無能か？　ぐずなのか。信じていたのに結果がこれか」

カリストは、そのルシアノの手をはたいた。

「あなたの湯も食事もどうでもいいことではありません。病身のアラナの前にその出で立ちで行くつもりですか？　どれほど人相が変わっているか、あなたはわかっておられない。不潔な者に近づかれては、アラナは治るものも治りません。湯には入っていただく」

カリストに腕をつかまれ、ずるずると引っ張られた。

「放せ、邪魔をするな！」

「放せばあなたはアラナのもとへ行くでしょう。身なりを整えてからにしてください」

カリストは、ルシアノの耳に口を寄せた。

「僕は、彼女が倒れた時にすべてを聞いたんです。よくも、この僕を騙したものです。アラナもアラナだ。知らせるのが遅すぎる。あなたはノゲイラ国のバルセロ男爵などではない。そうですね？　セルラト国のルシアノ王子。あなたは、ルシアノ王子だ」

はたと動きを止めたルシアノに、カリストは「ご安心を」と付け足した。

「正体を知っているのはアラナ以外に僕だけです。しかし、ひとつ言わせてください」

知らず、ルシアノは唾を飲んでいた。

「王子、よく生きておられた。僕は感心しました。セルラトの王族はすべて消え去ったと思っていたのです。絶望以外を感じられないほどのすさまじい状況でしたから」

ルシアノは言葉につまったが、なんとか声をしぼり出す。

「グスマン男爵から聞いた。あなたも、あの時セルラトにいたそうだな。アラナも」

「あなたが湯浴みをする間にお話しします。アラナがそれを望んでいますから。あなたに謝りたいと言っていました。語る勇気が持てなかったのだと。……再来に、心がないと言う者もいますが、たとえ表情がなくても違う。アラナに心がないわけではないんだ」

ルシアノは、その言葉にうなずいた。

＊　＊　＊

《誰かが誰かの死を願うごとに、星はひとつずつ姿を消してゆくのですって》
――ミレイア、わたしは、毎日ひとつずつ星を消しているわ。

その日は、朝から咳が止まらなかった。一日たりとも休むわけにはいかないというのに身体が動かない。寝台から起きられないでいると、隠密のグスタボが顔を出した。

「ルペ、あんただいじょうぶかよ。おっ死ぬなよ？　それこそ道半ばってやつだ」

アラナは、ぐっと手に力をこめて起き上がろうとするけれど、力が入らなくてだめだった。すると、グスタボが「はいはい。そらよ」と身体を起こしてくれた。

「グスタボ、……計画は、どうなっているの？」

「ああ、あれか。グスマン男爵配下の騎士は、あの川べりの作業を終えたらしい。ひとりを残してあとはこの城に戻ってくるってよ。殺人孔《あな》の作業はおれとカリスト…おっと、セリノが終わらせた。それよりあの話は本当か？　テジェス国の軍勢が五万はいるって」

「ええ、五万はいるはずよ。テジェスは他国を根絶やしにし、得た資金で傭兵やごろつきをふんだんに雇うの。そして、また新たな国を絶やして資金を得る。延々とくり返すわ」

グスタボは「なんてこった、とんだ悪党集団だな！」と、こげ茶の髪をかきむしる。

「五万ってのは冗談みてえな数だ。あんた、わかっていながらよくこんな国に乗りこんだよ。生きていられると思えねえ。はっ！　五万？　無理だ。死、あるのみじゃねえか」

「グスタボ、死んでしまったら本当にごめんなさい」

「そのごめんなさいって意味がわかんねえ。死にたくねえよ。……おっと、誰か来るぜ」

窓のすきまから外をうかがったグスタボは、小声で言った。

「またあのおちび姫が来たぜ。あんたらちび同士仲いいな。じゃあ、おれは消える」

グスタボと入れ違いで、金色の髪を揺らしながらミレイアが入ってきた。

〈アラナ、だいじょうぶ？　やっぱりわたしのお部屋の方がいいのではないの？〉

〈ミレイア、あなたに病をうつしては大変です。ですから、ここがいいのです〉

咳をすると、ミレイアが小さな手で背中をさすってくれた。

〈早くよくなってね？　わたし、うんと神さまにお祈りするわ〉

その日から二日間、アラナは回復せず、動けなかった。


思えば当日は嫌な日だった。朝から激しく雨が降っていたせいか、辺りはけぶり空気は湿度を孕んで絡みつく。重苦しい雲が空を覆っているため、昼でも黄昏時を思わせた。

ミレイアの召し使いが来たのは、カリストに服を着付けてもらっている時だった。少し不機嫌でいるカリストは、城に行くことには反対らしい。

アラナはセルラトの王と王妃の望みを叶えたかった。行かない選択はないのだ。

「止めたいけれど、きみはやめてくれない。いい？　後で迎えに行くからね」

「わかったわ。カリスト、危険だから気をつけてね」

「それは僕のせりふだ。きみはこの異国で死ぬわけにはいかないんだ。絶対に」

召し使いが言うには、ミレイアは図書室にいるという。アラナは、病が治りきらないだるい身体をおして歩いた。

――今日が無事、なにごともなく終わりますように……。

図書室までの道のりは長かった。アラナが普段から歩き慣れていないせいもある。おびただしい雨粒が窓を打ちつけていた。そのなかで、アラナはセルラトの王や王妃と交わした言葉を思い出し、新月に見た星空を、ミレイアを、そしてルシアノ王子を思った。どうすれば確実に切り抜けられるのか、まだ明確な答えは出せていない。

セルラトの王と王妃の望みはルシアノ王子とミレイアが生きることだった。王は下手に派兵したり逃げたりしては、相手を刺激し、警戒させて、必要以上に叩きのめされると読んでいた。そのためなにもせず、気づいていないふりをする選択をしたのだ。それは、アルムニアとテジェスの油断を誘うためだった。わずかな可能性にかけないかぎりルシアノとミレイアは生き残れない。テジェスは白旗を受け入れるような相手ではないからだ。

王と王妃は徹底していて息子や娘にすら危機を伝えていないようだった。しかし一部の騎士は知らされており、グスマン男爵とともに逃走経路を整えた。その数、百人。アラナは途中、彼らを見かければ目配せした。多数を犠牲にし、少数を救う残酷な計画だ。けれど滅びゆく国で取れる方法はかぎられている。人を人の盾にする。当然アラナも盾だった。

図書室へ続く回廊は閑散としていた。こつ、こつ、と靴が鳴る。途中でアラナを案内していた召し使いが、貴族に用事を申し付けられ離れると、アラナはひとりきりになった。

目的地に近づくにつれ、ぐすぐすと洟をすする音、小さな悲鳴、荒い息が聞こえてきて、アラナはひたりと足を止めた。これは、ミレイアの声ではないだろうか。

アラナは走った。歩くほうがましと思えるほどの速度だ。走ったことが生まれて一度もないからだ。けれど、どんなに遅くても走らずにはいられない。ミレイア、ミレイアと心のなかで彼女を呼んだ。

たいしたことをしているわけではないのに、肩で息をするほどまでになっていた。

回廊と図書室を隔てる扉には苦労した。力の入らない手で、必死に格闘する。ようやく開いた時だった。アラナは、絶対に見たくない光景を見てしまった。

図書室の中央にある長椅子で、ミレイアは泣いていた。側には見覚えのある男がいた。見るからに贅沢三昧のまるまるとした身体は、鼻息を荒くして、小さなミレイアを押しつぶしている。それは父だ。アルムニアの王だった。

ミレイアは、アラナを見るなり、こちらに必死に手を伸ばす。

〈……ああ。アラナっ、助けて！　助けて！〉

〈ミレイア！〉

騒ぎ出したミレイアと突然の乱入者に、父はむくりと身体を起こしてこちらを見た。やがてその目は大きく開く。

「おまえは、アラナではないか！　そこでなにをしている！」

「なにをしていると言いたいのはわたしです！　あなたは、とんでもないことを！」

父は大股でアラナのもとへ来て、その手で思いっきり頬を打つ。これまであまり会話を交わしたことがなかったが、それでも父は、人が変わったような形相だ。

「人でなし……。あなたは、けだものに劣る卑劣な男です！」

「だまれ！　ロレンソの再来が、我が城を出ていいと思っているのか！」

次は反対の頬も打たれる。首が取れるのではないかと思うほどの力だった。

「おまえは一生我が城で、私のために知恵を尽くしていれば良いのだ！」

黒髪をわしづかみにされ、顔を何度も何度も殴られた。血も飛び散った。ミレイアのもとへ行きたいのに、行けない。頭はくらくらと揺れ、感覚すら無くなる始末だ。

「言いつけを守らないばかりか髪をこのような汚い色に染め……美しい髪に産んでやった恩を忘れたか！　二度と我が城から離れるな！　この痛みに懲りたら、早く城へ戻れ！」

——わたしの父は、けだもの。

〈やめて！　アラナが死んじゃう！〉

ドレスを破かれあわれな姿のミレイアが、必死に父にすがりつく。けれど、父はミレイアを蹴り飛ばして遠ざけ、また、アラナを思いっきり殴った。

震えるミレイアは、泣きながらさけんだ。

〈アラナを叩かないで！〉

——おねがい、ミレイア。やめて。ここに近づかないで。

気を失うわけにはいかないのに、意識が遠のきそうだった。父のこぶしは止まらない。

「おや父上、小娘相手になにを遊んでいるのですか？　セルラトの王が探していますよ」

「……ふん。そうか、それは行かねばなるまい」

「後のことはおまかせくださ い。そのぼろきれのような娘はバラしていいですか？」

「バラす？　いいわけがないだろう。髪は黒いが、これはおまえの妹のアラナだ」

するど、くくく、と笑い声がした。

「私の愛するアラナですか。相変わらず貧弱でそそるなあ。胸は大きくなったかな？」

「よせ、アラナは犯すな。宰相がだまっていまい。ロレンソの再来に手を出してみろ、一気におまえの支持層は壊滅だ。私の跡を継ぎたくないのなら話は別だが」

「父上は、再来さまをこんなにぼこぼこに殴ったくせに？　ほら、血まみれですよ？」

「だまれ、これは父親としての教育だ」

「しかし惜しいなあ……。こんなことなら、再来に選ばれる前に抱いておくんだった」

朦朧《もうろう》とする意識のなか、アラナは異母兄ライムンドをはっきり認識した。吐き気がした。兄はこの状況において、考えうるなかで最悪に危険な敵だった。

「アラナのあそこはどんな具合かな？　おまえの母親もなかなかだったが……比べたいな。うん比べたい。まあいっか、比べちゃおう。な？　おまえの大好きなお兄さまだぞ」

アラナは兄に髪をつかまれ、ずるずると引きずられた。

〈いや……いや！　やめて！　アラナになにをするのっ！〉

声が出せない。

——ミレイア……わたしはいいから、逃げて。

気がつけば、周囲がよく見えなくなっていた。ミレイアを襲うライムンドを必死に止めようとしたけれど、前後不覚に陥るほどに殴られ、蹴られて飛ばされた。頭をぶつけた衝撃で、意識も飛んで、いま、目を開ければこのざまだった。

側に誰かがいるようだった。その人に顔をのぞかれているようだった。

「アラナ、しっかりしろ。僕だ、わかるか？」

「……カリスト」

「こんなにひどく殴られて……。もう国に帰ろう？　これ以上は危険だ。これ以上は絶対に許可できない。きみはじゅうぶんやった。やったんだよアラナ」

ぼやけた視界のなか、目を凝らした。けれど、目当ての人は見つけられない。どこにもいない。

「………ミレイアは？」

なにも答えないカリストが、やがて首を横に振ったのがわかった。だめだったのだ――。

助けられなかった。助けられないどころか、ミレイアに助けられてしまった。

命を賭してでも救うべき人だったのに。なんて役立たずなのだろうか。

胸が痛かった。ぼこぼこに殴られた箇所などよりも、胸がずきずきして痛くて苦しい。

アラナは、必死に涙をこらえた。悲しむ資格などないからだ。痛みも苦しみも、感じる資格などあるわけがない。ミレイアは、もうなにも感じることができないのだから。

なかった。

——わたしから、あらゆる感情が消えればいい。身も心も、死ねばいい。ミレイア……。ぶるぶると身体がわななく。やはり、涙は抑えられなかった。けれど、表情だけは崩さなかった。

「……カリスト、ミレイアの……遺体はどうしたの？　放っておけば辱められてしまう」

「隙をつき、きみを連れ出すことでせいいっぱいだった。彼女を運ぶのは無理だった」

「ルシアノ王子は？」

「わからない。どこにも見当たらないんだ。探しても見つからない。ねえ、もうやめよう？　こんな国、どうでもいいじゃないか。他人の国だ。僕は、きみの方が大切だよ」

このままあきらめるわけにはいかない。アラナは息を吸いこむが、呼吸だけでも痛む。

「探して。ルシアノ王子を見つけるまでは……わたしは、国に帰らない。ここにいるわ」

「無理だよ……この動乱のなか助かるわけがない。それよりもきみが死んでしまう」

「カリスト、わたしは探せないの。この身体では探したくても探せないわ。あなたに……あなたとグスタボに頼ることしかできない。でも、探さなければならないの。おねがい」

「おねがいって……。僕はきみの側近だ。やるしかないじゃないか」

洟をすすったカリストは、「わかった。もう一度探すよ」と言って立ち去った。

アラナは天井をぼんやり見つめた。いま、自分がどこにいるのかわからなかった。時間が経てば目は見えるようになると思ったけれど、ぼやけたままだ。しかしそれはどうでもいいことだった。むしろ、ものが見えなくなることは、自分にはふさわしいとさえ思った。

周りには誰の気配もしなかった。聞こえるのは、遠くの喧噪とアラナの呼吸の音だけだ。いまなら、泣いてもいいかもしれないという考えが頭をよぎるが、否定する。これは甘えだ。泣いていいはずがない。悲しんでいいはずがない。だから、唇を引き結ぶ。

〔ひどい顔ですね。はじめまして、と伝えておきます。ひとつ質問があるのですが〕

突如、至近距離から聞こえてきた声に、アラナは瞠目した。若い男性の声だった。それは南方で使われている言語であった。気配は感じられないが、たしかに黒い影がある。

〔ぼくの言葉がわかりますか？　賢帝ロレンソは世界のあらゆる言語を話せるのだとか〕

〔…………わかるわ〕

〔やはりそうですか。半信半疑だったのですが、本のとおりだ。しかしあなたは顔を殴られすぎたようです。その視線の動き。いま、ぼくが見えていないのでしょう〕

目をまたたかせて肯定すれば、男性は〔日が経てば少しはましになりますよ〕と言った。

〔質問に移ります。ぼくはガルニカ川で薬草を採取していたのですが、ちょうど近くで作業をしていた騎士たちがあなたの話をしていました。ロレンソの再来なのだと。ところで、あなたは川に細工を指示しましたね。テジェス国に抗うつもりなのだとか。再来は優れた軍師でもあると本で読んだことがありますよ。どのように人を使うのか、興味深い。ぼくは先ほどの会話も聞いていたのですが、あなたはルシアノ王子を救いたいようですね〕

うなずけば、その男性は、〔変わった人だ〕と言った。

〔彼、生きのびれば十中八九あなたを殺しにきます。それでも探し、救うのですか？〕

「それでも、探したいわ。探さなければならない」

「わかりました。では、ぼくと取引をしましょう。ぼくは、ロレンソの再来がどういうものかをこの目で見たいと思っています。この先、あなたがテジェスに仕掛ける作戦を近くで見せてください。傍観させてもらう代わりに、あの王子のもとに案内します」

アラナはうつむけていた顔を上げた。

「ルシアノ王子がどこにいるのか、知っているの？」

「あなたを探してずいぶん城をめぐりましたからね。彼はいま、あなたの兄の娼婦たちに犯されています。激しく抵抗したのでしょう。逃げ出さないように両腕両脚の骨を折られていました。ぼくは人の感情には疎いのですが、それでも彼は恨みを抱くと推測します」

ひざに手を差し入れられて、アラナの身体が浮き上がる。男性に持ち上げられたのだ。

男性は得体の知れない人だった。気配がない。そして、発言につかみどころのなさを感じる。しかし、アラナはそれでもいいと思った。ルシアノ王子のもとに行けるのならば。

「とはいえ放っておけば王子は死にます。もし、彼を生かしたいのであれば、よい軟膏と飲み薬がありますよ。あなたが彼の患部に軟膏を塗り、薬を飲ませるのです。取引に応じるならば、その軟膏と薬を差し上げましょう。さらに彼の骨接ぎもしてさしあげる。生かすも、死なすも、あなた次第だ」

「その軟膏と、飲み薬をいただくわ」

「では、お代はあなたの帰国後、あなたの居室に取りに行きますのでそのつもりで。ところで、ついでに薬のご用命はありますか？　ぼくはなかなかよい薬師です。もっとも、毒の方が得意なのですが。――毒はどうです？　あなたのその傷、さぞ痛むでしょうね」

アラナは目を閉じた。まなうらに、父と異母兄の醜悪な、けだもののような顔が見える。

「ほしいわ。飲まずにはいられないような、飲みたくなる毒を作ることができるかしら」

「可能です。では、あなた専用に良い毒を作りましょう。仕上がりを、お楽しみに」

男性は、一歩前へ進んだ。また一歩。振動で、歩くたびに身体の奥底から痛みが走る。しかしアラナは耐えていた。額に玉の汗が浮く。なにかを感じる心など、消そうと思った。


アラナは視界がぼやけていてよかったと思った。男性に連れてこられた部屋には、もわんとした熱気と異様なにおいが漂っていた。いくつもの肌の色がちらついて、部屋のなかにいる者全員が裸なのだと思った。なまめかしい喘ぎ声や粘着質な音が聞こえる。

室内の者は、外部から人が侵入したにもかかわらず、誰も反応を示さなかった。麻薬のたぐいを疑ったけれど、アラナは考えるのをやめにした。

「この部屋のありさまは、あなたの兄の娼館、アンセルマの日常ですよ。再現といったほうがいいでしょうか。あなたの兄と父親はぼくの顧客です。彼らはぼくの薬を利用し、こういった非日常的な空間を作り出すのです。この状況を、天国と形容する男もいれば、地獄と捉える男もいる。その差はなんでしょうね。……さあ、はじめましょうか」

男性はアラナを床に下ろすと、かすかな衣ずれの音とともに離れた。そして、部屋を歩き回るうちに、徐々に静けさが増してゆく。ほどなく、嬌声や甘い息づかいは一切無くなった。
〔いま、ぼくがしたことが気になりますか？　邪魔なので女を片づけたのですが〕
〔いいえ。気にならないわ〕
アラナはうつろな瞳をしていた。いま、彼女はルシアノを生かすことしか考えていないのだ。そのため、彼以外の者はどうなっても構わなかった。彼の安全を確保するためには、セルラトの王子が生きていることを知る人間は、この世にいないほうがいいとも思った。
〔ぼくたちは、本質は別物ですが、少々似ているのかもしれませんね。これをどうぞ〕
男性はいつの間にか、アラナの目の前に立っていた。目が少し慣れてきたのか、男性は闇色のローブを纏い、目深にフードを被っているとわかった。顔は隠れて見られない。
手渡されたのは、液体の入った小瓶と軟膏が入った瓶だった。アラナは誘導されて、ぐったりしている裸の男性の前に立った。ぼやけていてもわかった。気高いあの人だ――。
〔まずは薬の説明です。その瓶を口に近づけて流しこんでも彼は飲めません。のどが腫れていますから。あなたが口に含み、直接、彼の口へこぼれないように封をするのです。彼の口内から液体が無くなるまで口を外さないでください。ひどい味ですから吐き出させないように。そのための封です。彼はぼくの毒を飲まされていますから中和が必要です。いま彼は中毒状態であると考えてください。それから危害を加えられる覚悟を。彼、あなたをやめさせようと暴れるでしょう。それほど、あなたが飲ませる薬は彼に苦痛を与えますからね。そして軟膏の方は、色が変わった箇所に塗りこんでください。首すじも胸も唇もひどいですが、特に性器。これを放っておいてはいけません。あなたの兄が使う催淫薬は、強く、毒そのものですから腐敗の原因になるでしょう。ぼくは足の骨接ぎをしながら身体を押さえてあげます。あなたに薬を頼むのは、ぼくは殴られたとたんに相手を殺してしまうからなのですよ。先週は、ついうっかり患者を八人殺してしまいました」

アラナはルシアノのとなりにひざまずいた。彼の顔に顔を寄せれば、赤黒く腫れた痕がわかった。先日見た、美しい彼の面影はなかった。ひどく殴られたのだろう。

〈……ルシアノさま、あなたは生きてください〉

アラナは手にある瓶を開けようとした。が、力のない手では開かない。噛んで蓋を引っ張って、ようやく開けることができた。

鼻を刺す、ひどいにおいが漂った。それを、自身の口に運んでかたむけた。

この先、星が消えたとしても、二度と見られなかったとしても。

あの日、見上げたかがやく夜空を、決して忘れることはありません。

*　*　*

「アラナ、アラナ。聞こえるか?」

身体がだるくて重かった。手を、誰かににぎられている。温かい。けれど、ぬくもりがうれしいなんて、思ってはいけない。

楽しんではいけない。喜んではいけない。悲しんではいけない。泣いてはいけない。怒ってはいけない。人らしくあってはいけない。生きていてはいけない。毎日、毎日、唱える言葉だ。それが、頭をめぐり出す。

「アラナ、しっかりしろ」

声が聞こえた気がして、重苦しいまぶたを持ち上げようとする。けれどだめだった。上がらない。ひどく億劫に感じられたが、そう思う資格もないと思った。

だから、時間をかけて目を開ける。やはり、見えた景色はぼやけていた。

「アラナ！」

とたん、強く抱きすくめられる。間近で見えるのは銀の髪。短くない、長い髪。

至近距離にある、非の打ちどころのない顔に、アラナは放心してしまう。あの人だ。

熱いしずくがぽたぽたと落ちてくるのは、どうしたことか。けれど、たしかに落ちてきた。アラナは、目を開けてよかったと思った。近くにいる彼がはっきり見えるからだ。

ミレイアは、妖精エートゥだと言ったが、本当にそうだと思った。

「あなたはうなされていた。苦しいのか？」

――苦しいのは、あと十日だけ。

「……………いいえ、苦しくありません。エミリオ、どうしてここにいるのですか？」

少し身体を離した彼は、アラナをのぞきこむ。見間違いだったのか、涙は消えていた。

「あなたが倒れたと聞いたからだ。急いで戻ってきた。苦しくないなどと強がるな。苦しくないわけがないだろう？　こんなに顔色が悪いのに。それに、痩せた」

いかにも心配しているようなまなざしだ。ルシアノは、アラナが知る彼よりも、表情豊かになっていた。セルラトで見た孤高の彼よりも豊かかもしれない。ミレイアと彼は正反対だと思っていたけれど、やはり、彼は感情豊かな彼女の兄なのだ。

まぶたを閉じて周囲をうかがえば、誰の気配もしなかった。ルシアノとふたりきりだ。

「エミリオ、カリストから話を聞きましたか？」

まつげを上げれば、眉をひそめてうつむく彼が見えた。

「ああ、聞いた。アラナ、俺は……」

彼が顔を上げる前にアラナは言った。

「すべてのはじまりは、わたしの不用意な発言です。ナバ・セルラトの黒い土と水を話題に出してしまいました。――後悔。わたしは、後悔をしたことがありませんでした。その意味さえわからないまま生きていました。けれど、役に立たないものだと思い知りました。起きてしまったことは、起きない前には二度と戻らない。後悔は、無意味です」

「違う、アラナ」

「あなたはおっしゃいました。ナバ・セルラトは花の国だと」

アラナは彼を遮るように口にする。

「わたしは、あなたの国を知りました。ナバ・セルラトは本当に、花が咲き乱れる国でした。あなたは、見ものは花よりも夜空なのだとおっしゃいましたね。わたしも、そう思います。この世とは思えないほどの美しい星空を見ました。本に書かれているよりも壮大で、圧倒されて、無限に広かった。とても……とてもきれいでした」

セルラトの星空を見てからというもの、目を閉じたアラナが思い浮かべる光景は、いつだって満天にかがやく星々だ。あの時のあの夜空が、かけがえのないものになっていた。

「あなたは、妹とわたしが友にもなれたはずだとおっしゃいましたが、はい、わたしはあなたの国ではじめて友だちができました。ミレイアは大切なわたしの友です。あなたのご両親にもお会いしました。あなたが尊敬なさるのは当然の方たちでした。敵国の王女と知りながら、それでもわたしに真心を尽くし温かな心を教えてくださいました。あなたのことは、城でお見かけました。孤高のあなたは凛々しく、ミレイアはあなたを自慢の兄なのだと言っていました。イスマエル王、カルメリタ王妃、ミレイア、そしてあなた。すばらしい方たちの続く未来を……わたしはナバ・セルラトの幸せを奪い、壊したのです」

涙で頬が濡れてゆく。彼がアラナの手を、やさしく両手で包んだからだった。

そんなことはしてほしくないのに。憎しみ、恨みをぶつけてほしいのに。

「あなたが未来を、幸せを奪った？　壊したなどと。違うアラナ、なぜそう思うんだ。あなたが命じたわけでも虐殺したわけでもない。あなたは悪くない。あなたが、自分が悪いと思っていたとしても俺はみじんも思わない。悪いのは俺の方だ。罪もないあなたを苦しめた。俺がゆるすと言ったら、それであなたは救われるのか？　だったら何度でも言う。しかし、俺があなたにゆるしを与えるのはおこがましい行為だ。フリアンとレアンドロから話を聞いたんだ。カリストからもグスマン男爵からも。あなたはセルラトを救うために来てくれた。死ぬはずの騎士たちを救ってくれたじゃないか。俺のことも。救ってくれたのはあなたなのだろう？　部下が、けがの手当てがされていたと言っていた。だから俺は今日も生きている。何度でも言う。悪くない。悪いのはあなたではない」

彼のきれいな瞳はみるみるうちにうるみ、あふれたしずくが頬にすじを作って流れた。彼は、「くそ」と涙を隠すようにアラナの肩に顔をうずめる。

「逆に俺があなたにゆるしを乞いたい。なにも知らずにあなたを殺そうとした。あなたを殺そうとした俺を俺は殺してやりたい。あなたを憎んでいない。恨むはずがない。あなたにつらく当たり、追いつめた俺を、俺は憎んでいるし恨んでいる。あなたには生きてほしい。死んでほしくないんだ。俺から、未来や幸せを奪わないでくれ……」

彼の身体の震えとともに、アラナの身体も震えた。猛烈な鋭い痛みに襲われたのだ。どく、どく、と震えが痙攣に変わると、ルシアノはアラナの変化に気づいたようだった。

「…………アラナ？」

その時だ。かは、と咳きこむアラナの口から、多量の血がこぼれた。

すみれ色の瞳を目一杯まで開いた彼が見えた。

――ルシアノさま。けだものの子は、所詮、けだものです。生きていては、いけない。

十章

最初、なにが起きたのかわからなかった。白いシーツ、白い上衣が染まった。赤い色だ。鮮血だった。ルシアノは全身をわななかせながらアラナを支える。

「あ………、そんな。アラナ！」

悲痛な声を上げたルシアノは水差しに飛びついた。アラナに薬を飲ませようと思ったからだ。しかしそれを持った瞬間、あるにおいが鼻をくすぐった。薔薇だ。

一気に背すじを冷気が貫いた。ぶわりと肌が総毛立つ。

――嘘だろう……？

目を瞠ったまま、水差しを見下ろした。頭に、側近レアンドロの言葉がよみがえる。

《こちらは一見、薔薇水のもとのようですが毒です。対象が吐血するまでそれを毎日飲ませれば、その後はわざわざ服用させずとも、二週間ほどで亡くなるのだとか。病にかかったようにしか見えず、怪しまれずに葬れるとのことです》

ルシアノといた時のアラナは日増しに元気になっていた。青白かった顔も、唇や頬もうっすらと桃色に色づいてきていて、ずいぶん健康的になったと得意に思ったほどだった。

――毒か！

ルシアノは、呼び鈴を激しく鳴らす。すぐに現れたのは三人の召し使いだ。ルシアノを見たとたん、彼につく血に驚く彼女たちに、怒鳴りつけるように言った。

「医師を連れてこい！　それから、すぐにカリストを呼べ！　あとは新鮮な水だ！　なにも入れるな。入れれば殺す。手分けしろ、早く！　もたもたするな！」

慌ただしくきびすを返した召し使いを尻目に、ルシアノは、がたがたと手を震わせながら、アラナの額に手を当てる。そして、抱きしめた。

怒鳴りつけただけあって、医師とカリスト、そして水が来るのは早かった。医師がアラナを見ているうちに、ルシアノは、気が動転した様子のカリストにあごをしゃくった。

テラスにまで誘導すると、すぐにカリストの胸ぐらを引っつかむ。ルシアノの手は、アラナの血で濡れているため、カリストにも染みついた。

「しっかりしろ側近！　おまえに聞きたい、アラナが血を吐いたのははじめてか？」

「……は。アラナは……いや。なんでもないと言っていた。なぜ僕は……。…………夜着が、血で濡れていたことがあった。僕が着替えさせたんだ。アラナは、鼻血だと……」

「それはいつだ？」

「四日前……そうです、たしかに四日前です。朝は血がついていませんでしたが昼には」

ルシアノは即座に計算する。吐血後、二週間ほどで亡くなる毒ならば、アラナの死まであと十日――。

カリストの胸をどんと押し、手を離したルシアノは、今度は鼻先を彼に近づける。

「カリスト、アラナは病ではない。毒を盛られた。アラナの召し使いを全員捕らえて調べろ。水差しに毒を入れたやつがいる。薔薇の香りがする毒だ。誘導して聞き出せ。おまえは婚姻前に俺を尋問したな。徹底的にあれをやれ。得意だろう？　必ずだ。必ず見つけろ」

「毒？」と低くうめいたカリストは、顔にありありと憎悪を浮かべた。

「……ゆるさない。王族殺しは未遂も殺しもなんであろうと処刑だ。必ず見つける」

「俺は少し城を出る。後を頼む」

ルシアノは、軽くカリストの胸をこぶしで打つと、椅子にかけていたマントをつかみ、巻きつけながらアラナを見やる。はあ、はあ、と荒く息をして、苦しげな表情だ。

彼女は自害はしないと言っていた。よって、自ら服毒したとは考えられない。しかし、毒と気づいてもそのまま飲むだろう。アラナは死にたがりだ。

――死なせるか、くそ。

ルシアノは、大股で部屋を後にした。

「これはこれは王配エミリオさま。我が屋敷へようこそ。どうぞおくつろぎください」

ルシアノが騎士をどやしつけて船を出させ、向かった先は、マトス侯爵の屋敷だった。不機嫌を隠さず、背の低い男を見下ろせば、愛想笑いが返された。彼は内心舌を打つ。

「侯爵、あなたの妻のフラビアに用がある。どこだ」

「フラビアならいつもの離れにおります。……ああ、エミリオさま。芳醇で濃厚な味わいと評判のファルツ公国の葡萄酒を手に入れたのですが、杯を交わしませんか？」

手を杯の形にし、くい、としてみせる。そんな能天気な侯爵が癇《かん》に障ってしかたがない。ルシアノは怒りをかみ殺す。けれど、抑えきれずににぎったこぶしが震えた。

「結構だ」

「まあそう言わずに。ファルツの酒は、名だたる王族が取り合うほどの逸品ですぞ？」

以前は、ルシアノを下賤なノゲイラ国の男爵だとばかにしてきた男も、王配とあれば手のひらを返して媚びを売る。しかし、ルシアノは見向きもせずにフラビアを目指した。

激しい足音を撒き散らして、思いっきり扉をぶち破れば、全裸のフラビアは、ふたりの召し使いに香油をくまなく塗らせていた。最初は激怒の様相を見せていたフラビアだったが、ルシアノと知るやいなや、うっとり笑い、召し使いを「出て行きなさい」と払った。

〈まあ、ルシアノ。わたくしに会いに来てくれたのね？　待ち焦がれていたわ〉

尻を振りつつ近づくフラビアに、彼は無言で腰から剣を抜き、切っ先をあてがった。

〈おまえという女はつくづく害虫だ。驚くほどに無意味で無価値。下種の極みめ〉

〈やめて、突然なんなの？　怖いわ。どうして怒っているの？　ねえ、ルシアノ……〉

すがりつこうとするフラビアを豪快に蹴り飛ばし、ルシアノは、手入れの行き届いた頬に刃を当てた。ちっ、と赤い傷がつく。

〈ひぃぃぃ、痛いっ！　なにをするの！　わたくしのこの、絶世の美貌にっ！〉

〈だまれぶた。解毒剤をよこせ。おまえがアラナに毒を盛らせたのはわかっている。死にたくなければ早く渡せ！〉

フラビアは、かすり傷の頬を押さえ、すっくと立ち上がる。

〈なによアラナアラナって！　あなたが呼ぶべきなのはこのわたくしの名前よっ！〉

〈口が腐る。誰が呼ぶか！　解毒剤を渡せと言っている！〉

〈あんな女、死ねばいいじゃないの！　残虐なアルムニア！〉

ふたたびルシアノの長い足に蹴られて、フラビアは床にもんどりをうって転がった。

〈痛いじゃないのっ。じゃあ……わたくしを抱きなさいよ！　永久の誓いをしなさいよ！　わたくしと結婚して。そして、子種を注いでくれたら解毒剤を渡すわ。あなたの子が産みたいの。叶えてくれないのなら絶対に渡すものですか！　解毒剤など捨ててやる！〉

冷ややかな目で蔑めば、フラビアは身体を揺らしてさらに言い募る。

〈どうしてわたくしに応えてくれないの？　わたくしはあなたの婚約者よ？　小さなころからずっとあなただけを見てきたわ。あなただけを想い、王妃になる夢を見てきた。セルラトが滅びてからはあなたの役に立とうと好きでもない男に散々抱かれたわ。いまも、夫とアマンシオに毎日抱かれている。それでも、いつかあなたと結ばれるのだからと耐えしのんでいるのよ？　すべてはあなたとセルラトのためにっ！　なのにひどいじゃない！〉

〈だまれ。おまえはセルラトが滅びた時、どこにいた？　アルムニアの貴族に股を開き、愛人として男の馬車で脱出したことは知っている。家族を見捨て、セルラトを見捨てたおまえが堂々とセルラトを語るな。恥さらしめ。利用価値のないおまえなどただのごみだ〉

ルシアノが、豊かな赤毛をわしづかみにすると、フラビアは〈ひいっ〉と声を上げた。

〈俺は悪人だ。悪人は悪人にふさわしい手段で奪う。おまえがいつまで耐えられるか見ものだな。女だからと、手を抜いてもらえるなどと思うな〉

ルシアノは、言いきらないうちに硬いこぶしでフラビアを殴った。頬、そして腹。ぼご、と鈍い音がする。

〈ぎゃあっ！　痛いっ！　や、やめてっ。出すわ……解毒剤を出すからやめて！〉

もう一度、フラビアの顔面を殴ろうとしていたルシアノは、ぴたりと手を止めた。

〈はじめから出せ、うすのろ〉


アラナの居室に戻ったルシアノは、すぐに解毒剤を彼女に飲ませたが、改善のきざしはなかった。寝台の側に座る彼の目の下には隈が濃く刻まれ、極限状態になりつつあった。フエンテスの砦を出てから、まだ一睡もしていないのだから当然だ。

見かねたカリストが代わると言ったが断った。アラナの命の期限を知る以上、解毒剤が効かないかぎり眠るつもりはないのだ。彼女を失うことを思えば、怖くて震えそうになる。

――頼む、効いてくれ！

アラナの額に汗がにじめば、すぐさま布で拭き取った。彼女の呼吸は荒いまま、まぶたも閉ざされ、開かない。時が経つにつれ、焦りばかりが降り積もる。自身の両目を片手で覆った時だった。人の気配を感じた彼は、となりに置いた剣を取る。

「銀髪の兄ちゃん、相変わらず鋭いな。おれだ」

目をやれば、本棚の仕掛け扉から隠密のベニートが現れる。

「あんた、さっきからなに待ちだ？　嬢ちゃんは病気だろ？　あんたは知らねえだろうが、嬢ちゃんはよく寝こむんだ。放っておけば、じきにひょっこり起きるぜ。いつもそうだ」

「だまれ、今回ばかりは違う。毒だ。解毒剤を飲ませたが、効いている様子がない」

ベニートは、「はあ？　毒だぁ？」と素っ頓狂な声を上げた。

「ふざけんな、身体の弱え嬢ちゃんが乗り切れるわけがねえだろ。すぐにおっ死ぬぜ」

「俺も危惧している。それに、アラナは身ごもっているかもしれない。毒が子にも障る」

「はっ！　子どもなんて、そりゃねえよ」

即答するベニートをにらみつければ、彼はしくじったとばかりに苦々しい顔をした。

「そりゃあまあ、あれだ。嬢ちゃんは見るからにガキだろ？　ガキがガキを産んでどうすんだ。だいたい乳が出ねえだろ。……いや、嬢ちゃんは小さかねえな。そそられる乳だ」

ルシアノが鞘から剣を出そうとすると、ベニートは「待て待て待て冗談だ」と慌てた。

「金輪際、卑猥なことを口にするな。二度目はゆるさない」

「わかったって。堅物かよ、冗談も通じねえ。……で、盛られたのは一体なんの毒だ？」

「おまえは毒にくわしいのか？」

「おい、おれは隠密だぜ？　毒を使うし使われる。てかよ、よく言うぜ。あんた俺に矢を放ったよな？　毒を仕込みやがって。おかげでおれがどれだけ生死をさまよい苦しんだと思ってやがる。……ふん、毒にくわしくねえと、いまごろおれはとっくにミイラだ」

アラナに手を伸ばしたルシアノは、彼女の頬を布でそっと拭ってから言った。

「薔薇のにおいがする毒だ。薔薇水にしか見えないが、吐血から二週間で死に至る」

「吐血から二週間だあ？　なんだ、聞いたことがねえ。だが、なんか嫌な予感がするぜ」

ベニートはうろうろとけもののように歩き回った後、付け足した。

「飲ませた解毒剤は持ってるか？　包みだけでもいい、持ってるなら見せてくれ。誰が作った毒かわかれば、直接聞けんだろ。我ながら頭いいな」

ルシアノは自身のポケットをまさぐり、凝った装飾の小瓶を隠密に向けて投げつけた。弧を描いたそれを彼は受け止める。しかし、すぐにさけび声を上げた。

「はあ？　おいこれふざけんな。この瓶、最悪じゃねえか！　毒師ルテリ、化け物だ」

いきなり騒ぎはじめたベニートを見て、ルシアノは眉間にしわを寄せたが、次の言葉で顔色が変わった。

「兄ちゃん、あんた騙されてるぜ？　あのルテリがあらかじめ解毒剤なんか作るわけがねえだろ。やつはそもそも暗殺者だ。依頼人にはばかげた大金を要求する。やつがはじめから中和剤を渡すかよ。解毒したきゃ、さらに大金をよこせって落ちだ」

ルシアノは、ベニートを見据えながら銀の髪をかき上げた。

違う、自分はその毒師とやらに騙されたのではない。毒薬は解毒剤とともにあるという己の愚かな先入観、そして、フラビアに騙されたのだ。

——あのぶた、殺してやる。

しかし、ルシアノの視線の先にあるベニートは、自身がにらまれていると感じたようで、唇を尖らせる。そして、小瓶の蓋を開け、ふちのわずかな残りをぺろりと舐めた。

「ふん、やはりだ。この中身はただのシロップだぜ。兄ちゃん、嬢ちゃんの毒が毒師ルテリの毒なら、やつの店に行くしかねえ。だがよ、おれが絶対に遭遇したくないと願うほどの危険極まりないやつだ。おまけに、やつは素顔を見た者を決して生かしちゃおかねえ。あんたがいくら強かろうと、やつに『殺す』と狙われれば死ぬ。あ、金は必要だぜ？」

ルシアノは、アラナの毒がベニートの言う毒師のものだと確信していた。なぜなら以前アラナに毒を盛った際、その毒が今回とまったく同じ、凝った小瓶に入っていたからだ。

「その店はどこにある」

ベニートが語るには店はアルド国にあるという。距離にして不眠不休で駆けても四日以上はかかるだろう。アラナの命の期限はあと十日。往復することを考えればいま出立してもぎりぎりで、不測の事態が起きれば詰みだ。目の色を濃くしたルシアノは立ち上がった。

＊　＊　＊

それは異常なまでの強行軍だった。常識などは度外視し、突き動かされるまま馬を駆る。ルシアノは、アルド国の一歩手前、アモローゾ国で一度意識を失いかけた。限界を超えたのもあったが、罠にかかり、追いはぎに取り囲まれたからだった。おかげで落馬し、泥まみれになり、迎え撃ったが馬は潰された。だがそこで、彼は追いはぎを逆にいたぶり、より良い馬を強奪した。

アルドへ入ったとたん、興味はなくても黒い城が目に入る。世界的にも、アルムニアの白亜の城とアルドの黒曜の城は有名だ。

道ゆく人は、彼をごみを見る目で露骨に避ける。疲労が蓄積し、泥だらけの彼は、アルドの民には下賤な者に映るのだ。しかし、行き交うたびに鼻をつままれても、蔑まれても、ルシアノは気にしなかった。外野など眼中になかったというのが正しいが。

隠密ベニートの情報によれば、その店は、屋台でにぎわう通りの裏にあるという。路地裏の先にある、扉に描かれた×が目印とのことだった。が、位置が漠然としているうえに、働かない頭でそれを探しだすのは困難を極めた。

吐きそうになりつつ、古い煉瓦造りの陰気な路地裏をさまよっていた時だった。ルシアノは錆びついた扉の前で立ち止まる。その表面は鋭利な刃物で×と傷つけられていた。

もはや扉を手で叩く気力はなく、足でがん、と蹴りつけると、背後から声がした。

「おや、ぼくに恨みでも？　ぼくの店にいい度胸だ。あなた、早死にをご希望ですか？」

人の気配はしなかった。けれど、振り返ればフードのついた闇色の分厚いローブを着こんだ者が立っていた。その者は、フードを目深に被っているため顔は見えない。ルシアノは、こいつだと思った。これこそが毒師ルテリだ。

「辺鄙《へんぴ》な店にようこそ、と言いたいところですが、あなたは大切な店の扉を蹴りました。古い扉だ。ゆがんだでしょうね。代償に——そうですね、その銀の髪をぼくにください」

ルシアノが不信感をあらわに毒師を見れば、毒師は彼に構うことなく店の扉を開けた。

「入ります？　それともやめます？　入るならばあなたは髪を失います。どうします？」

断れば扉は二度と開かれないような気がした。ルシアノは「いいだろう」とうなずいた。


そこは、不思議で不気味な店だった。まるいステンドグラスから光が差しこむだけの、仄暗い空間だ。店のいたるところにはハーブが山積みになっており、棚には大小様々な瓶が置かれている。中身は種子や幼虫、不気味な色の液体、腐った果実、怪しげな目玉など様々だ。カウンターには、見覚えのある凝った装飾の空の小瓶が無造作に転がっている。

店の奥に案内されてさせられたことは、彼には屈辱的だった。毒師は、髪の採取のために湯に入れと言ったが、それは毒師の湯浴みの残り湯らしい。ルシアノは、他人の湯を使うなどもってのほかだった。唯一、彼がゆるす残り湯は、アラナが入ったものだけだ。

不快を隠さず湯に入る。すると毒師は「髪を念入りに洗ってくださいね」と言った。

「このアルド国では銀の髪は重宝されます。貴族に高値で売れるのですよ。そして、あなたの髪は極上の銀だ。さぞかし争奪戦になるでしょう。大変よい品を手に入れました」

浴槽の背後に足音もなく回った毒師は、断りもせず、ルシアノの髪に小刀をあてがった。

濡れた髪は、ざく、と腰の長さからたちまちあごの長さに変えられる。

一瞬の出来事だ。まるで、暗殺されているかのようだった。ルシアノの肌は粟立った。わかるのだ。相手は強い。疲れ切ったいまの状態では万が一にも勝てないと。

毒師は銀の毛束をしぼって湯を落とすときびすを返して遠ざかる。

「あなた、いい時に来ました。この店は畳みますので、最後の客、と言っておきます」

「畳む？　毒師をやめるのか」

湯から上がったルシアノは、近くの布に手を伸ばし、短くなった髪を拭く。やけに頭が軽かった。こちらを向いた毒師は、「はい、時機が来たので」と告げ、衣装箱を指さした。

「そちらの服、お好きに着てもらって構いません。この汚れた服は捨てておきます」

衣装箱に目をやれば、毒師と同じ上衣と下衣がぎっしりとつまっていた。また、揃いの闇の分厚いローブまで。抵抗はあったものの、それを着るしかないと思った。

「特別にあなたの依頼をうかがいます。本来、ぼくの店は紹介制……かつ、いまは新たな依頼を受けていません。お引き取り願うところですが、あなたには髪をいただきました」

着替えを終えたルシアノは、カウンター越しの粗末な椅子を勧められて腰かける。

「おまえの毒で俺の妻が死にそうだ。薔薇の香りがする毒だ。あれの、解毒剤をくれ」

「ああ、あれですか。よい香りだったでしょう？　なかなかの自信作です。一見、薔薇水のもとですが、毒。飲まずにはいられないような、飲みたくなる毒だ。対象が吐血するまで毎日飲ませれば、ちょうど二週間で殺せます。しかし、だいぶ薄めれば別の効用があるのですよ？　対象の身体を弱らせる。屈強の騎士も形無しになるでしょうね」

「効用などどうでもいい。早く売ってくれ。でないと、妻は」

「死なせればいい」

「――なんだと？」

険しく鼻にしわを寄せれば、毒師は銀の毛束をひもで縛り、カウンターに置いた。

「彼女にとって、生きることは死よりもつらいことなのでは？　死こそ彼女の望みだ」

「だまれ！　ふざけるな……よくも……、よくも知ったような口を！」

「知っていますよ、アルムニアの女王アラナ。金払いの良い、ぼくの顧客でしたから」

思わず椅子から立ち上がると、毒師は台にひじをつけ、手で自身のあごを支えた。

「彼女はぼくが生きていて良いと考える特別な人間だった。ぼくにとって、人はごみ。無価値だ。それはあなたもですよ？　王配エミリオ。いいえ、セルラト国のルシアノ王子」

「おまえは……何者だ？」

この毒師は、背すじが凍えるほど得体が知れない。周りの空気すら黒ずんでいるかのようだった。対面していても気配がない。それが底知れぬ不気味さをかもし出す。

「さあ、見た目のとおりでは？　しがない毒師。それにしても、人とはおかしなものですね。相手の死を望んでいたにもかかわらず、いまはその生を望んでいる。一体、どのようにしてそのような変化が起きたのか。人の心とは度しがたく、興味深いものだ」

毒師は布をめくって奥の部屋に去り、戻ってきた時には杯をふたつ持っていた。そのひとつを、「まだ試作品なのですが、どうぞ」とルシアノに差し出した。

「結構だ。それよりも、解毒剤を売ってくれ。おまえは依頼を受けると言ったはずだ」

「ものには順序というものがあります。で、あなたが取るべき行動は？　反抗ですか？」

ルシアノは、「くそ」と毒師の手から杯をぶんどると、座ってそれを口にした。

「まずい。なんだこれは」

「それはどうも。蜂蜜で味を調えたほうがよさそうですね。どうやらぼくは味覚が狂っているようですので、あなたが美味しいと感じるまでおつきあいください」

「俺にそんなひまはない！」

「ひまはなくても、つきあっていただくしかないのですよ。でもいいではないですか。この飲み物、疲労を回復させる効果もあります。あなたはアルムニアから四日間、不眠不休で来たのでは？　一刻も早くたどり着くために、一体馬を何頭犠牲にしたのでしょうか。かわいそうに、十は軽く超えるでしょうね。悪い人だ。あなたはぼくと同じことをした」

ぎりぎりと奥歯を噛みしめていると、毒師は「交渉に移りましょう」と続ける。

「あなたは女王アラナを生かしたい。しかし、彼女は死にたがっている。おまけにぼくの顧客だ。ぼくは顧客の願いを潰すことは望みません。そんなぼくの思いを捻じ曲げ、彼女の願いを捻じ曲げ、あなたは解毒剤を望んでいる。少々傲慢ではありませんか？」

なぜアラナがこの毒師の顧客なのか。知りたかったが、それどころではないと思った。とにかく時間がないのだから。ルシアノは手に持つ杯をにぎりこむ。杯は震えた。

「早く交渉の中身を言え。金ならいくらでも出す。なんでもする。解毒剤を売ってくれ」

「そうですか。では、こうしましょう。ぼくはこれからあなたに女王アラナの命の価値を提示します。その彼女の命をあなたは買ってください。これから聞く話、あなたは少々驚かれるかもしれません。なにせ、彼女はこのぼくに生きていて良いと思わせる人間だ」

毒師は自身の前に杯を置くと、なかに小瓶の中身を垂らした。とろりとした液体だった。

「あなたは賢帝ロレンソの再来がどういうものかご存知ですか？　彼らは幼少期、できうるかぎり本の知識を頭に叩きこみ、できうるかぎり世界の言語を覚える。できうるかぎりだ。人には限度というものがある。しかし、アラナは違います。彼女は完璧にアルムニアの蔵書を記憶している。おそらくは、世界の言語もすべて把握しているでしょう。……話は変わりますが、ぼくは本を一度読めば記憶することができます。アラナも同じだとわかりました。いえ、少し違いますね。彼女は、一度本を『見る』だけで記憶できるのです」

信じがたい話だった。瞠目するルシアノに、毒師は「あなたならわかるはずだ」と言う。

「彼女が敵になった時のことを思うと興奮しませんか？　あらゆる策あらゆる知識を駆使し、軍を率いて襲い来る。それをどう攻略するのか。ね？　生きていて良い人間だ」

「俺をおまえといっしょにするな。賢帝ロレンソなどどうでもいい。アラナは俺の妻だ」

脳裏にアラナが浮かんだ。彼女の手を湯につけて揉んでいる時、唇を引き結んで見つめてくる顔を。湯浴みの時の心なしか気持ちよさそうな顔を。髪を梳いている時に鏡越しにみせる、目を細めている顔を。口に食事を運んだ時に、せっせと咀嚼する姿を。文字がうまく書けるように、インクで汚れながらも真摯に向き合う横顔を。抱いた時の、うるんだ緑色の瞳を。そのぬくもりを。涙がこぼれてしまい、彼は片手で両目を押さえる。

「俺の妻を、生きていて良い人間などと……彼女を敵に？　考えたくもない」

「ぼくは職業柄、草を見つけること、採取を日課にしていました。なかでも気に入っている国があります。気に入っていた国、というべきですね。名はセルラト。草の宝庫です」

手を下ろしたルシアノは、すみれ色の瞳を怪訝に細める。

「かの国でぼくは賢帝ロレンソの再来に会いました。ぼくは彼女と取引し、ロレンソの再来がなんたるかを観察させてもらいました。特筆すべきは城内の戦いだ。彼女はセルラト王の私兵百人と自身の部下の三十三名を巧みに使い、アルムニアとテジェスに立ち向かいました。彼女、少しの無駄もなく人の生死を操りましたよ。あれはあの場で振るえた最良の完璧な采配だった。彼女の目的は、自身と百三十三名の騎士の命を使い、セルラトの王子ひとりを生かすことでした。騎士は、ひとりふたりと死んでいきましたが、彼女はあなたを守りきったのです。あなたを無事に脱出させるため、彼女はガルニカ川の流れまで変えて氾濫させせました。あれがなければあなたは死んでいたでしょう。まあ、瀕死だったあなたは別の意味でも彼女のおかげで生きているのですが。さあ、これを飲んでください」

話に聞き入っていたルシアノの側に、カウンターにいたはずの毒師がいつの間にか佇んでいた。気配も音もなかった。杯を差し出され、ルシアノはあからさまに嫌な顔をする。

「………甘すぎる。蜂蜜を半分にしろ」

「半分ですね、わかりました。そういうわけで彼女、味方の騎士全員の命を使ってあなたを救い出しました。ぼくの見立てでは、あなたの生存率はかぎりなくゼロでしたが、彼女は百に上げたのです。ちなみに彼女、自分の脱出経路を用意していませんでした。セルラトの城とともに滅びるつもりだったのです。ですが、ぼくは死にゆく彼女が惜しくなりました。ぼくを殺せる可能性を持つのは彼女だけですからね。と、いうわけで城から出してあげました。それ以来、彼女はぼくの顧客になったのです。さっそく依頼を受けました」

ルシアノは言葉を失った。その傍らで、毒師は側に置かれた椅子に座った。

「ぼくはアラナに毒を作りました。薔薇の香りがする毒です。もう、わかるでしょう？　あなたが解毒剤を求めている毒はアラナのためにぼくが作った毒だ。つまり彼女がよく知る毒。それを知りながら飲んだということは……ね？　死なせるべきだと思いませんか」

聞いたとたん、身体がわななないた。

「だまれ。死なせたくないから俺はここにいる。絶対に死なせるものか」

「なぜ彼女がぼくに毒を作らせたのか。それは彼女が父親と兄は生きているべきではないと考えたからです。ですが、彼女は致死量の毒を使うことはありませんでした。あなたのためですよ？　あなたにとどめを刺させるべきだと彼女は言いました。復讐——それがあるからあなたは生きていた。あなたを突き動かせるのは復讐だけだった。あなた、復讐なしでいま生きていられたと思います？　死を選んでいる。違いますか？　彼女はあなたを生かしたかったのです。そこで彼女は自身の父親と兄に薄めた毒を盛り続けました。彼らは彼女の、いえ、ロレンソの再来が健康にいいと告げた言葉を鵜呑《うの》みにし、疑いもせず服用しました。あなたが殺した王と王子は、ずいぶん手応えがなかったのでは？」

のどから声が出てこない。額から汗も滴った。無性に彼女に会いたくなった。

——アラナ……あなたという人は……。

毒師は、「ああ、忘れていましたが、こんなこともありました」と付け足した。

「毒ばかりではないのですよ？　セルラトが滅亡してひと月が経ったころでしょうか。ぼくは彼女に毒を届けるためにアルムニアへ行きました。そこで、新たに依頼されたのです。父と兄が二度と女性を犯せないようにしてほしいと。薬を用意するのは億劫《おっくう》だったので簡単に終わらせました。彼らの睾丸《こうがん》を潰し、ペニスを切断したのです。どうやら男とは、性器がないと生気も無くなるようだ。彼らはあなたに殺されるまでの二年間、生き甲斐である性交ができなかった。それに、男にとって性器の大きさは自信と関係が深かったようで、彼らはしょんぼりしていました。それもあり、あのふたりは驚くほど弱かったのでは？……ああ、ああ、ふたつのペニスは飢えた野犬にあげました。あなたの髪が貴族に人気なように、野犬たちにはたまらない代物だったようで、見事な争奪戦が繰り広げられましたよ。ぼくは、争奪戦を見るのが好きです。くだらなさ、愚かさが、存分に見られますからね」

椅子から腰を上げた毒師は、こつ、とカウンターへと踏み出した。

「さて。話が逸れましたが、本題です。ぼくの長い話を聞いたあなたはどう感じたでしょうか。また、あなたにとって女王アラナとは？　その、命の価値は？　解毒剤を作るには、ぼくは徹夜を強いられます。ぼくの時間は高額ですよ？　あなたはロレンソの再来、そして妻のアラナのために、それ相応の金を払う覚悟はあるのでしょうか」

ルシアノは疲れ切っていたが、力強く首を縦に動かした。アラナを思えば涙がこぼれる。

「いくらでも払う。なんでもする。だから、頼む。解毒剤を作ってくれ」

「いくらでも払う、なんでもする。そうですか。では、ぼくから提示しましょう」

カウンターにあった黒い羽根ペンを持った毒師は、それでルシアノを指した。

「ルシアノ王子、このぼくに、あなたが受け継いだはずのセルラトの宝物《ほうもつ》をすべて譲ってください。引き換えに解毒剤を作ります。断るのなら、アラナはそのまま死なせましょう。彼女、四年の歳月を苦しんできたのですから。あなたの話からすると、あと六日の命だ」

「宝物は、すべておまえにやる。鍵のありかを教える。代わりにアラナを救ってくれ」

迷いのないルシアノの言葉が意外だったのか、毒師は「おや？」と首をかしげる。

「いいのですか？　宝物——特に宝剣がなければあなたはセルラトの王とは認められない。それればかりかセルラトは再建できません。ルシアノ王子の存在は完全な死を迎えますが」

「構わない。それで、アラナが生きられるなら。俺は、そちらの方が重要だ」

毒師の唇が、きれいに弧を描いた。

終章

ルシアノは眠らなかった。食事も摂らない。昼も夜もお構いなしに、ひたすら先を目指して駆けていた。馬の限界を感じれば、すぐに新たな馬に乗り換える。また馬を潰し、さらに潰して、それでも前を見続け、ひた走る。

アルド国からアルムニアまではさして問題なく進めた。復路は往路よりは慣れていたからだ。やがて、遠くに白い城が見えれば、ますます焦りが募り出す。駆けても駆けても近づかないような気がしてならなかったのだ。その上、目指す城との距離が離れてゆく錯覚を覚える。せり上がる底知れぬ恐怖は、まるでセルラトの落日を思わせた。

――アラナ。

蹄鉄《ていてつ》の音がけたたましく響くなか、前方にそれを認めて、ルシアノは、来た、と思った。アルムニアの城への道に立ちはだかるのは大男。フラビアに心酔しているアマンシオだ。

いくら毒師の店で休んできたとしても、ふたたび四日をかけての強行軍の後だ。当然疲労は山積みだ。しかし、言いわけなどしていられない。時間をかければアラナは死ぬし、自分が死んでもアラナは死ぬ。

――死なせてたまるか！

ぎり、と奥歯を噛みしめる。駆け抜けようとも思ったが、アマンシオの背には鎖のついた連接棍《フレイル》があり、なにを狙っているか一目瞭然だった。馬を狙われ落馬でもしようものなら圧倒的に不利になる。下馬したルシアノは、腰から剣をすらりと抜いた。

〈セルラトの者は皆、フエンテスの砦にいるはずだ。おまえはここでなにをしている〉

地に足をつけるとなおわかる。敵として見るアマンシオは、異様にでかかった。

〈そ……それは〉

〈アマンシオ、一応問うておく。おまえは俺を殺しに来たのか〉

アマンシオは、とんでもないとばかりに首を振る。

〈ち、ちがいますルシアノさま。おれは、ルシアノさまを、と、止めに来たのです。力ずくで……。残虐な、アルムニアの女にたぶらかされた……おれたちの主を、改心させようと……。す、すみません。おれ、あなたを半殺しにします。女王が、毒で死ぬまで……〉

フラビアの入れ知恵だとわかった。彼は、ふんと鼻を鳴らした。

〈俺に剣を向けるということは、俺への反逆だ。いい度胸だ。来い。そして死ね〉

筋骨隆々の男からくり出される一打はひとつひとつが重く、背や腹にきて、手がしびれた。力に伸《の》されて後退させられたのは屈辱だった。ルシアノは、足を踏みしめ突っ張った。

体調が万全ならば、これほど苦労はしなかっただろう。それゆえに歯がゆくなった。自分は弱いはずがないのだ。腕に、アマンシオの剣などかするはずがないのだ。

〈ルシアノさま……。お、おれは強いです。あなたよりも。抵抗、しないでください〉

〈なにが俺より強いだ、ふざけるなっ！〉

ルシアノは、怒りまかせにアマンシオの股間を思いっきり蹴り上げた。およそ騎士らしくない卑劣な技だった。そして、悶絶する彼をさらに蹴り飛ばし、川へどぼんと落とした。

〈俺は悪人だ。正々堂々など知るか。騎士道などくそくらえだ〉

肩で息をしたルシアノは、流れる汗はそのままに、血の滴る腕を押さえた。

――こんなところで、無駄な時間を。くそが。

息を整え、すかさず馬に飛び乗った。しかし、頭の片隅にフラビアの顔がよぎる。あの女はアマンシオにルシアノの足止めを命じたのだ。女は、必ず来ると思った。


湖に浮かぶ白亜の城を目で捉えると、わけもなく景色がにじんで大変だった。なにをどう言い表していいのかわからない思いがこみ上げ、ぐずぐずになったのだ。きっと、愚かで情けない顔をしているだろう。しかし、自分のことは構えない。

――俺は、今度こそ、間に合ったのか。ミレイア……。

彼は道中、ミレイアに、俺を守れと頼みながら進んでいた。父に、母に、どうか望みを叶えさせてほしいと願いながら進んでいた。なにもできずにいた無力で弱い自分を呪い、強くあれと念じていた。もう、家族を失った時のあんな思いだけはしたくなかった。

湖のほとりに控える騎士をせっついて、船を出させ、それからずっと白い城を仰いだ。

――アラナ。

城にたどり着けば、出迎えたのはカリストだった。解毒剤を待ち構えていたのだろう。彼は、ルシアノを見るなり、絶句して目を瞠る。

「カリスト、アラナは？」

「エミリオどの……だいじょうぶですか？」

気遣われることが妙に癇に障った。まるで己の弱さを露呈しているかのようだった。事実、アラナに解毒剤が効かなかったらどうしようと気弱になる自分を抑えられない。身体も震えてくる始末だ。つねに、強くありたいというのに。

「なにがだカリスト。言っておくが、俺は湯浴みはしない」

「それは、わかります。さすがに僕もいまのあなたに言えません」

カリストが驚いているのは、ルシアノの表情だろう。自分で自分の感情を制御できないのだ。ルシアノは、やるせなさに片手で両目を覆った。やはり、無様に濡れていた。

――くそ。

「アラナは？」

「眠っています。エミリオどの、髪はどうされたのですか？」

いまのいままで、毒師に切られたことを忘れていた。

「説明がめんどうだ。後にしろ」

「ええ、後にします。僕もあなたに報告があるのですが、それも後ということで」

毒師を思えば、思い出すことがある。毒師は言った。

『ルシアノ王子。いえ、もうあなたはただの王配エミリオですね。この薬をアルムニアについたら直《ただ》ちに飲んでください。人は疲労が溜まりすぎては生きられない。あなた相当ですよ。このままでは女王よりも先に死ぬかもしれません。ですから特別に差し上げます』

――俺は、アラナを置いて死ぬわけにはいかない。

ルシアノは、ポケットをまさぐり凝った小さな瓶をふたつ取り出した。無色の液が入ったものと、赤い色の液のもの。彼は歩きながら赤いほうの蓋を外して、それを呷《あお》った。

「なにを飲んだのですか？」

「薬だ。人間は疲労が溜まると死ぬらしい。体力を回復するものだと聞いた」

「エミリオどのは、アルド国に行っていたのですよね？　以前、父がアラナのために薬を取り寄せたことがあります。アルドは医術が発達しているのでしょうか」

「どうだか」

会話を交わしていると、ふいに立ちくらみを覚えた。がく、と勝手にひざが折れる。ルシアノは、最初なにが起きたかわからなかったが、まぶたが落ちかかって気がついた。

――なんだこれは。睡眠導入剤か？　くそ、毒師め……こんな時に！

たしかに体力を回復させるには睡眠がいちばんだ。しかし、いま寝てしまえばおしまいだ。

「エミリオどの？」

強い薬だ。ルシアノは目をこじ開けたが、焦点が定まらない。カリストに解毒剤を差し出せば手が揺れた。全身が床に沈みこむかのように重く、動きが鈍い。

「カリスト……先に、アラナのもとへ行ってくれ。飲ませてくれないか？　……頼む」

「ええ、わかりました。しかし、様子がおかしいですよ？　医師を呼ばせます」

「呼ぶな、俺はいい……必ず飲ませてくれ。後で行く。――早く、時間がない。行け」

ルシアノは、カリストの背中を見送った。

静けさが広がる回廊だ。眠ってはいけないのに、身体がかたむき、いまにもまつげがくっつきそうだ。さわさわと吹く風があごの長さの髪を揺らしたが、それすらも眠気を誘う。柱のすきまから、やわらかな光が差していた。妙に明るく感じた。

――寝るわけには……。

柱に手をついた時だった。突如、どん、と背中に衝撃が走り、ルシアノはつんのめる。背中がひどく熱かった。どく、どく、と脈を打つ。

――なんだ……？

あまりの痛みに身体が震える。両手を床についたが、支えきれない。背中を鋭利ななにかで刺されたのだ。

〈んふ……んふふ。わたくしはもう終わり〉

ささやくような声だった。視界の片隅に赤毛が見えた。口もとのほくろがやけに目につく。見たくもない顔だった。

〈わたくしのルシアノ……あなたが、悪いのよ？　わたくしのものにならないのなら死んで。わたくしも、すぐに後を追うわ。わたくしたち、永久にひとつなの〉

〈フラビア、おまえ……〉

〈ねえ、痛い？　わたくしに刺されてどんな気分？　でも、愛なのだからゆるしてね？〉

頬にひたりと手で触れられて、むしずが走る。唇に、赤い唇が流れるように迫り来る。

〈んふふ……永久の誓いよ。今度こそ、交わしましょう？〉

――殺してやる！

はね除けたかったが手がもう動かない。唇がつく寸前、意識を失いかけたルシアノだったが、ものものしい音とともに、女が衛兵に羽交い締めにされるさまを見た。

「なんとひどいけがを……エミリオさま、お気をたしかに。必ずお救いします」

救いの言葉を口にされるほど、ひどい状態なのだろうか――。

ぐわんぐわんと声が脳裏に反響する。どうやら、衛兵のひとりに身体を支えられているようだ。女の狂ったような笑い声もする。

こんな時でも、眠気が襲う。しかし、おかげで傷の痛みがやわらいでいた。

衛兵が、ルシアノの背に刺さる小刀を抜こうとするので、すかさず言った。

「やめろ……まだ、抜くな。…………このまま俺を、アラナの居室へ連れて行け……」

「ですが」

ルシアノは目を閉じる。きっと、アラナは解毒剤を飲まないだろう。

「いいから早く行け……。急げ」

「アラナ、飲んでくれ。なぜ飲まないんだ！」

カリストの大きな声に、ルシアノはやはりこうなったと思った。簡単に飲んでくれるのならば、とっくにアラナは死にたがりではないはずだ。

ルシアノは、彼女の側に行こうとしたが、すぐに考えを改めた。ここでいいと衛兵に伝えれば、不思議そうな顔をされた。

自分がひどい出で立ちなのは知っていた。髪は乱れて艶を失い、目の下には隈がある。ひげもあって汗くさい。おぞましいにおいだろう。しかも、無様に泣いたうえ、背中に小刀が刺さっている。耐えがたいほど眠いため、いまにもまぶたが落ちそうだ。とてもではないがこの状態を彼女に見せたくないと思った。まるで敗北者だからだ。

ルシアノは、渾身の力をこめて、フードを目深に被った。彼女に見せないためだった。

「エミリオさま。本当にここでよろしいのですか？」

「手を放せ。――もういい」

立っているのがつらくなり、ルシアノは床に座りこむ。そして、息を吸いこんだ。

「アラナ、いますぐわがままをやめろ！」

大きな声を出せば、ずきりと傷にひびいた。前のめりになり、痛みをこらえる。

「……く。大人になれ。カリストの言うことを聞くんだ！」

彼からはアラナは見えないが、寝台にいる彼女を思い描いた。あの緑色の瞳を。

「あなたは女王だ……責任がある。それを、簡単に放棄していいと思っているのか？　逃げるな。楽な道を選ぶな。王族に生まれた以上ゆるされることではない。王族は、最後の死の瞬間まで責任を負っているべきだ。あなたが消えれば、誰かがその責任を負わねばならない。押しつける気か？　冗談じゃない。あなたの代わりを誰にさせる気だ？　あなたに成り代われる者などいない。逃げずに戦え。戦いをはなから放棄する者など無能の極みだ。薬を飲んで、責任を果たすんだ。あなたはなにも成し得ていない。なにもしないまま、一丁前に死を選ぶな。死を選んでいい者は、立派に責任を果たした者だけだ！」

ルシアノは、自分がなにを言っているのかわからなかった。頭が整理できないのだ。現に、もう限界だった。そのまま、ずるりと倒れこむ。

周囲がざわめいていた。うるさい、だまれと思った。騒々しくては、アラナのか細い声が聞こえない。

「エミリオどの！　刺されているのか？　医師をここへ！」

——だまれカリスト。おまえの役目はアラナに解毒剤を飲ませることだろう。

「……は。治療は受けない」

「なにを言うんだ！　あなたが死んでしまう！」

「アラナが、解毒剤を……飲んでからだ」

「エミリオどのをお運びしろ！」

「運ぶな。俺に、触れるな……」

——運ばれては、アラナが飲んだかどうか、わからないじゃないか。

声はあちこちから聞こえる。なにが真実か、なにが夢か、境がわからなくなった。

——眠い。

「エミリオどの、アラナが治療を受けてほしいと」

「アラナが……？　……断る。解毒剤が、先だ……」

「泣いているんです、アラナが。ですから」

「……ふん、わがまま娘など泣いても知るか。誰が、治療など……」

「アラナが、あなたが治療を受けてくれるのならば飲むと」

「一丁前に、俺に条件を出すなと言え。——は。まずは飲め。話はそれからだ」

世界のすべてがぐにゃぐにゃと揺れているようだった。これは、薬のせいなのか、それとも血を失いすぎたせいなのか、死が近づきつつあるせいなのか。

——我ながら無様でいやになる。

「エミリオどの、アラナが解毒剤を飲みました。僕がこの目で確認しました。もう、わがままは言わないからあなたに治療を受けてほしいと、泣いています。さあ、早く治療を」

「遅い…………俺を殺す気か。……はじめから、ごねるなと言っておけ」

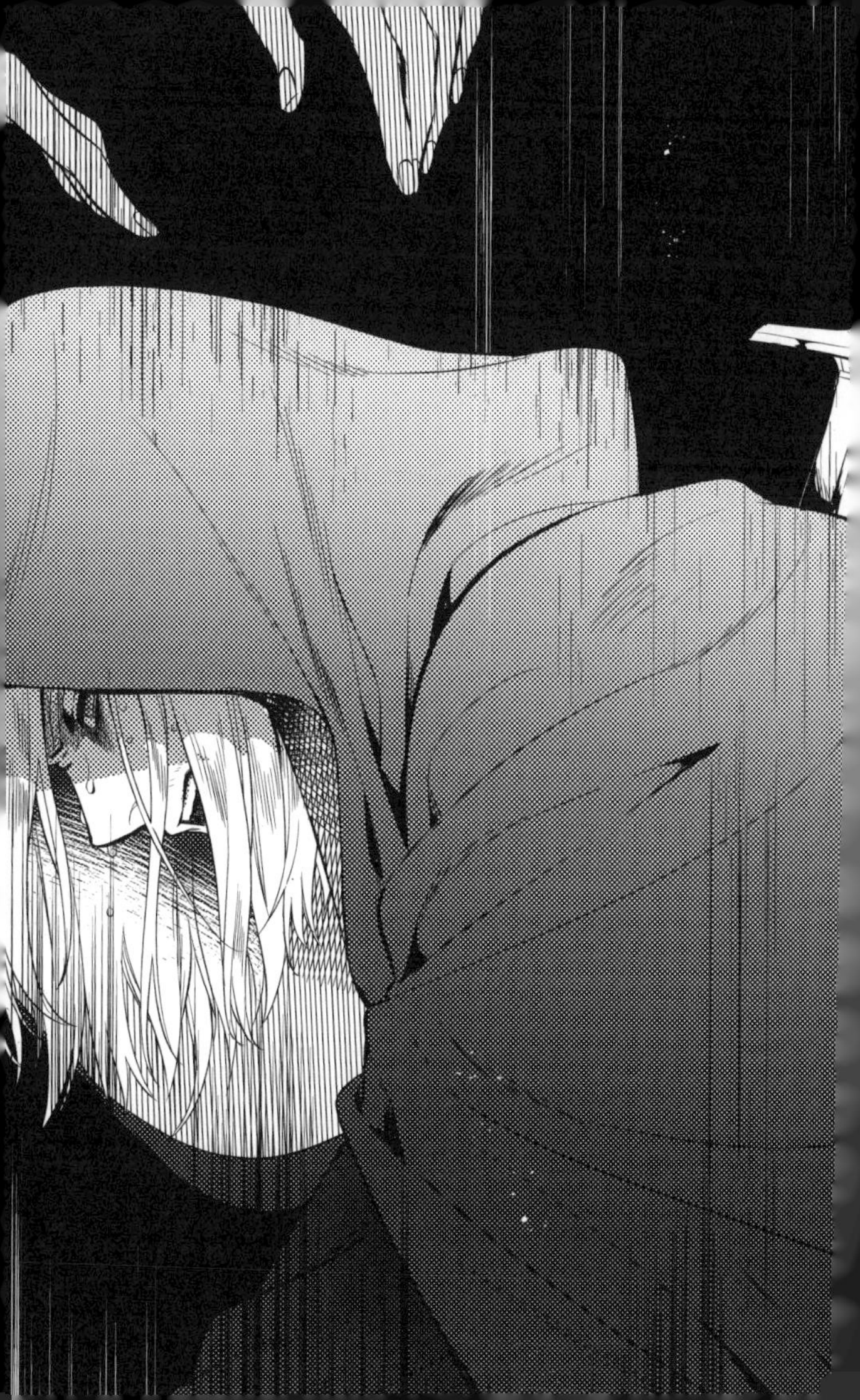

「王配をお運びしろ！」

そこで、ルシアノの意識は途切れた。

＊　＊　＊

《お兄さま、ひみつにしてね？　わたし、好きな人がいるの》

――ミレイア。

《あのね、アルムニアの使者のなかにすごい子がいるのよ。セルラト語がぺらぺらなの》

きっとこれは……否、間違いなく相手はルペ、アラナだ。兄妹だからこそわかる。

《わたしね、結婚できないのははじめから知っているの。でも、これは一生の恋なのよ》

――ばか。相手は女じゃないか。女が女を？　結婚できないのは当然だ。

《絶対に結ばれないってわかっているから、キスをしたの。永久に囚われてほしかった》

――おまえ、強引だな。…………俺も、同じ相手に永久の誓いをしたんだ。

《お兄さま。とってもとってもすてきな人なの》

――そうだな、知っている。

《お兄さまにも紹介したいわ。いま、いい？　いっしょに来てくれる？》

あの時、紹介されていたのなら、どうなっていただろうか。

――アラナ、あなたに会いたい。

明かり取りから光が落ちる。か細い光のすじが少しずつ太さを増してゆくにつれ、銀のまつげが揺れ動く。そして、すみれ色の瞳が現れた。

光を目に宿したルシアノは、慌てて起きようとしたけれど、痛みを感じて顔をゆがめた。見慣れない天井だ。しかし、ここは城で与えられた居室なのだと気がついた。

「エミリオどの、やっと起きたのですか？　少々寝坊が過ぎます。待ちくたびれました」

だしぬけに見えたのは、黒い髪のカリストだ。彼の青い瞳がすうと細まる。

「まず、ひげを剃った方がいいのでは？　僕はあなたほど似合わない人を知りません」

「だまれ、あなたも似合わないだろう」

「エミリオどのほどではないですよ。あなたは四日も眠っていました。このまま目覚めないのではないかと思ったほどです。体調は——、ああ、問題なさそうですね」

カリストがルシアノの側にいるということは、アラナは無事だということだ。むしろ、カリストがいるから安心できた。なにも問題ないからこそ、側近の彼がここにいる。

「アラナはどうしている？」

「おかげさまでアラナは毒も抜けて元気です。あなたのことを気にかけてばかりでそわそわしていますよ。あんなに落ち着きのない彼女ははじめてだ。僕は様子を見てくるように命じられ、いやいやながらここにいます。あなたが目覚めるまで側にいろだなんて、ひどすぎると思いませんか？　早くその不恰好なひげを剃って会いに行ってあげてください」

身を起こそうとすれば、カリストに補助された。鼻にしわを寄せたルシアノは言った。

「あなたが俺とアラナの居室を遠ざけたのだろう」

「ええ。あなたから奪おうと思っていましたから。渡すつもりはなかったのですよ」

「ふん、俺から奪えるはずがない。身のほど知らずが」

「もう奪おうと考えていませんからご安心を。しばらく僕は、職務をこよなく愛します」

寝台のふちに移動したルシアノは立ち上がる。すると、カリストは小声で言った。

「あなたとふたりきりの時は、ルシアノさまとお呼びすべきなのでしょうか」

「その名は金輪際呼ばなくていい。俺はもう、セルラトの王にはならない」

「これからはアルムニアの王配として生きていくというわけですね？　よい判断です。アラナは生きているかぎりアルムニアの女王なのですから、他国の王妃にはなりえません」

ルシアノがりんごに手を伸ばし、かじっていると、カリストは口の端を持ち上げる。

「とりあえず、一刻も早く子を作っていただけますか？　できれば第一子は、あなたの要素がかけらもない、アラナによく似たかわいい女の子をおねがいします」

「だまれ、気味が悪い。おまえの魂胆がまるわかりだ！」

「僕は十九ですから、仮に十五年後だとしてもまだ三十四。つり合いはじゅうぶん取れます」

「おまえには妻がいるだろう！　生まれてもいない俺の娘を狙うな！」

鏡の前に立ったルシアノは、りんごを放棄し、水差しの中身を桶に移した。湯気が立つので、おそらく運ばれたばかりなのだろう。それではしゃばしゃと顔を洗った。

「そういえば報告が遅くなりましたが、聞いていただけますか？」

ルシアノは、「構わない」と言いながら自身の頬に刃をあてがった。

「あなたに命じられてから、アラナの水差しに毒を仕込んだ者がすぐにわかりました。僕の妻のプリシラです。ですが、安心してください。その日のうちに処刑は済ませています。アラナの召し使いも全員入れ替えました。すべて僕の親族ですので、身元はたしかです」

鏡越しにカリストを見れば、涼やかな顔をしていた。妻が処刑されたというのに、なんの感慨も抱いていない様子で、「僕の婚姻も無効になり、せいせいしました」と言った。

「処刑したのか？　自分の妻を。あの女は、あらかたアラナに嫉妬したのだろう」

「嫉妬なんてくだらない。家同士の婚姻に愛があるわけがない。それに、女王に毒を盛るなど死んで当然です。見せしめも必要ですからね。それにあの女を放っておけば、我がウルバノ公爵家にも傷がつきます。僕の家は傷がついていい家ではない。マトス侯爵家はアラナの戴冠式で先妻が起こした事件もありますし没落は確定です。資産は没収しました」

ルシアノは刃を肌にすべらせ、毛を剃ってゆく。なおもカリストの言葉は続いた。

「あなたを刺したマトス侯爵夫人ですが、彼女も即日処刑しました。あの日はプリシラの所持していた毒について尋問していたのですが、まさか部屋を抜け出してあなたを刺すとは……。完全なる不手際です。父も、あなたに改めて謝罪したいと言っています」

「必要ない、めんどうだ」

「あなたはマトス侯爵家と交友関係にありました。本来ならばあなたも尋問の対象なのですが阻止しました。僕はあなたの無実をもっとも証明できる男だと自負しています。なぜ僕がアラナをあきらめたのか。あなたに敵うはずがないと思ったからです。あなたがいるからこそアラナは生きました。早くアラナに会ってください。彼女の変化に驚きますよ」

ひげを剃り終えたルシアノは、振り向き、カリストを見据えた。

「カリスト。あなたが長年、身を盾にして守り、側にいたからこそアラナは生きているのだと知っている。そもそも彼女がいなければ、俺はいま生きてこの場にいない。とっくに死んでいた。俺は、彼女にもあなたにも感謝している」

カリストはきまりが悪そうに肩をすくめた。

「やめてください。僕はほめられた人間ではありません。あなたが目覚めなければ、アラナを手に入れられるとほくそ笑んでいましたから。こう見えて、性格の悪い男ですので」

服を着替えはじめたルシアノに、「ああ、そうだ。もうひとつ」とカリストは言った。

「現在のセルラト領の状況ですが、あなたの手紙のとおり会談は決裂させ、テジェスと交戦しています。会談は形だけで、はじめから殲滅するつもりでしたから。アラナはあなたならそう望むだろうと想定して事を進めていました。僕は、あなたの気が少しでも晴れることを望みます。エミリオどの、我らとともにセルラトを取り戻しましょう」

「待て。手紙のとおりだと？　まさか、あなたはあれを……俺の手紙を読んだのか！」

カリストは不満げに「気にするところはそこですか？」と眉をひそめた。

「当然目を通します。側近ですからね。後でアラナにも見せますからご安心を」

「おまえ！　――くそ、もういい。手紙は破棄しろ。見せるなよ？　わかったか！」

服を身に纏い、マントを巻きつけたルシアノは、そのまま居室を出て行った。


背中の痛みをこらえて歩いていると、前方がざわざわと騒がしいことに気がついた。回廊に人だかりができているのだ。カリストの父親、宰相の姿まで見えた。不審に思ってうかがうと、慌てふためく声が聞こえた。

「おやめください、まだお身体に障ります。しかも、おひとりで居室から出られるなど」

その言葉で誰がいるのかわかった。

「アラナ！」

呼びかければ、人をかき分け、ひょっこりと顔を出した人がいる。白金色の髪の彼女だ。

「エミリオ……」

みるみるうちに、アラナの顔はくずれて、くしゃくしゃになってゆく。眉根を寄せて、唇を曲げた彼女は、ぼたぼたと涙をこぼして泣いている。

いままでの彼女からは想像できないことだった。はじめて感情をあらわにしている。ぱたぱたとせわしなくこちらに近づいてくるが、もしかして、あれは走っているのだろうか。走ったことがなくて、うまく走れないのだろう。

ルシアノもまた走りかけたが、ずきんと痛みが貫いて無理だった。アラナがたどり着くほうが先だった。

腕を広げれば、アラナも手を広げてしがみついてくる。はあ、はあ、と華奢な肩が揺れていた。抱きつく力は強くはないけれど、これが彼女のせいいっぱいなのだろう。抱きしめ返せば、アラナは緑の瞳に涙をいっぱいに溜め、ルシアノを仰いだ。

「……わたしは、もうわがままを言いません。エミリオ、あなたに誓います。だから……、だから二度と治療を受けないなんて、言わないでください。あなたが死んでしまう」

うっ、うっ、と頬を濡らすアラナを抱き上げれば、やはり傷は猛烈に痛んだが、それは抱き上げない理由にならない。抱きたいから抱くのだ。

ルシアノが宰相に目配せをすると、彼は集まる皆を解散させ、こちらに向けて会釈した。ほどなくして、回廊はアラナとルシアノのふたりきりになる。

ひく、としゃくるアラナの指が、ルシアノの髪に伸ばされる。その指先は震えている。

「髪が……」

「ああ、切ったんだ。アラナ、本当にわがままを言わないか？　約束できるか？」

アラナが「できます」と大きくうなずけば、まつげや頬から涙が飛び散った。

「俺を生かしたあなたが俺よりも先に死にたがるのは、ひどすぎるわがままだ。食事をしないのも、勝手に冷たい水に入ろうとするのも、ありえないわがままだ。最たるわがままは、無口でいて感情を表さないことだ。自己を隠して他者をうかがうなど、傲慢以外のなにものでもない。わがままを言わないということは、なんでも俺に話すということだ。あなたはそれができるか？　ひとつでもできず、守ることができないのなら、それはすべてわがままだ。いま、できると言ったことが嘘ではないと、この俺に誓えるか？」

彼女は目を泳がせたが、「どうなんだ？」と見据えて言えば、すんと鼻先を持ち上げた。

「感情を表すというのは……あまり、よくわかりません。ですが、毎日努力します」

「なにを言っている。あなたはいま、感情をむき出しにして俺のもとに来たじゃないか」

アラナは目をまたたかせた。金のまつげにつくしずくがきらきら光る。

「俺は、あなたとなんでも話す仲になりたい。あなたの思いを知りたいし、俺の思いも知ってほしい。子も、早く作りたい。あなたと家族になりたいからだ。この先、いろいろな経験をしてみたい。それには、あなたのわがままが邪魔なんだ。わかるか？　あなたのわがままは、俺からあなたを見えなくする。あなたが見えなくなれば、俺は先を見たくなくなる。治療をせずに、いっそ死んだほうがましだと思う。あなたが俺に約束してくれるのなら、俺は、あなたのために生きる。だから、あなたも俺のために生きるんだ」

アラナは「でも……」と、うつむいたが、彼女の言いたいことがわかった。

「アラナ、起きてしまった過去は消えない。でも、聞いてくれ。俺はあなたに会うまでは、なにも見えない夜を歩いているようなものだった。生前の父が、俺に言った言葉がある」

ルシアノは、すうと息を吸いこんで、父の声の真似をした。故国セルラトの言葉だ。

〈陽は沈もうとも決して消えることはないのだ。この星々のようにあり続ける。どれほど

闇夜が深くても、いつか必ずふたたび陽は昇る。そして、おまえを温かく照らすだろう〉

「……俺は、あなたに出会えて陽の意味を知った。やっと知れたんだ。あなたがいなければ陽が見えない。俺から取り上げないでくれないか？　そして、たまにはあなたとミレイアについても語ってみたい。あなたはミレイアの特別だ。あの子はあなたが好きだった」

ミレイアの名前を出したからだろう。いきなりアラナは肩を震わせる。ついには声を上げて泣きはじめた。涙にくれながら、ごめんなさい、ごめんなさいと言う。

ルシアノは、背中の痛みをぐっとこらえ、アラナを抱えたままその場に座った。

「なぜごめんなさいなんだ？　違うだろう？　俺は、妹のために泣いてくれる人がいてうれしく思う。あなたに感謝しているんだ。妹に、一生の友がいる。あなたの父と兄は永劫に呪い続けるが、あなたはあの男らとは別の人間だ。あなたは俺の妻だ。そうだろう？」

ルシアノは、依然として泣きやまないアラナの頭を撫で、その頬の涙を舐めた。

「ふん、しょっぱいな。アラナ、聞いてくれ。とある男の話だ。男は国のためだけに生きていた。国と家族以外なにも興味を持てなかった。しかし、国を失い、家族を失い、この世にひとり残された。絶望し、いっそ世界を滅ぼそうと思った。だが、同じくひとりぼっちの娘に会った。娘は虐待されていたという。男は他人を気にしたことなどなかったのに、自分が娘を救えたらよかったのにと思った。娘を抱いた男は、子ができればいいと思った。その娘の子がほしかった。その後、娘は、男が亡くした妹の友だとわかった。男は、ひとりで抱えていた妹の話を聞いてもらえるだろう。たまには自国の言葉で話せるだろう。世界を滅ぼしたかった男は、もう滅びを願わなくなった。男は娘がいればそれでじゅうぶんだと思った。過去しか見えなかった男は未来に目を向けた。この先、なにがあるのか見たいと願うようになっていた。男がそう思えるようになったのは娘が側にいるからだ」

——もう、男は夜空の星を消そうなどとは思わない。男はもう一度、かつて好きだった空を見上げることができるだろう。あなたとなら、星を眺めることができるだろう。

かすかに笑った彼は、アラナの額に自身の額をこつりとつけた。

「アラナ、その男の側にいてやってくれないか？　男は弱い。あなたが必要だ」

彼女のまつげが、戸惑うように動いたのがわかった。

「死にたがったりなどせず男のために生きてくれないか？　となりにいてくれないか？」

「…………わたしで、いいのですか？　あなたの国を、滅ぼしたのに……」

「あなたがいいからそう言っている。聞かせてくれ。アラナ、俺はあなたがいいんだ」

彼女を抱く腕に力をこめれば、アラナは一層しゃくりをあげる。

「……います。あなたの……となりに、います。……わたしは、もう、死を願いません」

「だったら男に証をくれないか？　男に、永久の誓いをしてやってくれないか？」

ルシアノが顔を上げると、手の甲でひとしきり涙を拭ったアラナは言う。

「永久の誓いとは、なんですか？」

「それは、あなたのキスのことだ。あなたから俺の口にしてほしい。以前俺たちは血の誓約を交わしたが、新たに塗り替えるためにもしてほしい。してくれるか？」

唇を引き結んだ彼女は、こくんとうなずいた。その顔は涙をこらえてくしゃくしゃだ。

アラナは小さな手をルシアノの頬に置いたが、言いにくそうに口をまごつかせた。

「…………胸が、どきどきします」

いきなりなにを言うのかと思ったが、彼女はルシアノとの約束を守り、わがままをやめたのだ。これは、彼女の心の声だ。ルシアノは相好を崩した。

「そうか、どきどきするか。俺もだ。同じだな」

「身体も顔も熱いです。なんだか恥ずかしいです。あなたが、見ていると思うと……」

ずっとアラナを見つめていたいけれど、銀のまつげで目を隠す。

「俺は見ていない、これで恥ずかしくはないだろう？　どうだ？」

唇にアラナの吐息がかかった。ぴと、と小さな熱がくっついた。また、離れてくっついて、今度は口を尖らせたのだろう。ぷちゅ、と真正面からくっついた。アラナはやめない。

それは不器用で、かわいらしいキスだった。

「たくさん誓ってくれているのか？」

「はい、たくさん誓っています」

「そうか。毎日、俺に誓ってくれ」

ルシアノのまつげが濡れてゆく。アラナも気づいたのだろう。目もとにやわらかなものが押し当たる。やさしく吸われ、まぶたを上げれば、すぐに緑色の瞳が視界に飛びこんだ。

――ああ、幸せだ。

あとがき

こんにちは、荷鳰《にこ》と申します。今回のお話は、悪人の恋を書きたいと思い挑戦しました。いつも書きはじめる前に編集さまにジャンル的にNGなもののチェックをしていただくのですが、これまで強く禁じられたものはう◯こでした。食い下がったところ、『絶対禁止！』となったのですが、以来、う◯こが好きだと思われている気がします。違いますよ。おっと、肝心なお話についてなにも触れていませんでした。このままでは下品なくそ野郎と思われてしまう。といいますか、あれ？　もうスペースがないような気が……（汗）

お話のなかで、闇色のローブを纏った毒師が登場するのですが、そのおかげでふたたび鈴ノ助《すずのすけ》さまとご縁をいただくことになりました。とても幸せです。すばらしいイラストで、目玉が落ちそうになりました。毒師が気になったあなたさまは、『或る毒師の求婚』をお手にとっていただけますとてもうれしいです。時系列的には本書が先になります。

表紙も挿絵も、びっくりするほどすてきに描いてくださり、鈴ノ助さまには感謝の気持ちでいっぱいです。そして、ごめいわくをおかけし続けている編集さま、いつもすみません。とてつもなく感謝しています。本書に関わってくださいました皆々さまにも感謝しています。そして読者さま、お読みくださりほんとうにどうもありがとうございました！

荷鳰

この本を読んでのご意見・ご感想をお待ちしております。

◆ あて先 ◆

〒101-0051
東京都千代田区神田神保町2-4-7 久月神田ビル
㈱イースト・プレス　ソーニャ文庫編集部
荷鴣先生／鈴ノ助先生

悪人《あくにん》の恋《こい》

2020年3月4日　第1刷発行

著　　者　荷鴣《にこ》
イラスト　鈴ノ助《すずのすけ》
装　　丁　imagejack.inc
D T P　松井和彌
編集・発行人　安本千恵子
発 行 所　株式会社イースト・プレス
〒101－0051
東京都千代田区神田神保町2－4－7 久月神田ビル
TEL 03－5213－4700　　FAX 03－5213－4701
印 刷 所　中央精版印刷株式会社

ISBN 978-4-7816-9669-0
定価はカバーに表示してあります。